KB151525

닥터 양희찬의
메디컬 스릴러 시리즈 2
돼지꿈 살인

닥터 양희찬의 메디컬 스릴러 시리즈 2
돼지꿈 살인 _ 개정판
초판인쇄 2021년 7월 15일
초판발행 2021년 7월 23일
지은이 | 양희찬
펴낸이 | 박찬우
편집인 | 우 현
디자인 | 실비아 박, 김진영
펴낸곳 | 파랑새미디어
등록번호 | 제313-2006-000085호
주소 | 서울특별시 마포구 서교동 357-1 서교프라자 318
전화 | 02-333-8311
팩시밀리 | 02-333-8326
이메일 | adam3838@naver.com

값 10,000원
ISBN 979-11-5721-156-2 04810
ISBN 978-89-93693-01-0(세트)

닥터 양희찬의
메디컬 스릴러 시리즈 ②

학원폭력이 낳은 연쇄살인 · 자살사건

돼지꿈 살인

양희찬 지음

파랑새미디어

'검(劍)은 피 맛을 보기 전에
칼집으로 돌아가지 아니하고…….'

- 도교 -

명문집안의 딸이자 훌륭한 사회사업가였던 안나는 식사는 할 수 있으면서도 우유나 물을 마시지 못하는 특이한 증상이 있었다.

수많은 검사와 치료에도 불구하고 원인은커녕 회복될 기미조차 보이지 않자 고민에 빠진 주치의 브로이어(프로이트의 스승).

그는 결국 최면요법을 실시하게 되고, 그녀의 어린 시절에서 아주 특별한 사건을 발견하게 된다.

어린아이였던 안나는 어른들이 집을 비운 사이 카펫에 우유를 흘린 이유로 하녀로부터 호된 질책을 받는다. 못된 하녀는 그녀가 지켜보는 앞에서 고양이에게 흘린 우유를 핥아먹게 시켰는데 안나는 고양이가 바로 자신이라는 생각에 두려움과 역겨움으로 치를 떨게 된다.

안나는 최면요법과 심리치료로 쉽게 회복되었고, 이를 계기로 프로이트는 기억조차 할 수 없는 과거의 사건이 사람의 행동에 변화를 일으키는 이유가 무엇인지를 고민하게 된다.

바로 이것이 프로이트가 세계 최초로 무의식세계를 본격 탐구하게 된 결정적 동기인 것이다.

우리는 돌발적인 언행의 실수들을 지켜보면서 '도대체 왜 그런 짓을 했을까'하는 의문을 갖게 된다. 상식적으로나 논리적으로 쉽게 이해가 안 되기 때문인데 프로이트는 이런 실수를 바로 '무의식적 의도'로 설명했다.

무의식 속에 쌓여있던 경험과 감정들이 (동화책이나 이야기를 통한 간접 체험도 마찬가지) 자극에 의해 의식세계로 올라온 때문이라고 주장한 것이다.

그런 면에서 볼 때 무의식을 의식화시키는 데 있어서 '서브리미널 효과'만큼 강력한 자극은 없을 듯하다. 일회성으로 끝나버리는 흔한 심리적 충격들과는 다르게 지속적으로 무의식을 자극하기 때문이다.

이 글이 나오기까지는 대학 동기인 정신과 전문의 김홍근 원장의 도움이 매우 컸다. 늘 섬세하고 사려 깊은 그에게 진심으로 감사함을 전하며 훌륭한 모니터 역할을 해준 아내와 부족한 글을 열매 맺게 해준 파랑새미디어출판사에게도 감사의 말씀을 전한다.

목차

주요등장인물

이명현 : 정신과 의사로서 성공한 인물. 청소년 학원폭력을 근원적으로
        해결하기 위해 '서브리미널 효과' 실행을 주장한다.

김정연 : 극심한 부부싸움 때문에 남편과 함께 이명현의 병원에서 치료
        상담한다. 39세.

박정석 : 김정연의 남편. 사법고시에 연속 낙방한 인물. 43세. 이명현이
        Paranoia(편집증) 환자로 진단함.

정상진 : 정신과 의사. 시사월간지 월간극동의 의학전문기자.

최동명 부장 : 월간극동의 데스크.

홍수진 : 정상진 의학 전문기자의 동료.

김상학 : 강남서의 강력계 반장.

홍희석 : 국내 최대의 인터넷검색과 인터넷게임 포털사이트 'UTN'의 사장.
        이명현과 함께 인터넷게임에 서브리미널 프로젝트를 시행하려고
        한다.

최영선 : 국무총리실 산하 청소년위원회 회장. 50대 중반.

유경미 : 여기자협회 회장.

변상인 : TV 방송국 차장.

유고웅 : 허름한 건물에 개업한 정신과 의사.

박성주 : 고등학교 3학년 때 동급생의 학원폭력에 충격을 받아
        자살하는 인물.
간호원 1 : 미스 강. 이명원 병원의 간호사. 아파트 옥상에서 자살함.
간호원 2 : 긴 생머리의 생기발랄한 이명현 병원의 간호사
간호사 3 : 유고웅 정신과병원의 간호사이자 유고웅의 아내.
이명현의 아내 : 미스코리아 진 출신.

꿈속의 인물

거구의 외팔이 : 오른손에 작은 손도끼를 들고 이명현의 꿈에 나타나
            이명현을 죽이려고 한다.
백마 탄 장군 : 거구의 외팔이에 대적하는 인물. 싸움이 시작되면 이명현
            스스로 이 장군이 된다.
돼지 나폴레옹 : 박정석의 꿈속에 나타난다. 조기오웰의 <동물농장>에 나오는
            캐릭터. 인간처럼 두 발로 다닌다.

강변도로로 접어든 후 이명현은 AV시스템의 전자 스위치를 눌렀다. 9개나 되는 최고급 스피커들로부터 웅장한 모차르트의 교향곡이 터져 나왔다.

41번 C장조, 주피터교향곡이었다. 볼륨을 최대로 높였다.

차체에서 반향되는 음파들이 스피커들의 진동과 부딪히며 강한 난기류를 형성했다.

좁아터진 외이도와 고막들이 모든 음을 소화해낼 수 없는 일. 두개 골을 통해 전달된 광폭의 음파들이 금방이라도 터질 듯 두 개의 달팽이관을 진동시켰다.

머릿속과 가슴팍이 활화산처럼 끓어올랐다.

자정을 훨씬 넘긴 시각이었지만 강변도로에는 제법 많은 차들이 움직이고 있었다. 우측 바로 곁으로 한강이 보였다.

마치 검은 비단을 끝없이 풀어놓은 듯했지만 조금도 흉물스러워 보이지 않았다. 아니 오히려 따뜻하고 포근하게 느껴졌다.

이명현은 한강을 보기 위해 우측으로 차선을 바꾼 후 속도를 줄였다.

'그래, 바로 한강이었어…….'

아득한 무의식의 세계, 도대체 종잡을 수 없는 무의식의 바다…….
그 정체불명의 심연 속엔 도대체 무엇이 들어있는가.
저만치 반포대교가 보였고 검은 수면 위에 아슬아슬 떠있는 잠수교
도 보였다. 그는 다리를 향해 우회전을 했다.

'인간의 가치는 노력의 성패에 의해 결정된다. 실패한 인간은 무가
치할 뿐이다. 더 이상 세상에 남아있을 명분은 없다.'

급브레이크를 밟자 뒤 따르던 택시 한 대가 그의 차를 강하게 들이
받았다.
'쿵!'
충격이 고스란히 두개골에 전해졌지만 그는 조금도 아픔을 느끼지
못했다. 아득한 꿈결에서처럼 혹은 영화 속 한 장면을 지켜보는 무심
한 사람처럼 지극히 객관적인 현상일 뿐이었다.
고무타이어와 아스팔트의 마찰음이 들리는가싶더니 다른 승용차
한 대가 또다시 택시의 뒤꽁무니를 들이받았다.
'쿵!'

이명현의 머리에 다시 강한 충격이 전해졌지만 그는 삼중 추돌이 일어난 사실조차 느끼지 못하고 있었다.

험상궂게 생긴 택시기사가 운전석 유리창을 두드렸다. 부릅뜬 두 눈과 크게 벌어진 입이 분명 욕을 하고 있었지만 놈이 왜 삿대질까지 하고 있는지 도대체 이해할 수 없는 일이었다.

이명현이 문을 열고 밖으로 나오자 택시기사가 다짜고짜 그의 멱살을 움켜잡았다.

"야, 이 개새끼야! 뒈지려고 환장했냐? 여기서, 이 다리 위에서 급브레이크를 밟으면 어떻게 하자는 얘기야! 엉?"

이명현의 늘어진 몸뚱이가 남자의 억센 팔뚝에 나뭇가지처럼 흔들렸다.

택시기사의 번뜩이는 눈빛이 이명현의 풀어진 두 눈을 유심히 살폈다. 그의 몸에서 풍기는 술 냄새를 킁킁거리던 기사가 열려진 문틈으로 터져 나오는 음악 소리에 얼굴을 잔뜩 일그러뜨렸다.

"이 새끼, 이거. 완전히 맛이 갔구만. 어휴 시끄러워."

그때 택시와 추돌한 중년의 운전자가 다가왔다.

"어떻게 된 겁니까?"

"이 자식 이거, 완전히 떡이 됐어요. 안 되겠소. 얼른 경찰을 부릅시다. 이런 자식들은 뽄때를 보여줘야만 해. 에이, 개자식……."

휴대폰을 꺼내들며 택시기사가 분한 듯 소리쳤다.

두 사람이 자동차의 피해 상황을 살펴보기 위해 움직이는 사이, 이명현은 난간을 향해 걸어갔다. 한강이 아니라 바다가 보고 싶었다.

잠시 그는 두 손으로 난간을 잡은 채 한강을 내려다보았다. 다리 조명에 반짝이는 검은색 물결들이 오랫동안 잊고 있었던 엄마의 품처럼 포근해 보였다.

순간 뛰어내리고 싶다는 욕구가 짓눌렸던 강철 스프링처럼 마음속 깊은 곳으로부터 솟구쳐 올랐다. 가벼워진 몸을 새처럼 날려보고 싶다는 우발적인 생각……. 그런 충동적인 행동은 곧 죽음을 의미했지만 그조차도 관심 밖의 일이었다.

그는 두 손으로 난간을 잡은 채 한 쪽 다리를 들어올렸다. 그저 몸을 날려보고 싶다는 단순하면서도 뿌리칠 수 없는 강렬한 유혹, 오직 그뿐이었다.

차를 살펴보던 사람들이 그의 수상한 모습을 돌아보았다.

"어어! 이봐! 안 돼! 기다려!"

돌연한 그의 행동에 사람들이 기겁해 소리쳤지만 이명현의 두 다리는 이미 난간을 넘어서고 있었다.

"야! 임마! 안 돼!"

택시기사가 큰 몸집을 날려보았지만 이미 난간을 넘어버린 이명현의 그림자는 어두운 허공 속을 날고 있었다. 잠깐 사이, 먹물처럼 시꺼먼 강물이 그의 몸을 통째로 삼켜버렸다.

문틈을 빠져나온 주피터교향곡의 피날레가 피를 토하듯 그의 뒤를 따랐다.

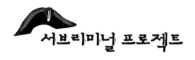

서브리미널 프로젝트

조명이 꺼진 캄캄한 회의실에서 커다란 타원형 테이블에 둘러앉은 10여 명의 사람들이 빔 프로젝터가 만드는 화면에 온 정신을 집중했다.

세종로에 위치한 국무총리실 산하 청소년위원회의 한 회의실에서 청소년위원회 자문위원이자 모 사립대학의 사회학부 교수란 사람이 어둠 속에 있는 사람들을 향해 마무리를 했다.

"이상 검토한대로 학교폭력의 빈도수가 약간 감소하고는 있지만 그 흉포함과 잔인함 면에서는 더욱 심해진 것으로 나타나고 있습니다. 그리고 가해자들의 연령층이 점점 낮아지고 있는 점 또한 이번 조사 기간 동안의 특징이었습니다."

실내의 불이 켜지고 발표자가 주위를 한번 둘러보았다. 질문이 없음을 확인한 그가 자리로 돌아간 후 짧은 파마머리의 청소년위원회장, 최영선이 입을 열었다.

"서두에서 말씀드렸듯 김 교수님께서 발표하신 내용은 전국의 교육

청과 각종 학교폭력신고센터에 접수된 지난 3/4분기 학교폭력 신고 건수 통계입니다. 수적으로만 본다면 작년 같은 기간의 5,000건보다 1,000여 건이나 줄긴 했지만 아직도 많은 학생들이 학교폭력에 시달림을 받고 있는 실정이지요."

잠시 말을 멈춘 그녀가 콧등으로 흘러내린 두툼한 갈색 뿔테 안경을 쓸어 올렸다.

"신고하기를 꺼리는 피해학생들의 심리 상태를 감안한다면 상상하지 못할 정도로 많은 학생들이 지극히 위험한 폭력 상태에 노출되어 있는 것입니다. 지난번 개정된 학교폭력 예방 및 대책에 관한 법에 의해 모든 학교에서는 연간 10시간 이상의 학교폭력 예방 교육을 실시하고 있고 대부분의 학교는 스쿨폴리스 제도를 도입해 폭력 사건이 많이 줄어든 것은 사실입니다. 허나 70% 이상의 학교폭력이 교문 밖에서 일어나고 있기 때문에 그 실효성에 한계가 있는 것 또한 사실입니다."

좌장인 청소년위원회장이 다시 한 번 작은 코 때문에 흘러내린 안경을 쓸어 올렸다.

돋보기가 필요한 50 중반의 나이라면 서류를 들여다보기 전에는 안경을 쓸 이유가 없었다. 그런데도 평소에 쓰지 않던 안경을 고집하고 있다면 분명 다른 곳에 이유가 있었다.

맞은편에 앉아있던 이명현은 그녀의 반복적인 안경 쓸어 올리기에 은근히 짜증이 일었다. 그가 앞에 있던 주스를 한 모금 들이켰다.

"지난번 시행했던 일진회와 같은 불량조직의 조사와 해체 그리고 정보통신의 윤리교육 강화 등도 장기적으로는 큰 효과를 거두지 못하고 있는 실정이고 각 급 학교 내에서 운영중인 자치위원회 또한 기대만큼의 예방 효과를 거두지 못하고 있습니다."

또 안경을 쓸어 올린 그녀가 잠시 좌중을 돌아보았다.

"여러 종류의 학교폭력 예방 모임이나 사회 장치들은 학부모들이나 시민단체들이 만든 것까지 합한다면 수십여 종류에 달합니다. 그곳에서 이미 수많은 분들이 고군분투를 하고 계시구요. 즉, 이미 충분한 수의 하드웨어가 만들어졌단 말이지요. 문제는 소프트웨어입니다. 전국의 모든 청소년들에게 폭력 예방의 효과를 극대화할 수 있는 방법이 필요하단 얘기지요. 그래서 오늘 우리는 지금까지와는 좀 다른 새로운 각도에서 해결책을 찾아보려합니다. 폭력을 쓰는 아이들과 피해학생들은 평범한 아이들과는 다른 특징적인 정신 상태를 가지고 있습니다. 만일 그들의 불안전한 심리 상태에 직접적인 영향을 줄 수 있다면 우리는 좀 더 근본적인 치료법에 접근할 수 있다고 생각합니다."

좌장이 말을 마치자 이명현의 곁에 앉아있던 홍희석이 자리에서 일어났다.

"안녕하세요. UTN의 홍희석입니다."

스크린 곁에 선 홍희석이 허리를 약간 굽혀 인사했다. 올백으로 넘긴 젊은 사장의 머리카락 위로 포마드 기름이 반들거렸다.

UTN은 국내 최대의 인터넷검색과 인터넷게임 포털사이트를 운영하는 회사였다.

"잘 아시다시피 저희 UTN은 청소년들이 주 고객인 인터넷전문업체입니다. 그들의 생각과 행동에 막대한 영향을 미칠 수밖에 없는 상태이지요. 저는 학교폭력의 원인 중 하나가 폭력성이 강한 인터넷게임 때문이라는 일부 언론의 주장에 전적으로 동감하면서 동시에 많은 책임감을 느끼고 있습니다."

사람을 잔인하게 때리고 죽이는 PC게임이 학교폭력에 큰 영향을 미친다는 사실은 사회 전체가 공감하는 일이었다. 홍희석은 굳이 일부란 단어를 사용함으로써 자신의 죄의식을 희석시키고 있었다.

"그렇지만 인터넷게임에도 세계적인 추세가 있기 마련이고 저희로서도 그 추세를 따라가야만 하는 것이 어쩔 수 없는 입장입니다. 그래서 저희는 긴 시간의 고민 끝에 결국 획기적인 방법을 개발해내고야 말았습니다. 인터넷게임의 잔혹성이 청소년들에게 영향을 덜 미치게 하는 대단히 독특하면서도 색다른 방법을 말이지요."

재킷주머니에서 레이저포인터를 꺼내든 그가 프로젝터와 연결된 노트북컴퓨터 앞에 앉아 있는 직원에게 신호를 보냈다.

잠시 후 대형스크린에는 시가전을 벌이고 있는 중무장한 군인들의 모습이 나타났다.

"이것은 요즘 청소년들에게 인기가 높은 '탑 스트라이커'란 게임입니다. 한 명이 가상의 적들을 상대로 싸울 수 있지만 두 명이 함께 즐길 수도 있는 게임이지요."

레이저빔이 만드는 빨간색 점 하나가 화면 속의 인물들 위에서 반복적인 원운동을 했다.

"자, 시작하세요."

홍희석의 신호에 노트북컴퓨터 앞에 앉아있던 젊은 남자의 두 눈이 번뜩였다. 그는 양손바닥을 한번 비빈 다음 키보드 위로 손을 움직였다. 곧이어 그의 손가락들이 빠르게 움직이기 시작했다.

중무장한 게임 속 주인공이 미로와 같은 골목길로 들어서자 갑자기 전방으로 여러 명의 적들이 나타났다. 적들이 총구를 돌리는 순간 이쪽의 총구가 가차없이 불을 뿜어댔다. 총에 맞은 적들이 비명과 함께 나가떨어졌다.

실제와 비슷한 총소리가 위압적인 대형화면과 함께 실제 전투 현장에 있는 것 같은 착각 속에 빠지도록 만들었다. 신이 난 젊은 남자의 어깨가 눈에 띄게 들썩였다. 그는 지금 시범을 핑계 삼아 노친네들 앞에서 실력을 뽐내는 중이었다.

"그냥 보아서는 평범한 게임 장면이지만 이 화면 속에는 일반적인 게임들과는 전혀 차원이 다른 것들이 들어있습니다."

사람들을 향한 홍희석의 얼굴 위로 의미 있는 미소가 번져나갔다.

"아시다시피 영상이란 많은 사진들이 연속적으로 빠르게 지나가기 때문에 움직이는 것으로 보이는 것입니다. 자, 이제 화면을 천천히 돌려보겠습니다. 아주 천천히……. 시작하세요."

그의 말이 떨어지자 컴퓨터 앞의 젊은 직원이 화면 속도를 느리게 조작했다. 화면의 흐름이 점점 느려지면서 단속(斷續)적인 모습의 전투 장면들이 나타났다.

어느 순간, 각각의 사진들이 꽤 긴 시간 동안 정지된 상태로 스크린에 머물렀다. 단절된 사진들이 최소 1초 이상 화면에 머문다고 사람들이 생각하는 순간 무언가 화면을 가득 메운 녹색의 그림이 빠른 속도로 스쳐지나갔다. 그리고 잠시 후 한 번 더 똑같은 화면이 빠르게 나타났다가 사라졌다.

"자, 여러분. 지금 여러분께서는 평소보다 10배 정도 느린 화면을 지켜보고 계십니다. 그럼 이번에는 대략 30배 정도의 느리기로 화면을 재생시켜 보겠습니다."

화면의 속도가 30배로 느려지자 정지된 사진들 사이로 빠르게 흐르던 녹색의 화면이 1초 정도를 스크린 위에 머물면서 사람들의 눈에 확연하게 들어왔다.

그것은 그림이 아니었다. 진녹색 바탕 중앙에 '우정'이라는 흰색 글씨가 크고 선명하게 인쇄된 단순한 화면이었다. 그리고 다시 나타난 진녹색의 화면 위에는 '평화'라는 흰색 글씨가 보였다.

잠시 후, 다시 '사랑'이란 글씨가 나타났다. 여기저기서 웅성거리는 소리가 들려왔다.

스크린이 꺼지고 불이 다시 켜졌다.

"몇몇 분들은 이미 이번 프로젝트를 알고 계셨으리라 생각합니다만 모르시는 분들을 위해서 한 번 더 설명을 드릴까 생각합니다."

홍희석이 주위를 환기시키며 사람들의 시선을 끌어 모았다.

"금방 보셨다시피 게임 화면 속에는 사랑과 우정 그리고 평화라는 글씨가 들어가 있습니다만 대략 30분의 1초 정도만 화면에 머물렀다 사라지기 때문에 사람들의 눈에는 보이지 않습니다."

사람들의 웅성거림이 더욱 커졌다.

"서브리미널 효과! 즉, 우리가 의식하지 못하는 수준의 미세한 자극을 오랫동안 반복해서 보거나 듣게 되면 깊이 잠들어 있던 무의식의 일부가 자극을 받게 되고 결국은 활성화가 이루어져서 행동에까지 영향을 준다는 사실입니다."

몇몇 사람들의 입에서 조용한 탄성이 터져 나왔다.

"그리고 방금 보신 게임 속에는 또 다른 서브리미널 효과가 숨어 있었습니다. 여러분들이 들었던 실전을 방불케 하는 생생한 음향 속에는 우리가 듣지 못하는 소리가 숨어 있었습니다. 물론 그 소리도 사랑과 우정 그리고 평화라는 메시지였습니다. 혹시 들으신 분이 계십니까?"

홍희석의 농담이 좌중에 가벼운 웃음을 만들었다.

"사람들이 들을 수 있는 가청 영역은 대략 20에서 20,000헤르츠라고 합니다. 우리는 서브리미널 프로그래밍이란 특수기법을 사용하여 10,000헤르츠가 약간 넘는 주파수대에서 대략 1분에 3만회 이상 세 단어들을 반복해서 녹음을 했습니다. 물론 너무 빠르기 때문에 사람들의 귀로는 들을 수가 없지요. 하지만 게임을 하는 사람들은 자신의 의지와는 상관없이 인류 역사상 가장 아름다운 세 단어들을 반복해서 들어야만 하는 것입니다."

"서브리미널 효과에 대해선 저도 언젠가 들었던 기억이 있습니다만 문제는 그것이 과연 아이들의 공격적인 성향에 실제로 효과를 나타낼 수 있는지라고 생각합니다."

좌장의 옆자리에 앉아있던 여기자협회회장 유경미가 카랑카랑한 목소리로 질문했다.

"물론 효과가 있는 것으로 나타났습니다. 저희는 강남의 모 중학교 2학년생 245명을 상대로 3개월간 임상실험을 실시했습니다. 1주일에 두 번씩 그리고 한 번에 25분 정도를 대상 학생들에게 '탑 스트라이커'를 즐기도록 했었지요. 그리고 담임선생님들과 상담교사들의 도움으로 전체 학생들의 생활 모습과 요주의 학생들의 활동을 주위 깊게 지켜보았습니다. 결과는 매우 만족스러웠습니다."

홍희석이 잠시 말을 끊었다. 그는 결과를 궁금해 할 사람들의 심리를 적절하게 이용하는 중이었다.

"어떤 결과가 있었습니까?"

누군가 참지 못하고 질문을 던졌다.

"우선 아이들의 학교생활이 대단히 밝아졌다는 점이었습니다. 고된 과외수업으로 늘 지쳐있던 아이들이었지만 수업시간에 조는 아이가 거의 없을 정도로 집중력이 높아졌고 전반적인 활력과 참여도가 눈에 띄게 증가되었습니다."

"평소 집에서도 하기 힘들었던 게임을 학교에서 한다는 것에 대한 일시적인 기대감이나 일탈감 같은 것이 아니었을까요?"

여기자가 다시 질문을 던졌다.

"물론 그런 영향을 부인할 수는 없겠지요. 하지만 평소 폭력성이 강했던 아이들과 왕따로 분류되었던 아이들조차도 서로 화합하는 모습을 보였습니다. 이런 현상을 일시적인 감정으로만 치부할 수 있을까요?"

"……."

"폭력사건과 금품갈취 등 교내외에서 발생하던 고질적인 학교폭력의 신고 건수 또한 큰 차이를 보였습니다. 실험을 시작한 한 달 후부터 3개월간의 집계에 따르면 실험 대상이었던 2학년 전체 학생들 중 10여 건이 넘었던 예년의 폭력 신고보다 60%가 줄어든 4건에 그쳤습니다. 물론 이것은 교외의 학교폭력 신고센터의 통계까지 합친 숫자입니다."

"생각보다도 큰 효과가 있었던 것 같군요. 선진국에서도 서브리미널 효과를 사용한 적이 있었습니까?"

TV방송국 차장을 지내고 있는 변상인이 낮은 톤의 목소리로 물었다. 그는 항상 험프리보가트의 굵고 낮은 목소리를 흉내 냈다.

"학교폭력을 대상으로 서브리미널 효과를 사용했었다는 보고는 아직 없습니다만 선진국에서는 이미 오래전부터 다방면에 걸쳐 서브리미널 프로그램을 사용했고 그 효과 또한 입증되었습니다. 최초로 서브리미널 효과를 이용한 것은 미국의 어느 극장에서였습니다. 영화 화면 속에 '팝콘'과 '콜라'라는 단어를 반복적으로 넣었더니 그것들의 매출양이 폭발적으로 증가했다는 것입니다. 또 미국에서는 올림픽 출전 선수들과 우주인들을 상대로 서브리미널 프로그램을 사용해왔었는데 만족할만한 결과를 얻었지요. 최근 우리나라에서도 다이어트나 학습향상 그리고 만성통증의 치료 등, 수많은 분야에서 서브리미널 효과를 사용하고 있는 것으로 알고 있습니다."

"폭력적인 게임에 사랑이나 평화와 같은 비폭력적인 암시를 지속적으로 준다면 결국 그 게임은 인기를 잃게 되는 것 아닐까요? 그렇게 되면 게임업체가 큰 타격을 입을 텐데요."

변상인의 굵은 목소리가 다시 들렸다.

"나라의 백년대계를 위해서라면 어쩔 수없이 감내해야 하겠지요."

홍희석의 얼굴 위로 옅은 미소가 스쳐지나갔다. 그가 다시 입을 열었다.

"하지만 아이들의 반응이 예상과는 사뭇 달랐습니다. 실험을 끝낸후 시행한 설문조사에서 아이들의 게임에 대한 흥미는 오히려 증가된것으로 나타났습니다."

"그것 참 이상하군요. 무의식의 활성화가 의식에 영향을 준다는 서브리미널 효과와 매우 상충되는 결과이군요."

"그 점에 대해서는 저도 잘 모르겠습니다."

유경미의 날카로운 지적에 홍희석이 솔직한 대답을 했다.

모두의 시선이 이명현에게로 쏠렸다. 사람들은 정신과 의사의 의견을 원하고 있었다. 갑작스런 시선 집중에 이명현은 자세를 고쳐 앉으며 목소리를 가다듬었다.

"흠, 흠, 무의식이란 놈 자체가 워낙 괴물입니다. 무의식은 우리가지금까지 살아오면서 감각기관을 통해 획득한 수많은 정보들을 고스란히 담고 있는 거대한 저장탱크와도 같은 곳입니다. 어렵지만 좀 다르게 표현한다면 무한집합의 기억 데이터베이스라고나 할까요."

그의 차분한 목소리에서 전문가로서의 자신감이 느껴졌다.

"무의식을 표현하기 위해 흔히 빙산을 비유합니다. 눈에 보이는 것즉, 의식은 단지 빙산의 일각일 뿐, 수면 밑의 거대한 얼음덩어리가 무의식이란 말이지요. 하지만 저는 그것조차도 무의식을 표현하기에는 역부족이라고 생각합니다. 빙산을 품고 있는 바다 전체가 무의식이라고 보는 것이 오히려 적당한 표현이 아닐까 생각합니다. 그만큼 무의식은 아직도 밝혀지지 않은 부분들이 많다는 뜻입니다.

"정신과 전문의로서 보는 서브리미널 효과는 어떻습니까?"

당돌한 여기자가 조용한 좌장을 대신해 분위기를 주도하고 있었다.

"결론부터 말씀드리자면 대단한 효과가 있을 것이라고 생각합니다. 의식으로 판단할 수 없는 모순도 무의식 속에서는 가능합니다. 예를 들어 의식에서는 오직 한 가지밖에 인식하지 못하지만 무의식 속에는 전혀 반대되는 성질도 공존할 수 있습니다. 그래서 사랑과 미움이 공존하고 기쁨과 슬픔이 함께하기도 합니다. 절망 속에 희망이 있고 또 성공의 기쁨 속에서도 동시에 아픔을 느끼기도 하는 것이지요. 그런 의미에서 어쩌면 폭력을 행사하고자 하는 욕구 속에 사랑과 평화를 갈구하는 욕망도 공존할 수 있겠지요."

전문가의 의견을 경청하는 좌중의 시선들이 빛을 발했다. 이명현이 앞에 놓인 주스로 건조해진 목을 적셨다.

"사람들의 모든 행동을 의식의 산물로만 보는 것은 문제가 있습니다. 많은 무의식적 동기들이 우리의 행동에 결정적인 영향을 미치는 것이지요. 쉽게 예를 들어 어린 시절 엘리베이터에 갇혔던 공포를 경험했던 사람은 협소한 공간에 들어가기를 두려워하게 됩니다. 소위 폐쇄공포증이지요. 의식적으로는 전혀 위험하지 않으니 걱정하지 말라고 스스로를 타이르지만 무의식 속에 잠재해 있는 공포가 그의 행동을 저지합니다. 결국 그는 자리를 피하고 말지요. 폭력 학생들의 경우도 마찬가지라고 생각합니다. 아버지에게 폭력을 당하는 엄마의 모습을 지켜보며 자란 아이들 또는 본인이 신체적인 학대를 받고 자란 아이들은 폭력 사용에 대한 정당성을 무의식 속에 간직하게 됩니다. 그들이 저지르는 폭력의 무의식적 동기라고 말할 수 있겠지요."

사람들이 고개를 끄덕였다.

"서브리미널 효과는 이런 학생들의 폭력성을 잠재우는 대신 그들의 무의식 속에 들어있을 사랑과 우정 그리고 평화에 대한 무의식적 동기를 일깨우는 것이지요."

"……."

"이제 궁금증들이 웬만큼 풀렸을 거라 생각합니다."

최영선 청소년위원회장이 분위기를 정리했다.

"현재 서브리미널 효과는 모든 상업적인 광고에 사용하지 못하도록 법으로 금지하고 있습니다만 우리가 오늘 논의한 것은 상품의 판매를 늘리기 위한 상업적 목적이 아닙니다. 위원님들의 특별한 이견이 없으면 관련부처와 긴밀한 법률 검토를 거쳐 국회에 상정하도록 건의할까 생각합니다. 다른 의견이 있으십니까?"

"……."

"좋습니다. 오늘 회의는 이것으로 끝내겠습니다. 모두 수고하셨습니다."

"이 박사님!"

최영선이 왁자지껄한 사람들 사이로 이명현을 불러 세웠다. 가까이 다가온 그녀가 손가락으로 안경을 쓸어 올렸다. 두툼한 안경테 너머로 시퍼렇게 부어오른 왼쪽 눈두덩이 보였다. 간밤에 있었던 치열한 부부 싸움의 흔적이었다.

"이번 프로젝트에 박사님이 큰 역할을 하셨다고 들었어요. 그동안 수고 많이 하셨어요."

생글생글 웃는 최영선의 얼굴 위로 험상궂게 대들던 아내의 얼굴이 겹쳐졌다.

이명현은 남편과 싸우던 최영선의 얼굴을 상상하며 속으로 '피식' 웃었다. 남편에게 지금과 같은 모습을 보였다면 폭력 사태는 피할 수 있었으리라.

"요즘도 피해학생들에 대한 무료 상담을 계속하고 계신다고 들었어요. 여러 가지로 감사하단 말씀을 드려야 하겠네요."

"별 말씀을요. 제가 하고 싶어서 하는 일인데요."

"그렇게 말씀해주시니 정말 고마워요. 혼자 지내시기 많이 힘드시지요?"

기러기아빠라면 늘 듣는 인사말이었다.

"별로요. 이젠 적응된 모양입니다."

"저런, 사모님이 들으시면 무척 서운해 하시겠군요."

아내와 아이들이 미국으로 떠난 지 만으로 3년이 다 되어가고 있었다. 처음에는 1년 정도를 계획하고 떠난 어학연수였지만 약속된 날짜가 지났는데도 아내는 돌아오기를 거부했다. 하긴 어학연수를 빙자한

별거였기에 돌아올 리가 없었다.

"다음 주 패널 토의 때문에 방송국에서 출연자 부탁이 들어왔는데 이번에도 출연하셔야지요?"

최영선이 다시 말을 걸었다.

"예? 또 접니까?"

"왜 그렇게 놀라세요? 이 박사님 이상 가는 전문가가 어디 또 있겠어요?"

"그래도 저는……."

"또 말주변이 없다고 그러실 생각이시지요? 카메라만 들이대면 입술이 굳어버린다고. 호호호. 하지만 지난번에도 잘하셨잖아요. 지나친 겸손은 교만이란 거 아시죠?"

"하하, 그런 건가요?"

"그럼요."

"이거 속내를 들킨 기분이군요."

"무의식! 설마 그것이 한번쯤 사양하라고 시킨 건 아니겠지요?"

최영선이 안경 너머로 한쪽 눈을 찡그렸다.

"그럴지도 모르겠네요. 무의식이란 놈의 언어는 우리가 사용하는 것과는 많이 다릅니다. 놈의 뜻을 정확하게 이해하기가 매우 힘들지요."

"표현이 무척 재미있네요. 그렇다면 무의식이 사용하는 언어란 어떤 종류인가요?"

최영선의 눈 속에서 어린아이와 같은 호기심이 일었다.

"음⋯⋯. 흥분된 우측 대뇌반구의 신경전달물질들에 의해 파생되는 것들, 즉 욕망이나 환상 또는 두려움 같은 것들이 아닐까요? 느낌으로는 짐작할 수 있어도 말로는 표현하지 못하는 그런 것들 말이지요."

"그런 감정들이 우리의 행동에 직접적인 영향을 준단 말이군요."

"그렇지요. 무의식이란 놈은 우리 안에 살고 있으면서도 우리가 전혀 눈치 채지 못하도록 은밀한 지시를 내리지요."

편집증

이명현은 브라질 산 커피가 가득 든 머그잔을 한 손에 든 채 진료실로 쏟아져 들어오는 햇볕 아래로 다가섰다.

은은히 흐르는 40번 교향곡이 커피의 진한 향에 부드러움을 더해주고 있었다.

고층건물 사이의 좁은 공간을 통해 들어오는 한겨울 햇빛은 펴다만 부채처럼 좁은 각을 이루며 그것이 닿지 않는 주위 바닥과 명확한 경계를 만들었다.

뒤쪽에 있는 35층짜리 외국계 보험회사 건물이 그가 세 들어 있는 건물의 일조권을 완전히 침해하고 있었지만 그의 7층 진료실은 대로변에 접해 있었기 때문에 오전 잠깐 동안이라도 햇볕을 쬘 수 있는 것이 그나마 다행이었다.

고층건물 숲 속에 있는 사무실이라면 온종일 있어도 햇볕을 쬐는 일은 드물다. 그만큼 현대인들에겐 햇빛이 부족하지만 사람들은 자연광이 몸에 얼마나 소중한지 잊고 산다.

모든 식물들이 자외선을 이용해 생명을 영위하듯 인체 역시 건강한 생활을 유지하기 위해 그것은 꼭 필요하다.

우선 햇빛은 혈관 확장으로 피부의 혈류를 증가시키며 신진대사를 촉진시킨다. 또한 피부를 통해 비타민D를 만들며 내분비기능에 매우 중요한 멜라토닌의 생산을 촉진시킨다. 그리고 백혈구의 활동력을 증가시키고 혈당과 혈중콜레스테롤 수치를 낮춰준다.

이명현은 진료실 창문 반쪽을 거의 점령하고 있는 햇빛 속에서 한 손으로 차양을 만든 채 테헤란로를 내려다보았다. 보통 사람들보다 늦게 출근하는 그가 커피를 곁들인 귀한 자외선을 즐기고 있다면 이미 10시가 넘은 시간이었지만 대로상에는 신호에 걸린 많은 차들이 아직도 북적이고 있었다.

신호가 떨어졌는지 차들이 움직이기 시작했다.

보이지는 않지만 우측에 있을 사거리를 향해 움직이는 차들의 모습이 마치 목적 없이 쓸려가는 파도를 연상시켰다. 바다 위의 파도는 거스를 수 없는 자연의 에너지에 의해 한 방향으로만 흐른다.

해변에서 반향되는 작은 파도들이 쓸데없는 저항을 해보지만 그것들은 밀려오는 파도 속에 하릴없이 묻혀버릴 뿐이다.

그러나 무릇 살아있다면 목적이 있어야만 했다. 바다을 기어 다니는 하찮은 곤충들조차도 종족 번식이란 분명한 목적이 있잖은가.

이명현은 비어있는 다른 손으로 담배를 꺼내 물었다. 내뿜은 담배연기가 햇빛에 부서지며 수많은 조각들을 만들다가는 초현대식 건물의 통풍 시스템에 의해 이내 시야에서 사라져 버렸다.

막상 대다수의 사람들은 목적을 이루지 못한다.

아무리 발버둥을 쳐보아도 결국 그들은 거대한 파도 속에 묻혀버릴 뿐이다.

왜 그럴까. 이런 비극의 근본적인 원인은 무엇일까.

현실과 동떨어진 허무맹랑한 목표? 동원한 수단과 방법의 치명적인 오류? 아니면 신념과 노력의 부족? 많은 이유들이 있겠지만 사람들은 보다 더 근원적인 문제점이 다른 곳에 있다는 사실을 전혀 생각지 못한다.

잠재의식!

바로 무의식이란 놈이 인생사 모든 것을 좌우한다는 사실을 까마득히 모르기 때문이다. 성공할 수 있다는 자신감을 제아무리 되뇌어보아도 무의식 깊은 곳에 잠재해있는 실패에 대한 걱정과 두려움이 사람들을 결국 실패로 이끌기 때문이다.

무의식! 과연 그것을 의식적인 방법으로 조절할 수 있을 것인가?

직원의 노크 소리가 그를 개업한 정신과 의사로 돌아오게 만들었다.

"원장님, 진료 시작하셔야지요?"

나이에 맞지 않게 앳돼 보이는 여직원이 차트를 들고 들어왔다. 열린 진료실 문틈으로 다투는 남녀의 목소리가 들려왔다.

커피잔을 책상 위에 내려놓은 이명현이 자리에 앉으며 넥타이를 조였다. 따뜻한 바람이 바로 머리 위에서 쏟아지고 있었지만 그는 체크

무늬 재킷을 벗지 않았다. 환자들에게 거리감을 줄 수 있는 흰 가운 대신 양복을 입은 채 진료하는 것이 오래된 습관이었다.

"예약환자인가?"

"아니에요. 초진환자입니다."

여직원은 좌우로 머리를 흔들었다. 조금은 골치가 아픈 환자란 뜻이다.

'김정연 39세.'

이명현이 차트의 환자 이름을 확인하며 물었다.

"대기실에서 무슨 일이 있었나?"

"부부가 계속 싸우고 있어요."

"들어오라고 하지."

금테안경을 낀 중키의 남자가 진료실에 들어서자 그의 아내인 듯싶은 진남색 정장 차림의 여자가 뒤따라 들어왔다.

경계의 눈빛이 일렁이는 남자의 작은 두 눈이 안경 너머로 보였다. 그는 조심스럽게 진료실을 둘러본 후 환자용 보조의자에 엉덩이를 걸쳤고 여자는 그의 맞은편에 있는 안락의자에 세상을 다 살아버린 쇠잔한 노파의 표정과 몸짓으로 몸을 던졌다.

"무슨 일로 오셨습니까?"

이명현이 부드러운 어투로 물었다.

"아내에게 정신적인 문제가 있습니다."

남자의 거만한 목소리에 확신이 가득했다.

"스스로를 제어하지 못하고 있어요. 나쁜 일인 줄 알면서도 행동을 통제하지 못하고 있지요. 수없이 후회하고 반성한다고 하면서 말입니다."

순간 그의 옆모습을 바라보던 여자의 각진 작은 얼굴이 분노로 일그러졌다. 여자가 기다렸다는 듯 쏘아붙였다.

"내가 언제 후회하고 반성했다고 했어요? 당신이 너무 괴롭히니까 잠을 자려고 당신 원하는 대로 말해준 것뿐이지."

남자가 여자를 돌아보며 목소리를 높였다.

"수많은 증거들이 있는데 지금 와서 또 딴 소리야!"

하지만 남자는 높아진 목소리를 금방 낮추며 달래듯 다시 말했다.

"의사 선생님에게는 정직해야 할 것 아냐. 그래 가지고 어떻게 치료를 받으려고 그래."

"치료 받아야 할 사람은 내가 아니고 바로 당신이야! 당신은 미쳤다고, 미쳤어!"

여자의 격앙된 목소리는 줄어들질 않았다.

"허 참. 여자가 부끄러운 줄도 모르고 큰소리네. 아이고, 선생님. 이 여자 좀 치료해 주세요. 지금 제정신이 아닙니다."

남자가 이명현을 향해 어깨를 으쓱 올리며 양팔을 벌렸다.

"아니 세상에, 한 달 내내 잠을 안 재우고 밤새 똑같은 소리 또 하고 또 하고…… 그게 미친 거지 뭐야!"

이제 여자는 남편을 향해 삿대질까지 해대고 있었다.

상기된 여자의 작은 얼굴에 피곤한 기색이 역력했다. 보통 각진 턱선은 강한 인상을 만드는 법이었지만 큰 눈과 시원한 이마가 그녀의 얼굴을 여성스러워 보이게 만들었다. 부부싸움으로 간밤을 지새웠는지 여자의 두 눈이 심하게 충혈되어 있었다.

두 사람을 물끄러미 바라보던 이명현이 입을 열었다.

"진정들 하세요. 문제를 해결하러 온 것이지 싸우려고 온 것은 아니지 않습니까? 두 분이 서로 할 말이 많은 것 같으니까 아무래도 따로따로 면담하는 것이 좋을 듯싶습니다. 어느 분이 먼저 하시겠습니까?"

"내가 먼저 말씀드리겠습니다. 그래야만 상황을 쉽게 이해하실 겁니다."

남자가 이명현의 책상 너머로 허리를 굽혔다. 순간 이명현은 그의 강렬한 눈빛에 흠칫 놀랐다.

이명현이 여자를 돌아보았다. 만사가 피곤하고 귀찮다는 표정이다.

여자가 진료실을 나간 후 남자는 이명현을 향해 다시 한 번 상체를 숙였다. 그의 표정이 사뭇 심각해졌다.

"사실 부끄러운 얘기입니다만……, 아내가 남자들에게 농락당하고 있습니다. 내가 알기로도 벌써 세 번째인데……. 하지만 저는 아내를 사랑합니다."

그가 양미간을 잔뜩 찡그리며 괴로운 표정을 지었다.

"저는 아내를 지키고 싶습니다."

이명현은 참을성 있게 다음 말을 기다렸다.

"아마 아내의 마음도 저와 같을 겁니다. 아내는 아이들을 사랑하고 또한 저를 사랑하고 있습니다. 아니 저는 최소한 그렇게 믿고 싶습니다. 하지만 아내 주변에 있는 남자들이 가만 두지 않습니다. 그들이 아내를 유혹하고 있어요. 아내에게 자제하도록 설득하고 있지만 몹시 힘들어하고 있지요. 너무 힘들어서 요즘은 우울증에 걸린 것 같습니다. 우울증 치료를 해 주셔야 할 것 같습니다."

"왜 부인이 우울증에 걸렸다고 생각하시나요?"

"요즘 들어 아내는 거의 말을 하지 않아요. 웃지도 않고 아이들에게도 소홀히 하고 있지요. 아내는 대학 때부터 성취욕구가 매우 강했습니다. 일을 하지 않고는 스스로 견뎌내지 못하는 성격이지요. 그런데 요즘은 눈에 띄게 우울해합니다. 직장도 안 가려고 하고……."

잠시 어금니를 잘근거리던 남자가 세상에서 가장 분한 표정을 지으며 입을 열었다.

"이게 다 박가 놈 때문이지요. 박가 그놈은 교활한 늑대입니다. 아내에게 일거리를 주고 있지만 사실은 유혹하고 있어요."

"박가라……. 그 사람이 부인의 직업과 연관된 모양인데 왜 그런 생각까지 하게 되었나요?"

남자는 금방 확신에 찬 표정을 만들었다.

"놈과 만나고 온 날은 아내의 행동이 달라지기 때문에 알 수 있습니다. 부부간에는 말하지 않아도 느낌으로 통하는 것이 있잖아요?"

"조금 더 구체적으로 말씀해 주시지요."

이명현은 등받이에 허리를 기댔다.

"사실 아내는 부부관계를 좋아하는 편이지요. 나도 잘 해주고요. 그런데 요즘 반응이 많이 달라졌어요. 때로 거부하기도 하고……. 느낌으로 알 수 있지요. 아내는 나와 관계 중에도 그놈을 생각합니다."

남자의 얼굴이 다시 분노로 일그러졌다.

"집에 오는 시간도 자주 늦어져요. 12시가 넘어서 오는 적이 한두 번이 아닙니다. 그럴 때면 박가 놈과 함께 있었던 거지요. 무슨 짓을 했는지 보지 않아도 뻔합니다. 나쁜 놈."

"많이 괴롭겠군요."

어떤 상황에서도 환자와의 공감은 중요하다. 진실 여부를 떠나 환자가 많이 괴로운 것이 사실이니까.

"선생님도 남자니까 그 고통을 아실 거예요."

남자의 두 눈에 분노와 억울함의 눈물이 고였다. 그것은 자신의 심정을 알아주는 의사를 만났다는 안도의 눈물이기도 했다.

"부인이 하시는 일이 무엇입니까?"

"프랑스어 동시통역을 하고 있어요. 눈코 뜰 새 없이 바쁘지요."

"그런 직업이라면 직장을 옮기는 것도 가능하겠군요. 어떻습니까? 두 분이 그렇게 힘들게 지내시는 것보다는 직장을 바꿔보는 것이."

"글쎄요. 그것도 생각을 안 해본 것은 아니지만……. 사실은 지금 제가 고시를 준비하는 중입니다. 작년에 1차 합격했구요, 2차까지 합격하면 집에서 살림만 시킬 생각입니다만……. 그동안만이라도 아내가 건강했으면 좋겠어요. 스스로를 자제하고요."

그가 변명하듯 서둘러 대답했다.

"부인은 이런 상황을 어떻게 말하고 있습니까?"

"당연히 사귀지 않는다고 발뺌하지요. 처음에는 나보고 의처증이라고 화를 냈지만 전번에는 솔직히 고백을 하더군요. 내가 합격할 때까지 먹고 살아야 하니까 그동안만 참으라고 말이지요. 아내가 흔들리고 있는 것이 틀림없어요. 놈은 돈이 많거든요."

"음, 그렇군요. 현재 두 사람 사이가 어느 정도까지 발전한 것 같습니까?"

"그거야 알 수 없는 일이지만 남자들 속이야 모두 뻔한 것 아닙니까? 제길……, 그것만 생각하면 도대체 잠을 잘 수가 없습니다."

"잠이 잘 안 오나요?"

"괴로워서 그러지요. 놈이 아내에게 할 짓을 생각하면 자다가도 벌떡 일어나게 되지요. 이미 여러 번 관계를……."

"좀 더 구체적인 증거가 있습니까? 예를 들면 단둘이 함께 있는 것을 보았다던가 하는 증거 말이지요."

"워낙 교활한 놈이라 증거를 남기지 않지만 언젠가 아내에게서 남자의 냄새가 난 적이 있었지요. 통화 기록을 조사해 보았었는데 그놈하고 밤에 통화를 한 적이 있었더라구요. 아내는 회식을 했다고 말했지만 가정주부를 그렇게 오래 붙잡고 있는 것도 말이 안 되고요. 전번에도 회식한다고 했었는데 그때 우연히 같은 직장동료가 일찍 귀가하는 모습을 보았었지요. 회식이 아니었던 거지요. 아내가 거짓말을 한 겁니다."

"그 사람에게 직장 회식 날이 아님을 확인하셨나요?"

"그걸 어떻게 합니까? 내 아내가 바람났다는 소문낼 수는 없는 일이잖아요. 그날 이후 지금까지 나는 한잠도 못 잤습니다. 아내에게서 남자 냄새가 나요. 정액냄새가 날 때도 있었고……, 관계 시에도 느낌이

다르고. 그래서 며칠을 참다가 아내에게 물었지요. 처음에는 완강하게 부인하더니 결국 실토를 하더라구요. 하지만……, 처음에는 진실을 알면 오히려 마음이 편해지리라 생각했는데 사실을 알고 나니 더더욱 괴롭더군요."

그의 얼굴 근육들이 분노와 괴로움으로 다시 일그러졌다.

"부부간의 문제는 안정된 이성으로 해결하려 노력하는 것은 매우 중요합니다. 자칫 감정에 휩싸이다보면 서로 간에 큰 상처를 줄 수 있어요."

이명현이 잔잔히 웃으며 말했다.

"하지만 아내의 바람을 냉정한 이성을 갖고 바라볼 수 있는 사람이 과연 있을까요? 아마 그럴 수 있는 사람은 없겠지요. 왜냐하면 그것은……, 너무나 어려운 일이기 때문입니다. 생각만 하면 잠을 잘 수가 없어요. 가슴에서 열불이 나지요."

하긴 본인 스스로 아내의 바람을 단정해버린 상태라면 그것처럼 어려운 일은 세상천지에 없을 것이다. 이명현이 다시 말했다.

"잠을 푹 자는 것은 중요합니다. 잠을 제대로 못자면 이성적 판단력이 흐려지거든요. 일단 약간의 수면제를 드릴 테니 편안하게 주무시길 바랍니다."

"내가 정신과 약을 먹어야 한단 말입니까?"

남자가 이해할 수 없다는 표정을 지었다.

"부부간의 문제는 일반적으로 부부 모두의 문제로 생기게 됩니다. 부부는 아주 가까운 사이이긴 하지만 한편으로 가장 편견이 많은 사이이기도 하지요. '내 아내는 원래 이러이러하다' 또는 '내 남편은 어쩔 수 없는 사람이다'라는 편견이 현재의 상황을 더 악화시키기도 합니다. 남편께서 판단하는 아내의 모습이 아내가 스스로 말하는 모습과 다른 경우가 있고 아내는 남편에게 '당신은 이런 점이 문제다'라고 말하지만 남편 생각은 다른 경우가 많지요. 즉 서로가 잘 알고 있다고 생각하기 때문에, 역설적으로 평생을 같이 살아도 보지 못하는 부분이 있을 수 있어요. 이런 모르는 부분을 아는 것이 문제 해결의 열쇠가 될 수 있습니다. 그러기 위해 문제점들을 냉정하고 객관적으로 볼 수 있는 자세가 필요하지요. 그래서 약이 필요합니다. 잠 잘 때는 푹 자고 맑은 정신으로 상황을 분석해 볼 필요가 있다는 뜻입니다."

"아내에게 내가 모르는 부분이 있다고요?"

남자의 눈이 의심과 경계의 빛을 발하고 있었다.

"일반적으로 그렇다는 것입니다. 어쩌면 아내뿐만 아니라 자기 스스로에 대해서도 모르는 부분이 많을 수도 있지요."

"허허 참, 갈수록 모르는 소리만 하시는군요. 내가 나를 모른단 말입니까?

"엄밀히 말하자면 모르는 것이 아니라 의식 속에서 생각하지 않는다는 것이 더 맞는 말이지요. 인간의 행동을 결정하는 것은 현실 상황에 대한 의식적 사고의 결과만으로 이루어지는 것은 아닙니다. 무의식적인 동기가 있는 것이지요. 예를 들면 선생님이 아내를 사랑하는 이유를 명확히 알고 계시나요? 또는 이런 어려운 상황에서도 고시공부에 매달리는 이유를 잘 알고 계시나요? 물론 현실적인 이유가 있겠지만 잘 생각해 보면 그런 것만으로 설명하기 힘든 요소가 있을 것입니다. 바로 무의식적 동기이지요."

"무의식에 대해서는 여러 번 들어보았어요. 하지만 나는 지금 아내의 바람 문제에 관해 상담을 하고 있는 것입니다."

남자가 책상에 팔꿈치를 댄 오른팔을 신경질적으로 흔들었다.

"부인의 행동에 관한 동기도 알아야 하고 본인 스스로의 무의식적 동기에 대해서도 관심을 가져야 합니다. 그래야만 서로를 잘 이해하게 될 것이고 또 잘 설득할 수가 있는 것이지요. 모르면 서로를 설득할 수가 없어요."

"결국 나에게도 상담이 필요하다는 뜻이군요."

남자는 작은 눈을 구기며 미간에 주름살들을 만들었다.

"맞습니다. 금방 말씀드렸듯 두 분의 갈등을 해결하기 위해서는 부인뿐 아니라 선생님 또한 상담이 필요한 겁니다."

두 사람 사이에 약간의 긴장이 감돌았다.

이명현은 자신의 문제점을 인정하지 않는 이 남자를 어쩌면 두 번 다시 못 볼 수도 있다고 생각했다. 하지만 항상 그렇듯 환자와의 긍정적인 관계 형성을 위해서는 어차피 넘어가야만 할 첫 번째 관문에 불과했다.

"이번에는 부인을 면담하고 싶은데 괜찮으시겠지요?"

"남편의 말씀을 들었습니다. 아까 보니 부인은 억울하다고 말씀하시던데."

환자용 의자에 앉은 여자를 향해 이명현이 먼저 말을 꺼냈다.

"남편은 오래전부터 의처증을 가지고 있었어요. 항상 주변에 있는 남자들과 저와의 관계를 의심했지요. 정말 집요하게 묻고 또 묻고…… 조금만 늦게 들어와도 옷을 다 벗겨놓고 검사를 하지요. 남자 냄새를 찾는다면서요. 남편이 늘 그런 식이기 때문에 저는 회식도 거의 참가하지 않아요. 하지만 일 년에 몇 번은 빠질 수 없는 자리가 있잖아요. 그럴 때는 남편 성격을 알기 때문에 미리 전화하고 행선지를 밝히지만 그래도 남편은 저를 믿질 않아요. 전번 회식 때는 몸이 아픈 동료가 먼저 집에 가는 것을 본 모양이에요. 회식이 아닌데 거짓말했다고 난리를 치더군요."

여자가 고개를 떨어뜨린 채 눈물을 훌쩍였다. 이명현은 책상 위에 있던 티슈 한 장을 건네주었다. 그녀가 눈물이 맺힌 양 눈가를 휴지로 찍었다.

"그 일이 있은 이후부터는 무조건 저를 의심하는 거예요. 핸드폰 통화 내역을 보자고 해서 통화내역서를 뽑아 주었어요. 그중에 딱 한 번 밤에 박 부장하고 통화한 기록이 있었는데 그걸 보고 박 부장하고 바람피운다고 집요하게 따지는 거였어요. 사실은 박 부장이 야근 중에 필요한 서류를 찾지 못해 전화한 것뿐인데 남편이 믿지를 않는 거예요. 남편은 자기가 원하는 대답을 들을 때까지 몇 날 며칠을 잠을 재우지 않아요. 잘 수가 없어요. 그래서 그냥 '예, 예' 했더니 이후는 내가 자백했다고 더 야단법석이더군요. 자기가 믿을 수 있게 행동을 하라는 것이지요. 그래서 거의 한 시간마다 전화해서 안심시키곤 했는데 직장에서 그렇게 못하는 때가 있잖아요. 만약 두어 시간만 연락 안하면 어디 갔었느냐고 난리예요. 이제는 지쳐서 살 수가 없어요."

여자의 흐느끼는 얼굴 위로 아이들과 함께 미국에 가 있는 아내의 얼굴이 겹쳐졌다. 여자는 눈물을 흘릴 때 가장 여성스러워 보인다고 했던가. 이명현은 지금 자신의 앞에 앉아있는 지극히 여성스러운 환자의 얼굴 위로 가장 표독스러운 아내의 얼굴이 겹쳐지는 현상을 기이하게 생각했다.

"이 문제를 다른 사람과 상의한 적이 있었나요?"

"남편이 창피하다고 못하게 해요. 자존심이 강한 남편은 체면을 아주 중요시하거든요."

이번에는 여자가 티슈 한 장을 꺼내 눈물을 닦았다.

"사실 남편은 병원에도 안 오려했는데……. 며칠 전에 내가 자살을 시도했었거든요. 수면제를 먹었지요. 그리고 아파트에서 뛰어내리겠다고 했더니 나에게 정신과 치료가 필요하다고 하면서 병원에 데려온 거예요."

"지금도 죽고 싶으신가요?"

"난 죽으면 안돼요. 애들이 불쌍하잖아요. 남편은 애들을 제대로 키울 능력도 없어요. 제가 자살을 시도한 것은 남편을 병원에 데려오기 위해 쇼를 한 거예요. 남편은 나를 사랑하거든요."

음, 자살에 대한 생각이 이 정도라면 일단 심각한 우울증이 아니다.

"남편이 평소 다른 일에도 의심을 많이 합니까?"

"원래 의심이 많아요. 속으로는 모든 사람을 의심하고 미워해요. 그래서 대인관계가 거의 안돼요. 고시공부를 한다고 방에 들어앉아 있는 것도 사실은 대인관계가 두려워서 그런 것 같아요. 하지만 겉으로는 무척 소심하고 예의바르지요. 그러니까 남들은 남편을 호인으로 알고 있어요."

"그렇군요. 일단 두 분과 많은 이야기가 필요할 것 같습니다. 남편이 부인을 치료해야 한다고 하니까 당분간 남편과 함께 상담해주시길 바랍니다."

사무실 창밖으로 보이는 헐벗은 가로수들 모두가 광화문 쪽을 향해 활처럼 굽어져 있었다. 밖은 아직도 매서운 바람이 부는 모양이다.

구내식당에서 점심식사를 마친 정상진은 창가에 있는 자신의 책상 앞에 앉아 종이 커피잔을 홀짝였다. 사무실 속으로 쏟아지는 햇볕이 그지없이 따뜻했고 이제는 제법 익숙해진 사무실 공기에서도 편안함이 느껴졌다.

정신과 의사인 그가 개업을 포기하고 의학전문기자의 길로 들어선 지 벌써 1년이 다 되어가고 있었다. 물론 그는 기자가 되려는 생각은 추호도 없었다.

작년 이맘때쯤 전문의 자격증을 취득한 후 어떻게 해서든 개업을 하기 위해 전국을 누비며 자리를 찾아보았지만 예상했던 대로 개업자리는커녕 취직할 자리조차 쉽게 구할 수가 없었다. 게다가 개업한 선배들 대부분이 배를 곯고 있는 모습에 그는 결국 개업을 포기해버리고 의학전문기자란 자리를 노크하게 되었는데 80 대 1이나 되는 경쟁률이 말해주듯 이 자리 또한 결코 만만했던 자리는 아니었다.

창가 라디에이터에서 올라오는 따뜻한 공기가 끝없는 아지랑이를 만들었다. 어린 시절 외갓집에서 종달새 알을 주우러 갔을 때 보았던 봄철 개울가의 아지랑이였다. 자리에서 일어선 후 그는 라디에이터 위에 걸터앉아 황량한 세종로를 내려다보았다. 아스팔트 바닥을 훑고 지나가는 매서운 겨울바람 속으로 수많은 사람들이 종종걸음을 옮기고 있었다.

그들의 모습 위로 자살한 4, 50대 가장들의 영정들이 슬며시 겹쳐졌다.

'얼마나 힘들었으면⋯⋯.'

몇 달 전 모 대기업에서 천여 명이 넘는 사람들을 한꺼번에 명퇴시킨 적이 있었다. 안타깝게도 그들 대부분은 이제 막 자녀들이 대학에 들어가야 하는 나이의 사람들이었다. 가장 많은 돈이 들어가야 하는 중요한 시기에 회사로부터 버림을 받은 것이다. 비록 퇴직금으로 목돈을 받았다고는 해도 요즘과 같은 불경기에 알량한 퇴직금 몇 푼만으로는 새롭게 시작할 수 있는 것이 아무것도 없었다.

정상진은 유행처럼 번져가는 4, 50대 가장들의 자살현상을 조사하느라 요 며칠 눈코 뜰 새 없이 바빴다.

다음 호 특집에서 그들이 자살하는 원인에 대해 사회심리학적 관점에서 비교적 심도 있게 다룰 예정이었다. 기자가 된 이후 처음 맡은 특집이었기에 쉽게 다룰 수 없었고 최동명 부장의 말처럼 '월간극동'에 걸 맞는 기사를 써야만 했다. 월간극동은 국내 최고의 지명도를 가진

시사월간지였다.

'왜 하필이면 추운 강물에 몸을 던졌을까.'

그는 1주일 전쯤 반포대교에서 투신자살한 이명현을 생각했다. 그의 시신을 수습하는 데만도 며칠이 걸린 모양이었는데 갑자기 몰아닥친 한파로 한강 중앙 부분을 제외한 대부분의 강물이 얼어붙었기 때문이었다.

이명현 원장은 학계에서 소문난 학구파이자 정력가였다. 게다가 수백 억 재산가의 딸이자 미스코리아 출신이기도한 아내를 가진 이유로 동료 의사들의 부러움과 시샘을 한꺼번에 받던 사람이기도 했다. TV에도 자주 출연한 적이 있었기 때문에 정신과 의사로서 그를 모른다면 틀림없는 간첩이었다.

젊은 정신과 의사들의 우상이자 성공 모델이기도 했던 이명현 원장은 죽기 직전까지도 학교폭력의 예방과 피해학생들의 심리치료에 타고난 에너지를 쏟아 붓고 있었다.

정상진은 전문의 연수 강좌 때 그의 강의를 들은 적이 있었다. 비행청소년들의 심리를 주제로 다룬 강의였었는데 생전 처음 들어보는 그의 명강의에 전공의 모두가 감탄했었다.

그의 말투와 몸짓 하나하나에는 넘치는 활력이 실려 있었다.

무의식 탐험

대기실의 작은 소란이 조용해지더니 박정석의 아내 김정연이 진료실로 들어왔다.

"안녕하셨어요? 남편이 저보고 먼저 치료받으라고 하네요."

의자에 앉는 여자의 얼굴에 불만이 역력했다.

"잘 하셨습니다. 저도 부인을 먼저 만나는 것이 좋겠다고 생각했습니다. 그동안 어떻게 지내셨습니까?"

이명현이 밝게 웃었다. 여자는 의처증 남편과의 길고도 지루한 전쟁을 견뎌낸 후 남편을 의사에게 데려왔다. 충분한 지혜와 끈기를 가진 여자였지만 지금은 꽤나 지쳐있을 것이다. 충분한 정신적 지지가 필요했다.

"남편이 약을 먹었어요. 잠을 자니까 약간 편해진 느낌이라고 말하더군요. 나도 조금은 쉴 수 있었구요. 하지만 남편의 의심은 여전해요. 어젯밤에도 휴대폰과 이메일을 조사하고 몇 시간을 묻고 또 묻고 하다가 겨우 잠이 들었어요. 내가 아침을 안 먹었더니 빨리 치료하자며 병원에 데리고 오더군요."

"의처증이 쉽게 가라앉지는 않겠지만 두 분이 서로 사랑하고 있고 또 부인의 지혜가 남다르므로 충분히 극복할 수 있을 겁니다."

"제가 지혜롭다고요? 말도 안돼요. 저는 결혼 이후로 한 번도 남편을 정확하게 이해하지 못하였어요. 지혜는커녕 지금은 바보가 된 느낌이에요."

"대부분의 아내들이 그런 말을 하지요. 원래 부부란 그렇게 알다가도 모르는 관계가 아니겠습니까? 일반적으로 어떤 사람을 잘 이해하기 위해선 그 사람의 살아온 과정부터 살펴보는 것이 필요합니다. 그러면 그 사람의 속마음까지도 알 수 있지요. 부부관계도 마찬가지지요. 부부간 만남의 역사를 알 수만 있다면 현재의 문제를 이해하는데 큰 도움이 됩니다. 그래서 오늘은 두 분이 어떻게 만나서 어떻게 살아왔는가에 관하여 이야기를 나누고 싶습니다."

모차르트의 G단조가 피날레를 향해 치닫고 있었다. 여자는 머리를 돌려 잠시 창가를 바라보았다.

노란색 초음파가습기가 만드는 수증기가 나란히 늘어선 몇 개의 작은 황토빛 화분들 위로 쏟아지고 있었다.

여자는 지그시 눈을 감았다. 데이터베이스 깊은 곳에 저장되어 있을 인생의 가장 아름다웠던 기억들을 꺼내기 위해 열심히 스크롤바를 굴리는 중이었다. 드디어 그녀가 입을 열기 시작했다. 기억의 단편들이 들어있는 창을 정확히 찾은 것이다.

"우리는 대학시절에 만났어요. 1학년 때 교양과목을 함께 수강하게 되었었는데 그때 남편을 처음 만났지요. 남편은 법학을 공부하고 있었어요. 대개 법대생들은 자존심이 강하고 잘난 척 하는 경우가 많은데 남편은 무척 겸손했지요. 말이 없고 조심스러운 성격이었는데 그때는 그것이 그렇게 멋있어 보이더라구요. 능력 있는 외유내강형인 사람인줄 알았지요. 어딘지 고고한 선비 같은 느낌도 들었구요. 그래서 가까워지게 되었지요."

"그랬군요. 두 분의 관계가 결혼 때까지 아무런 문제가 없었나요?"

"처음에는 남편이 소심하고 감정 표현이 없어서 내가 더 적극적이었던 것 같아요. 내가 선물도 주고 관심을 표현했는데 남편의 반응은 항상 애매했어요. 좋은 것인지 싫은 것인지 모를 정도였지요. 그러다 나도 감정이 식어가고 있을 때 또 다른 법대생 선배가 나에게 접근했어요. 그 선배는 법대 학생회장을 할 정도로 적극적인 사람이었지요. 선배가 나에게 관심을 보이자 남편의 태도가 갑자기 달라졌어요. 매 시간마다 나에게 연락하고 거의 매일 데이트 약속을 만들어서 다른 사람을 만날 시간도 없게 만들었지요."

"남편께서 부인을 매우 사랑하셨던 모양이군요."

"그때는 저도 사랑인줄로만 알고 좋아했었어요. 그런데 지금 생각하면 병적인 집착이었던 것 같아요. 남편 특유의 질투심이 그렇게 만들었던 것이지요……. 이후로는 남편의 주도로 결혼하게 되었구요."

"박정석 씨는 언제부터 고시 공부를 시작했었나요?"

"대학 때부터 시작했지만 중간에 포기했어요. 졸업 후에는 회사에 취직했었지만 적응하지 못하였구요. 항상 직장 상사에 대해 불만을 늘어놓았어요. 그러면서도 회사에서는 아무 말 못하는 눈치였구요. 겉으로 말을 잘 듣는 것 같지만 속으로 불만이 가득했기 때문에 승진에도 어려움이 있었지요. 직장상사들이 모를 리 없으니까요."

잠시 말을 멈춘 그녀가 회한의 한숨을 내쉬었다. 즐겁지 못한 기억들이 쏟아져 나오는 검색창을 이제는 닫고 싶은 모양이다.

"계속 얘기해보시지요."

"그러던 어느 날 그 선배가 고시에 합격했다는 소식을 들었어요. 그 뒤로 남편은 회사에 사표를 던지고 다시 고시공부를 시작했지요. 제가 직장을 다녀서 경제적 어려움은 별로 없었기 때문에 저도 적극적으로 말리지 않았구요. 하지만 고시에 몇 번 실패하면서 남편의 성격이 변하기 시작했어요. 늘 제 주변을 감시하고 남자들과의 관계를 의심하기 시작했지요."

이명현이 깍지 낀 양손으로 턱을 괴었다. 그가 다시 물었다.

"의심하는 것 외에 남편의 또 다른 문제가 있습니까?"

"이중성격자예요. 속으로 집요하게 의심하면서도 남들 앞에서는 전혀 그런 내색이 없어요. 우리 부부가 이렇다는 것을 친구들은 물론이고 시댁이나 친정에서도 아무도 몰라요. 원래 친한 친구도 없었지만……."

여자의 시선이 다시 늘어선 화분들로 향했다. 작은 녹색의 생명들이 겨울햇빛 속에서 꿈틀거렸다. 녹색은 희망의 색이며 생명의 색이다. 또한 애정의 색이며 젊음의 색이기도 하다.

"앞으로 두 분 사이가 어떻게 될 것 같습니까? 좋아질까요 아니면 더 나빠질까요?"

"저는 이번이 마지막 기회라고 생각해요. 그동안 너무 많이 시달렸어요. 여기서 남편이 더 나빠진다면 저도 더 이상 함께 살기 힘들 거예요."

여자가 고개를 떨어뜨리며 말했다.

얼핏 스치는 그녀의 눈 속에서 작년 말 미국에 갔을 때 보았던 아내의 눈빛이 떠올랐다. 더 이상 같이 못살겠다는 결연한 눈빛이.

"좋아지고자 하는 소망을 가지면 좋아질 것입니다. 이제 남편을 만나보도록 하겠습니다."

여자가 나가자마자 박정석이 기다렸다는 듯 진료실로 튀어 들어왔다. 안경 너머의 날카로운 눈빛이 그의 평범한 인상을 차갑게 만들었다.

"선생님, 어떻습니까? 아내의 증상이 심각하지는 않습니까?"

"부인을 많이 걱정하시는군요."

"아내는 불쌍한 여자입니다. 나 때문에 고생을 많이 했어요. 조금만 기다리면 내가 합격할 텐데, 그때까지 버티기에는 아내의 의지가 너무 약해요. 주변의 남자들이 가만히 놓아두지 않을 거구요."

"전번에 말씀하신 것 중에 궁금한 부분이 있습니다. 부인의 외도에 대해 정황은 이해가 되는데 아무리 그렇다고 해도 선생님이 확신하고 계신 것은 이해가 잘 안됩니다. 부인이 확실히 외도를 했습니까? 음……, 그러니까 늦게 들어온다든가 전화를 했다든가 하는 것만 가지고는 뭔가 석연치 않습니다."

박정석은 순간 당황했다. 마음속 깊은 곳으로부터 분노가 치밀어 올라왔다. 그가 어금니를 꽉 깨물었다.

'참아야 한다. 모두가 그래왔듯 이 의사 역시 나를 믿지 못하고 있다. 하지만 의사를 못 믿기는 나도 매한가지이다. 그렇다고 여기서 자리를 박차고 일어설 수는 없다. 아내의 병을 치료하기 위해 그리고 나에 대한 오해를 풀기 위해 반드시 이 의사를 설득해야만 한다.'

"선생님, 부부간에는 남들이 모르는 느낌이 있지 않습니까?"

그가 굽혔던 상체를 바로 펴며 최대한 부드러운 목소리로 물었다.

그의 눈빛이 공감을 원하고 있었지만 이명현은 그의 눈빛을 무시한 채 물었다.

"전번에 무슨 냄새가 났다는 말씀을 하셨는데."

"맞습니다. 내가 결정적으로 알게 된 이유가 바로 그것입니다. 그것! 정액냄새."

"틀림없이 정액냄새였습니까?"

"틀림없었습니다."

그렇다면 이 사람은 환취를 경험한 것이다.

환각이 있다면 정신치료는 어려워진다. 더구나 오감의 발달 중에서도 후각은 가장 원초적인 감각이며 정서적 기억과도 가장 밀접하다. 따라서 환취가 있다면 환시나 환청의 경우보다 치료가 더욱 복잡해진다.

이명현은 이 환자가 결코 쉬운 상대가 아니라는 것을 직감했다.

환자와의 신뢰 관계는 대단히 중요했지만 이명현은 환자의 현실 판단력을 조금 더 평가해 볼 필요가 있다고 생각했다.

"박정석 씨는 다른 사람보다 냄새에 더 민감한 편인가요? 예를 들어 다른 냄새도 특별히 잘 맡을 수 있습니까?"

"그렇지는 않습니다만 아내가 들어왔을 때 그 냄새가 확 느껴졌습니다. 그 전까지는 그저 의심만 하고 있었지만 그 냄새를 맡고부터는 저도 더 이상 참을 수가 없었던 겁니다."

"그 정도의 강한 냄새였다면 다른 사람들도 맡을 수 있었겠군요. 예를 들어 엘리베이터 안에 있는 사람이나 또는 택시운전사나 하는 사람들도……."

"아마 그럴지도 모르지요. 아! 선생님은 성관계를 해도 정액냄새는 쉽게 맡을 수 없다는 말을 하고 싶은 거군요. 맞습니다. 어쩌면 내가 예민했는지도 모릅니다."

박정석은 자신이 틀림없이 맡았던 정액냄새가 의사에게 자신을 의심하는 빌미를 제공하고 있다고 생각했다.

이 잘생기고 세련된 정신과 의사는 자신이 가지고 있는 남다른 초능력적 후각기능을 이해하지 못하는 것이 분명했다.

하긴 모두가 잘 발달된 감각기관을 가질 수 없는 노릇이다. 박정석은 일단 그것을 부정하는 편이 훨씬 더 좋을 것이라 생각했다.

이명현은 금방 말을 바꾸는 박정석을 물끄러미 바라보았다. 분명 순종하려는 자세를 취하고 있지만 속으로는 자신을 인정하지 않는 사실에 매우 분노하고 있을 것이다.

'이것이 권위자에게 취해왔던 이 사람의 태도 방식일 것이다. 이런 사람은 깊이 있게 분석해 들어갈수록 더욱 복잡해진다. 어쩌면 내 정신 에너지의 상당 부분을 소모하게 될지도 모른다. 이 정도에서 '할로페리돌'(항정신병 약물)을 주고 지금 일어나고 있는 현실적 갈등만을 중재하는 수준에서 치료를 끝내야 한다.'

이명현의 좌측대뇌반구에서는 냉정한 판단을 내리고 있었지만 무엇에 이끌리듯 자신도 모르는 사이에 다음 순서를 진행하고 있었다.

"박정석 씨를 예민하게 만든 무의식적인 동기가 있지 않았을까요?"

'무의식적 동기!'

질문을 하면서 이명현은 속으로 소리쳤다. 바로 무의식적 동기가 분석을 끝내려 하는 자신의 의지를 막고 있었다.

"무의식······. 또 그놈의 무의식을 말씀하시는군요. 전에도 무의식을 말씀하셔서 저도 그 부분을 생각해 보았어요. 심리학 책도 읽어보았지요. 무의식의 힘이 내 행동을 지배한다고 써 있더군요. 그럴듯한 소리예요. 아내의 문제와 별도로 저도 제 무의식에 대해 좀 더 알 필요가 있다고 생각합니다."

허리를 편 박정석이 등을 의자에 기댔다. 경쟁심으로 이글거리는 그의 눈은 '나는 준비가 완료됐소. 자, 이제 논쟁을 시작해 봅시다'라고 말하고 있었다.

이명현은 박정석의 순종하는 모습 속에 교묘히 감춰진 강한 경쟁심을 찾아냈다. 하지만 환자와의 경쟁은 전혀 필요하지 않았다. 그런데 이 사람의 눈빛은 분명 어디선가 본 듯했다. 질투와 경쟁심과 분노가 뒤섞인 이 눈빛을 어디서 보았을까?

"무의식에 관심을 가지게 되어 다행입니다. 그것을 안다는 것은 진정한 나를 이해하는데 가장 중요한 것이지요."

"어떻게 하면 그것을 잘 알 수 있습니까?"

"몇 가지 알려진 방법들이 있지만 가장 쉬운 방법이 꿈을 보는 것입니다. 또는 최면을 통하여 알아볼 수도 있구요. 프로이드는 자유연상을 통해 무의식을 탐험하였답니다. 진정한 나를 찾아 떠나는 탐험이었지요. 흥미 있고 놀랍고 때로는 위험하기도 하구요."

"그 탐험을 저도 떠나고 싶군요. 어떻게 하면 될까요?"

"무의식에 대해 관심을 가지는 것부터 이미 탐험이 시작되었다고 볼 수 있습니다. 무의식은 과거의 수많은 경험으로부터 만들어집니다. 즉, 내 삶의 역사가 곧 무의식을 형성하게 되는 것이며 그것들을 되돌아보는 것이 자신을 찾는 또 하나의 방법이기도 하지요. 이제부터 차근차근 시간을 가지고 진정한 자아를 찾아 떠나봅시다."

간호사의 노크소리가 상담 시간이 끝났음을 알렸다.

"자, 이제 시간이 다 된 것 같습니다. 다음 환자가 기다리고 있어요. 오늘 못 다한 말들은 다음 시간에 다시 나누기로 약속하지요."

두 눈 가득 아쉬움을 남긴 채 박정석이 나갔다. 한동안 이명현은 닫힌 진료실 문을 멍하니 바라보았다.

'그래. 이것은 아니다. 환자는 환각을 보이는 정신증을 가지고 있다.

그의 무의식을 다룬다는 것은 몹시 위험할 수도 있다. 그런데 나는 왜 평소답지 않게 이 사람에게서 호기심을 느끼는 것일까. 과연 이 감정은 무엇일까. 험한 산 앞에 선 등반가의 심정이 바로 이런 것일까?'

이명현은 박정석의 눈빛을 마치 자신이 넘어서야만 할 운명처럼 느끼고 있었다.

추적 2

"정 기자, 잠깐만 보세."

좀 떨어진 거리에 앉아있던 최동명 부장이 그를 향해 손짓했다. 정상진이 마시다 만 종이컵을 손에 든 채 까다롭기로 소문난 데스크에게 다가갔다.

"맡은 일은 잘되어 가나?"

부장은 깡마른 얼굴에 늘 신경질적인 표정을 가진 사람이었다.

"현재까지 모두 일곱 가족을 인터뷰했습니다만 아무래도 표본 수가 너무 적은 것 같습니다."

"일곱 명이라면 적은 수가 아닌 것 같은데?"

최동명은 허리를 한번 곧추세운 후 상체를 의자에 기댔다.

"그중에서 유서를 남긴 사람은 단 세 명밖에 되지 않았습니다. 나머지 사람들은 자살한 동기가 명확치 않아요."

정상진이 맞은 편 의자에 앉으며 대답했다. 그가 남아 있던 커피를 홀짝였다.

"그 사람들이라고 해서 특별한 이유가 있겠어? 유서를 남긴 사람들의 자살한 동기가 뭐였나?"

"주로 경제적인 문제였습니다. 대부분이 직장에서 퇴직한 사람들이었구요."

"음, 예상했던 대로 평범한 동기들뿐이군."

최동명이 숱이 많은 앞머리를 쓸어 올리자 왼쪽 이마 거의 전체를 덮고 있는 탈색된 검은 반점이 보였다. 태어날 때부터 가지고 있던 검은 점이 나이를 들면서 옅어지는 중이었다.

"쉽게 말 못할 이유도 있을 법한데?"

"하지만 유가족들이 인터뷰에 적극적이질 않아요."

"그렇겠지."

"주위 사람들이나 직장 동료들을 만나보았지만 그들 역시 자세한 내막을 모르구요."

"우리 '월간극동' 독자들에게는 좀 더 색다르고 쇼킹한 이유가 필요해. 경제적인 문제나 명퇴, 조퇴 같은 이유들은 어제 오늘의 문제가 아니었잖아? 너무 진부해."

"그렇지만 있지도 않는 이유를 꾸며낼 수는 없잖습니까?"

"물론 그렇지. 내 말은 없는 이유를 만들라는 것이 아니라 그들을 자살로 유도한 진짜 이유를 찾아보란 말이야. 그들이 자살할 수밖에 없었던 이유 말이지. 예를 들면 심리적인 갈등이나 뭐 그런 거 말이야."

"무의식적 동기를 말씀하시는 군요."

"그래, 바로 그거야. 무의식적 동기!"

무의식적 동기란 용어는 일반인들에게 낯설었다. 최동명은 무의식적 동기란 말에 찢어진 가는 눈을 크게 떴다.

"무의식적 동기라! 그것 참 멋있는 말이네. 그래 자살한 사람들은 뭔가 남다른 무의식적 동기를 가지고 있었을 거야. 경제적으로 어려운 사람들이 어디 한둘이겠어?"

무의식의 세계를 알아내려면 자살한 사람들을 직접 만나야 했지만 그들은 이미 이 세상 사람들이 아니었다.

"그들을 직접 만나기 전에는 알 수가 없을 겁니다."

정상진이 남아있던 커피를 비우며 말했다.

"정 기자는 정신과 전문의 아닌가? 그들을 직접 만날 수 없다면 최소한 그럴 듯한 이야기 정도는 꾸밀 수 있잖은가?"

"꾸민다기보다는 유추할 수 있겠지요. 4, 50대 자살에 관련된 논문들이 많이 나와 있으니까요."

"그래, 그러면 되겠군. 그런데 말이야, 정 기자. 왜 사람들이 꼭 한강에서만 떨어져 죽는 거지? 그것도 반포대교에서 말이야."

최동명의 두 눈에 낯선 호기심이 가득했다.

"원래 자살에는 명소가 있는 법입니다."

"명소?"

"파리의 에펠탑이나 뉴욕의 엠파이어스테이트 빌딩 같은 곳 말이지요. 우리나라에도 부산 태종대에 있었잖습니까?"

"음, 이제는 반포대교가 자살의 명소가 되었단 말이지. 그런데 왜 자살하는데 명소가 필요한 거지?"

"자살이 자주 발생했던 곳에서는 뛰어내리고 싶은 충동이 훨씬 더 강하게 느껴지는 법이지요."

"죽은 귀신들이 충동질하는 게 아니고? 빨리 뛰어내리도록 말이야."

"글쎄요."

짓궂고 호기심이 가득한 초등학생의 표정이 부장의 얼굴 위에 그려졌다.

"원래 자살하는 사람들은 마음속에 심한 분노를 가진 사람들입니다. 사회에 대한 분노 또는 가족이나 다른 사람들에 대한 분노를 가지고 있지요. 그 분노를 보여주기 위해서 그들은 세상에 잘 알려진 곳을 택하는 겁니다. 산속에 들어가서 몰래 죽으면 사람들에게 자신의 분노를 알릴 수 없잖아요?"

"음, 분노를 상대방에게 보여주기 위해서란 말이지."

부장이 고개를 주억거렸다. 어느새 그는 평소의 차갑고 쌀쌀맞은 얼굴로 돌아와 있었다.

"그런 셈이지요."

"그런데 정신과 의사도 자살을 하나?"

최동명의 눈가에 다시 야릇한 미소가 그려졌다. 죽은 이명현 원장을 생각하는 모양이었다.

"정신과 의사라고 해서 마음속에 분노가 왜 없겠습니까? 똑같은 사람인데요."

"중이 제 머리는 못 깎는다더니 바로 이런 경우를 두고 말하는 거군. 정신과 의사라면 자살하고 싶은 마음을 스스로 통제할 수도 있었을 텐데."

"꼭 그렇지만은 않을 겁니다."

"왜 그렇지?"

"자살은 단순히 우발적으로 할 수 있는 것이 아니잖습니까? 아무리 정신과 의사라 해도 자살한 사람들에게는 무언가 정신적인 병리가 숨어있었던 거지요. 그들도 어쩌지 못하는 정신질환 말입니다."

"정신병에 걸린 정신과 의사라……. 그것 참 대단한 아이러니군."

"정신분열증과 같은 심한 정신질환을 가진 사람이라면 환자를 볼 수 없겠지만 가벼운 신경증이나 성격장애를 가지고 있다면 얼마든지 개업할 수가 있겠지요."

"어쨌든 그 정신과 의사까지만 포함시키고 마무리 하도록 해. 원고 마감 시간이 얼마 남지 않았어."

악몽의 부활

　진작부터 고정시켜놓은 TV 채널에서는 미리 예고된 밤 11시를 정확히 맞춰 패널 토의가 생중계되기 시작했다.

　"현재 우리나라에서는 갈수록 심각해지는 청소년 폭력이 큰 사회적인 문제로 부각되고 있습니다. 특히 날로 조직화되고 잔인해지는 학교폭력은 이미 그 정도를 지나쳐 조직 폭력의 수준까지 도달해 있으며 연령층도 갈수록 낮아져 초등학교조차도 마음 놓고 보낼 수 없는 상태가 되어버렸습니다."

　유명 앵커 출신의 50대 남자 사회자가 쓸데없이 긴 서두를 꺼내고 있었다. 푹신한 천 소파에 허리를 깊게 묻은 유고웅은 잔뜩 긴장한 채 화면을 노려보았다. 굳어진 목과 어깨 근육을 풀기 위해 자세를 바꿔보았지만 요동치는 왼쪽 가슴만큼은 어쩔 수가 없었다.

　'놈이 과연 무슨 말을 지껄일 것인가.'

　"고통을 견디지 못하고 자살하는 학생이 있는가 하면 자신을 괴롭히는 친구를 칼로 찔러 죽이는 학생도 있었습니다. 심지어는 집단 괴롭힘을 당한다는 이유로 무고한 학급 친구들에게 공기총을 난사하는 사고까지 발생했습니다. 그동안 학교나 학부모 그리고 사회 각계각층에서 학교폭력의 근절을 위해 많은 노력을 해왔음에도 불구하고 우리는 방법적인 차원에서 아직도 미흡한 점이 많은 것을 솔직히 시인하지 않을 수 없습니다."

유고웅은 뻗었던 다리를 다시 모은 후 테이블 위에 미리 준비했던 얼음 섞인 냉수를 벌컥벌컥 들이켰다.

'그래, 진작 노력했어야지.'

"오늘 우리는 학교폭력의 근본적인 원인이 무엇인지를 규명하고자 하며 다음으로 이를 근절시킬 수 있는 근본적인 대책은 과연 있는 것인지, 있다면 그것이 어떤 방법인지를 진지하게 찾아보려고 합니다. 우선 학교폭력의 원인이 무엇인지에 대해 의견을 나눠보겠습니다. 광일대학교 사회학부에 근무하시는 김태호 교수께서 말씀해 주십시오."

얼굴이 비썩 마르고 아래턱이 튀어나온 50대 남자가 마이크 앞에 입을 갖다 댔다. 대학교수라기보다는 항상 강성 발언만 일삼는 모 사회단체의 대변인과 흡사한 모습이다.

"사회문화적인 측면에서 몇 가지 원인들을 말씀드리겠습니다. 우선 폭력을 묵인하는 사회적 규범에 문제가 있다고 생각합니다. 흔히 부부싸움은 칼로 물 베기란 말을 합니다. 화가 나면 배우자에게 욕설을 하거나 폭력을 휘둘러도 용서가 되며 아이들 또한 부모로부터 폭력을 당하는 것이 당연한 일로 받아들여지고 있는 것이 엄연한 현실입니다. 또한 형제들 간의 폭력행사도 자연스럽고 익숙한 생활이 되어 버렸습니다. 결국 남을 존중하는 타인 지향적인 사고의 발전이 가정에서부터 실패를 하고 있는 것입니다."

얼핏 들으면 사회학부 교수답게 가정문제의 정곡을 집어내고 있는 듯 했지만 모두 맞는 말은 아니었다.

자신과 어머니도 아버지의 폭력 속에 시달리며 살지 않았던가. 그러나 유고웅 자신은 친구들 등짝조차도 건드리지 않았다.

"교사들이 자신들의 체벌을 사랑의 매로 정당화시키는 것도 심각한 문제입니다. 구타와 체벌, 이것은 엄격히 말하면 서로 같은 의미일 뿐입니다. 둘 사이에 모든 사람들이 수긍할 수 있는 객관적인 경계선이 과연 있습니까? 그리고 대학동아리에서 단결을 빌미로 자행되는 구타 역시 문제입니다. 노동운동을 한다며 연일 보여주는 폭력적 시위, 심지어는 멱살을 잡고 상대방을 업어치기 한방으로 날려버리는 국회의원들의 모습 등 우리 아이들은 사회 전반에 걸친 폭력을 매일같이 보고 자라며 그것들을 생활의 일부로 자연스럽게 받아들이고 있는 것입니다."

하악이 발달한 사람들은 왠지 말발이 세 보인다.

사람들은 입주위의 근육이 발달한 것으로 생각하지만 사실은 아래턱뼈가 위턱뼈에 비해 조금 더 클 뿐이다.

'흥, 미친 놈. 똑같은 환경에서 자랐어도 그렇지 않은 사람들이 더 많아.'

유고웅은 대학교수의 말에 동조할 수 없었다.

"말씀 잘 들었습니다. 김 교수님의 말씀을 정리해보면 사회와 정치 그리고 경제와 문화 등 우리 주위에 만연해 있는 모든 폭력적 풍토가 청소년들의 폭력성에 큰 영향을 미치고 있다는 말씀이었습니다. 다음은 일선에서 직접 청소년들과 생활하고 계시는 호서중학교 이충섭 교장선생님의 말씀을 들어보도록 하겠습니다."

카메라의 앵글이 반백의 금테안경 남자를 잡았다. 그가 거구를 앞으로 숙이며 '흠 흠' 하고 목청을 가다듬었다.

"에…… 저는 입시 위주의 현 교육정책에 가장 큰 문제가 있다고 생각합니다."

거구의 몸집에 맞는 느릿한 말투였지만 그의 목소리는 여자처럼 가늘었다.

"에…… 교육의 근본 목표는 지식과 인격을 겸비한 전인적인 인간을 만드는데 있어야만 합니다. 다시 말하면 에…… 지, 덕, 체의 조화로운 완성을 최고의 목표로 해야만 되는 것이지요. 에, 또…… 그렇지만 우리의 교육 현실은 어떻습니까? 여러분들도 잘 아시다시피 우리 아이들은 오로지 대학합격이라는 유일한 지상 목표만을 향해 달려야만 합니다. 에…… 그러니까 그들의 정서함양이나 인격형성은 학교에서 배울 수 있는 덕목이 이미 아닌 셈이지요. 그래서 아이들의 정서가 메마르게 되는 것입니다. 사회봉사활동과 같은 단체 활동으로 협동과 단결의 중요성이 무엇인지 그리고 또…… 남을 사랑하고 배려하는 것이 무엇인지를 배울 수가 없게 되어버렸단 얘기입니다."

'그래, 역시 교장선생님다운 말씀이군.'

유고웅이 팔짱을 낀 채 고개를 끄덕였다.

백년지대계인 교육 정책은 항상 다른 정책들보다도 최상위 정책이어야만 한다. 일관성이 있어야 하고 흔들리지 말아야 한다. 그래야만 나라가 안정되고 국민들이 행복해질 수 있다. 하지만 이놈의 나라에선 제일 많이 바뀌는 법이 바로 교육법이다. 백년지대계가 아니라 십년지대계도 못되는 것이다.

유고웅은 자신이 시행착오로 혼란스런 입시제도의 마지막 세대라고 생각했었지만 25년이 훌쩍 넘어버린 지금도 시행착오는 여전했다. 그러니 아이들을 해외로 보낼 수밖에.

"네 말씀 잘 들었습니다. 이충섭 교장선생님께서 항상 흔들리는 우리나라의 교육정책을 꼬집어 말씀하셨습니다. 누구는 우리나라의 입시제도를 망국제도라고 말을 합니다. 그만큼 문제가 많다는 뜻이겠지요. 교육정책 입안자들이 귀 기울여 들어야 할 대목인 것 같습니다. 다음은 학교폭력의 심리학적 측면에 대해서 정신과 전문의이신 이명현 박사님의 말씀을 들어보겠습니다."

상체를 벌떡 일으킨 유고웅이 얼음이 모두 녹아버린 냉수를 벌컥벌컥 들이켰다. 목을 가득 메운 찬 기운이 식도를 타고 명치를 향해 흘러내렸다.

'드디어 놈의 차례다. 놈이 어떤 말을 지껄일 것인가. 아니 어떤 말을 하든, 도대체 놈에게 그럴 자격이나 있는 것인가.'

"우리가 알아야 할 중요한 것은 학교폭력의 가해학생들은 일반학생들과는 좀 다른 심리적인 특성을 가지고 있다는 것입니다."

'살인자!'

화면 가득 떠오른 이명현의 얼굴을 향해 유고웅이 눈을 부라렸다.

"우리는 누구나 억압된 본능과 충동을 무의식 속에 간직한 채 살아갑니다. 의식적으로 그것들을 억누르면서 말이지요. 하지만 성격이나 정신적인 장애가 있는 사람들에겐 무의식 속에서 언제든 튀어나오려 안달이 나있는 억압된 충동들을 제어할 정신적 힘이 부족합니다. 즉 이성적인 좌측 대뇌반구가 본능과 환상으로 들끓는 우측 대뇌반구를 이기지 못하는 것이지요. 바로 가해학생들처럼 아주 작은 자극에도 쉽게 폭발해버리는 경우가 바로 이 경우입니다."

'흥, 바로 네놈을 말하고 있군. 네놈은 좌측 대뇌반구가 아예 없는 놈이야.'

"가해학생들의 성격장애는 대충 세 가지 정도로 구분할 수 있습니다 다만 참고로 가해학생 모두가 이 카테고리 안에 들어 있다고는 말할 수 없습니다. 그들이 주로 가지고 있는 세 가지 성격장애란 반사회적 성격장애, 자기애성 성격장애 그리고 경계선 성격장애입니다."

이명현이 테이블 위에서 양손 깍지를 꼈다. 그가 제법 달변을 시작하자 유고웅의 가슴속으로부터 더욱 거센 화가 치밀어 올랐다.

'나쁜 자식. 그 모두가 네가 가지고 있는 성격장애들이야!'

"반사회적 성격장애란 타인의 권리를 무시하고 침해하며 매우 충동적이고 무책임한 특징을 가지고 있습니다. 그리고 자기애성 성격장애는 자신을 매우 과대평가하며 항상 남들로부터 칭찬 듣기를 원하기 때문에 타인과의 공감이 매우 결여된 성격장애를 말합니다."

'그렇군. 바로 네놈이 그랬었지.'

유고웅은 지독한 괴롭힘을 당했던 악몽 같은 시절이 떠오르려 하자 부르르 몸서리를 쳤다. 슬금슬금 수면을 향해 솟구쳐 오르려던 악몽이 그의 반사적인 몸부림에 의해 무의식의 바다 밑으로 자취를 감췄다.

"마지막으로 경계선 성격장애란 올바른 자아상이 확립되지 못해 항상 불안하고 대인 관계의 미숙으로 단체 생활에 어려움을 느끼며 사소한 일에도 지나치게 충동적인 반응을 보이는 성격을 말하는 것입니다. 이상의 성격장애들은 앞에서 말씀하신대로 가해학생들이 자라난 성장 배경이나 유전적인 원인에 의해 형성되는 경우가 많다고 생각됩니다. 하지만 우리가 간과해서는 안 될 중요한 것이 또 있습니다. 우리는 대부분의 피해학생들 또한 무시하지 못할 정도의 성격장애가 있음을 분명히 알아야만 합니다."

몇 안 되는 방청석에서 '우~' 하는 작은 함성이 흘러 나왔다.

유고웅이 피가 날 정도로 아랫입술을 깨물었다.

'나쁜 놈의 새끼. 드디어 본색을 드러내는군.'

"발표된 자료에 따르면 피해학생들은 크게 두 부류로 구분됩니다. 우선 너무 피동적이며 겁이 많은 것이 전형적인 피해학생들의 성격입니다. 그들은 항상 불안하고 불안정하며 자신감이 결여되어 있습니다. 작은 폭행에도 쉽게 울며 나약하고 자기비하 성향이 너무 심하기 때문에 급우들로부터 인기가 없고 어울리기도 힘이 듭니다. 두 번째 부류는 너무 도발적인 성격의 아이들입니다. 그들은 능동적이고 자기주장이 매우 강하지만 한편으론 집중력이 너무 없이 산만하고 과잉행동으로 인해 늘 상대방의 신경을 자극합니다. 그들의 성미가 너무 조급하기 때문에 언제나 그들로 인해 갈등 상황이 조성됩니다."

더 이상 참지 못한 유고웅이 자리에서 벌떡 일어섰다. 리모컨을 눌러 TV를 꺼버린 후 그것을 소파 위로 집어 던졌다. 소파에서 튕겨 오른 리모컨이 깨지는 소리를 내며 거실 마룻바닥에 떨어졌다.

"그래, 놈에 대한 인간적인 미련은 필요 없어. 아직도 반성하지 않는 것이 확실해. 아직도 놈은 우리에게 모든 잘못을 전가시키고 있어. 그리고 아직도 우리를 잊지 않은 것이 틀림없어."

유고웅은 이명현이 지금 자신을 향해 말하고 있다고 생각했다. 놈은 같은 정신과 의사가 되었지만 파산 위기에 처한 자신이 지금 어디에선가 보고 있을 거라는 계산에서 말하고 있었다. 중학교 3학년 때 놈이 죽인 박성주와 자살의 유혹에서 간신히 벗어난 자신을 염두에 두고 지껄인 말일 것이다.

"개새끼, 쌍놈의 새끼."

유고웅의 입에서 험한 욕들이 거침없이 쏟아져 나왔다.

놈이 말한 대로라면 피해학생의 첫 번째 부류에는 죽은 박성주가 속했고 두 번째 부류에는 유고웅 자신이 속해 있었다.

틀림없이 놈은 자신을 향해 말하고 있었다.

놈은 지금 이렇게 메시지를 보내는 중이었다.

'잘 들어, 유고웅! 박성주가 죽은 것은 내 잘못이 아니야. 박성주 스스로가 자신을 죽였을 뿐이야. 그리고 네가 괴롭힘을 당한 것도 마찬가지 이유야. 너희들의 성격장애가 스스로 화를 자초한 것뿐이야.'

무의식의 언어

1

학교에서 돌아온 이명현은 현관문을 열자마자 마당에 떡 버티고 서 있는 거구의 외팔이를 발견하고 화들짝 놀란다.

놈의 오른손에서 작은 손도끼가 보인다. 그렇다면 놈이 어머니를!!

두려움을 참아내며 집안을 살피려 했지만 놈의 큰 덩치에 가려 보이질 않는다. 한 발짝 다가선 놈의 낯설지 않은 눈빛 속에 살의가 이글거린다.

놈이 손도끼를 번쩍 쳐들었다. 금방이라도 내려칠 기세다. 이대로 있다간 자신도 놈의 손에 죽을 것이다.

이명현은 옆구리에 끼고 있던 책가방과 모자를 마당에 집어던지고 뒤돌아 도망친다. 놈이 좇아온다.

예전처럼 어머니의 긴 치마를 뺏어 입었지만 놈은 자신보다 훨씬 빠르게 달린다. 사력을 다해보지만 다리가 말을 듣지 않는다. 아무리 애를 써도 제자리에 서있는 느낌이다.

더 이상 도망할 곳이 없는 건물 옥상에서 놈과 맞닥트린다. 옥상 난간에 등이 닿은 이명현이 밑을 내려다본다. 콘크리트 바닥이 아득히 보인다. 낯설지 않은 두려움이 밀려온다. 아, 이제 끝이란 말인가.

갑자기 무지갯빛 하늘에서 백마가 나타난다. 눈처럼 흰 백마는 젊고 힘 있게 생겼다. 장검을 거머쥔 장군이 붉은 망토를 휘날리며 말과 함께 옥상 위에 내려앉는다. 말 위에 앉은 이명현이 코앞까지 다가온 놈을 향해 장검을 휘두른다. 어느새 그가 장군이 된 것이다.

놈의 잿빛 얼굴에 붙어있던 양쪽 귀가 독수리 날개만큼이나 커지더니 그것을 퍼덕거리며 하늘로 날아오른다. 수많은 깃털들이 흩날리며 주위를 가득 메운다. 숨이 막힐 지경이다.

외팔이 놈이 갑자기 날카로운 것으로 찔러온다. 놈의 손도끼가 다른 무기로 바뀐 것이다. 말이 창에 찔린 듯 몸부림을 치더니 균형을 잃고 하늘에서 떨어진다. 장군도 함께 떨어진다. 주위에 모여든 수많은 군중들이 장군을 아니 자신을 비웃고 있다. 쓰러진 말의 목에서 붉은 피가 흘러나온다. 검붉은 핏줄기가 점점 굵어지더니 마침내 큰 강을 이룬다.

이명현은 한동안 움직일 수 없었다. 꿈이었다.

다행히 꿈이었지만 손가락 하나 움직일 수 없다. 온몸이 젤리에 갇혀버린 듯 숨조차 쉬기 힘들었다. 의식은 점차 명료해졌지만 몸은 천근만근이다. 그는 마치 동면에서 깨어난 곰처럼 천천히 몸을 움직여

보았다. 오른손 엄지손가락을 천천히 움직였다. 움직인다. 나는 살아
있다.

상체를 벌떡 일으킨 이명현은 또 한 차례의 악몽이 지나갔음을 알아
차렸다.

"휴~"

그가 긴 한숨을 내뿜었다. 전신이 땀으로 흠뻑 젖어있었다. 거실로
나온 그가 냉장고 문을 열어 언젠가 노모가 끓여놓고 간 보리차를 꺼
냈다. 어둠에 익숙해진 그의 눈에는 방범등 불빛이 희미하게 들어오
는 거실이 그리 어둡지 않았다. 그는 불을 켜지 않은 채 소파에 앉아
보리차를 벌컥벌컥 들이켰다. 찬 기운이 목 줄기를 타고 내려가며 땀
으로 축축해진 몸에 한기가 엄습해왔다.

꿈에서 표현되는 언어는 의식의 언어와는 전혀 다른 방식으로 작용
한다. 따라서 꿈은 다분히 위장된 의미를 갖는다.

"제기랄."

아무도 없는 썰렁한 집안이 그를 더욱 춥게 만들었다. 갑자기 미국
에 있는 식구들이 그리워진 그가 전화기를 집어 들었다.

'새벽 3시, 지금쯤 아이들은 학교에 있겠지.'

이명현은 전화기를 도로 내려놓았다. 아이들 목소리가 듣고 싶었지
만 지금은 냉랭한 아내의 목소리만 듣게 될 것이다.

이명현은 푹신한 소파에 허리를 묻고 눈을 감았다.

일부 신경과학자들은 꿈은 뇌간에서 보내는 시끄러운 신호들 때문
에 생기는 의미 없는 이미지일 뿐이라고 주장했다. 차라리 그들의 주

장이 맞았으면 좋겠다고 이명현은 생각했다. 하지만 그들의 주장과 1백 년 전 프로이드의 주장 사이에는 양립 가능한 폭넓은 부분들이 존재했다. 꿈이 항상 'REM(급속안구운동)수면' 때에만 나타나는 것이 아니라는 결론이 났기 때문이다.

외팔이…….

꿈속에서 나타나는 시각적 이미지는 동시에 여러 가지 의미를 갖는다. 요즘 들어 자주 꿈속에 등장하는 외팔이 놈 역시 몇몇 인물들이 응축되어 있는 이미지가 틀림없었다.

어머니의 치마를 입고 있는 점으로 볼 때 놈은 자신을 매질하던 어머니를 암시하고 있었다. 자신이 늘 친구들을 괴롭혀 문제를 일으켰기 때문이었다.

어쩌면 미국에 있는 아내 쪽일 가능성도 있었다. 그리고 놈은 틀림없이 아버지를 의미하고 있었다. 어린 시절 아버지를 경쟁의 대상으로 삼았던 오이디푸스 콤플렉스의 죄의식이 아직도 그를 따라다니고 있다는 증거였다. 언젠가 아버지가 복수할지도 모른다는 무의식 속의 두려움, 그것이 아직도 마음속에 자리 잡고 있는 것이다.

유치원 때였든가. 모두가 잠든 한밤중에 아버지는 어머니를 깔아뭉갠 채 잔인하게 죽이려 했었다. 그것도 몇 번씩이나. 그런데도 다음 날 아침이면 어머니는 아무렇지도 않게 아침식사를 차렸다. 식탁에 앉은 그가 불쌍한 어머니를 힐끗거렸지만 어머니는 자식들에게 들키지 않으려는 듯 행복한 미소만 보일 뿐이었다. 그때부터 아버지의 학대에서 어머니를 구해야 된다는 강박관념이 그를 사로잡았다. 아버지가 죽이고 싶도록 미웠지만 범접할 수 없는 권위와 힘이 있는 아버지 앞에서 어머니를 위해 해줄 수 있는 건 아무것도 없었다. 공연히 아무런 죄도 없는 누렁이만 화풀이 대상일 뿐이었다. 그리고 그것이 부부관계였다는 사실을 깨닫게 된 것은 중학교에 들어가고 나서도 한참 후의 일이었다.

더 이상 잠들기 틀렸다고 생각한 이명현은 TV를 틀었다. 리모컨을 누르자 DVD플레이어와 연결된 50인치 대형 PDP모니터에서는 며칠 전에 보고 빼내지 않았던 CD가 재생되었다.

내셔널지오그래픽사의 '잃어버린 제국'이란 다큐물이었는데 잉카와 마야문명 그리고 앙코르와트에 대한 탐사 기록이 시리즈로 제작된 CD였다.

한동안 화면을 지켜보던 그가 거실 창밖을 바라보았다. 희미한 방범등 불빛 속으로 무언가 흩날리고 있었다. 창가로 다가서자 헐벗은 나무들 위로 탐스러운 눈송이들이 보였다.

잿빛 하늘을 온통 메운 눈발은 외등 불빛 밑으로 갈수록 더 하얘졌고 그 소담함이 더해갔다. 갑자기 혼자라는 외로움에 몸을 떨었다.

'아이들과 함께 보았던 눈은 이런 것이 아니었는데……'

언제나 에너지가 넘치던 그였지만 이제는 모든 것이 피곤하기만 했다. 그는 요즘 들어 더욱 심해져만 가는 무력감이 단순한 나이 탓만은 아니라고 생각했다.

식구들이 떠나고 난 후의 커다란 공허함, 그 메울 수 없는 잔인한 공백이 그를 더욱 지치게 만들고 있었다.

방범등 곁에 서있는 앙상한 벚나무 한 그루가 괴물과도 같은 모습으로 눈에 들어왔다.

양쪽으로 뻗은 가지들이 삭풍에 흔들리며 마치 비상하는 맹금류의 날개처럼 보였다.

꿈속에 보였던 외팔이의 양쪽 귀와도 흡사한 날개였다.

앙상한 가지들이 만든 검과 두 날개는 쌓이는 눈 때문에 위에서부터 하얗게 탈색이 되어가고 있었다.

꿈속에 나타났던 외팔이의 날개 색깔도 흰색이었다. 그가 눈발이 쏟아지는 시꺼먼 하늘을 올려다보았다. 검은 하늘을 가득 메운 탐스런 눈송이들이 불투명한 잿빛 공간 속으로 잦아들고 있었다.

어린 시절, 동네에는 늘 두려움의 대상이 되었던 외팔이 한 명이 있었다. 얼굴도 심하게 일그러져 양쪽 눈높이가 서로 달랐고 입도 한쪽으로 기울어진 사람이었다. 어른들의 말에 의하면 군 생활 시절, 폭탄이 터지는 바람에 그런 흉측한 모습이 되었다고 했다.

외팔이, 그가 나타날 때마다 귀가 강조되는 것 역시 무의식의 표상이었다. 그렇다면 귀가 의미하는 것은 무엇이란 말인가.

'혹시……'

무의식의 심연 속에서 갑자기 부상하려는 무엇에 이명현은 흠칫 놀라 도리개질을 쳤다.

'아니야, 그럴 리가 없어. 말도 안 돼.'

2

외투를 벗어 옷걸이에 건 이명현이 창을 마주보고 있는 부드러운 보호자용 응접소파에 앉았다. 밤새 내린 함박눈이 얼어붙어 서울시내 출근길이 온통 마비된 상태였지만 눈은 아직도 그칠 줄 모르고 펑펑 쏟아지고 있었다.

몸이 으스스 떨리고 양측 관자놀이가 지끈거리는 것이 아마도 감기에 걸린 모양이었다. 어제 밤늦게까지 생방송 토론을 하고 새벽에는 악몽으로 밤잠까지 설쳤으니 몸 상태가 정상일 리 없었다. 몸을 움츠린 채 눈을 감은 이명현이 진료실을 가득 메운 주피터교향곡 제2악장의 아름다운 멜로디에 귀를 기울였다.

'웅장한 알프스와 끝없이 펼쳐진 진녹색 초원, 만년설이 만드는 맑은 시냇물과 아름답고 푸른 호수 그리고 푸른 하늘과 뭉게구름, 하늘을 수놓는 원색의 새들⋯⋯.'

"원장님, 괜찮으세요?"

커피잔을 들고 들어온 여직원이 이명현의 잔뜩 쪼그라진 모습을 놀란 눈을 크게 떴다.

"음, 감기에 걸린 모양이야."

그가 코를 훌쩍이며 대답했다.

"어젯밤에 무리하신 모양이군요. 레모네이드를 타 드릴까요?"

"그래줄래?"

잠시 후 다시 들어온 여직원이 따뜻한 레모네이드가 가득 든 머그잔을 건네주며 전화가 왔음을 알렸다.

"원장님, 청소년위원회라는데요."

"그래, 알았어."

잔을 받아 든 그가 진료용 의자로 자리를 옮긴 후 전화기를 들었다.

"안녕하세요? 최영선이에요. 어젯밤 패널 토론에서 너무 잘하셨어요."

"예, 보셨군요. 칭찬해주시니 감사합니다."

그가 뜨거운 레모네이드를 한 모금을 홀짝였다.

"저런, 감기에 걸리신 모양이군요."

최영선이 코 막힌 소리를 눈치 챈 모양이었다.

"예, 그런 모양입니다."

"의사도 감기에 걸리나요? 호호호."

"의사도 의사 나름이겠지요."

티슈로 가볍게 코를 풀며 그가 대답했다.

"아무래도 우리 서브리미널 프로젝트가 난관에 부딪힐 모양이에요."

최영선이 아침 일찍부터 전화한 이유를 꺼냈다. 그녀의 목소리가 갑자기 침울하게 들렸다.

"왜 그렇지요?"

"교육인적자원부와 문화관광부 실무자들하고 장시간 논의를 해봤는데 법적인 장애물들이 너무 많아요. 그리고 음반회사나 온라인 게임업체들의 반발도 거세구요."

"법적인 문제야 국회를 통과하면 해결될 것 아닙니까? 음반회사나 게임업체들의 반발이야 이미 예상했던 일이구요."

"업체들의 로비가 문제지요. 내년 봄 임시국회에 상정될 것을 어떻게 알았는지 벌써부터 막강한 로비를 펼치고 있는 모양이에요."

"나쁜 놈들, 지들은 자식도 안 키운대요?"

"그러게 말이에요."

"실험 결과로는 게임에 대한 아이들의 관심이 오히려 증가됐다고 했잖습니까?"

"그랬지요. 하지만 그들이 믿질 않아요. 실험 기간이 짧고 표본수가 너무 적다고 하는 모양이에요. 실험 장소가 학교였던 점도 문제를 삼고."

"학교에서 실험한 것이 무슨 문제가 된다고 그럽니까?"

"저번 회의 시간에 나왔던 대로 아이들의 일시적인 일탈감 때문이라는 거지요. 일부 학자들의 주장이 설득력을 얻고 있어요."

"사쿠라 같은 놈들! 그건 그렇다 쳐도 국회의원들이 로비에 휘둘리다니, 미래에 대한 비전을 가진 국회의원들이 그렇게도 없단 말입니까?"

"개인적으로야 그러고 싶은 사람들도 있겠지요. 하지만……."

이명현이 다시 한 번 코를 풀자 이마 중앙이 뻐근하게 아파왔다. 매머드급 정치 논리에 비한다면 국회의원 개인 개인은 한낱 작은 개미에 불과하리라.

"이쪽에서도 담당 소위원회 국회의원들에게 로비를 하면 되지 않을까요?"

"그렇지 않아도 교육위원회 몇 분을 만나보긴 했지만 한결같이 어렵다는 분위기였어요. 실정법뿐 아니라 여러 가지 면에서 걸리는 부분들이 너무 많다고 하더군요."

"그럼 방법이 없단 말입니까?"

"글쎄요. 문화관광위원회나 과학기술정보통신위원회 쪽을 알아보려 해요. 아직 포기할 상황은 아닌 것 같으니까 조금만 더 참고 기다려 보세요."

"학교폭력의 추방에는 그 이상 가는 방법이 없습니다. 나라의 장래를 위해서라도 반드시 성사시켜야만 합니다."

"그래요. 저도 이 박사님하고 같은 생각이에요. 하여튼 좀 더 노력해 봐야 하겠지요. UTN의 홍희석 사장님 같은 분들도 계시잖아요?"

3

박정석의 아내 김정연은 지난주보다 훨씬 더 편안한 얼굴로 진료실에 들어왔다. 자리에 앉은 그녀가 먼저 입을 열었다.

"남편이 심리학책을 보면서 의처증 행동이 많이 줄어들었어요. 의심을 안 하는 것은 아니지만 그래도 잠을 자고 때때로 다른 생각에 몰두하니까 상대적으로 제가 편안한 시간이 좀 늘었지요."

"정말 그렇다면 무척 바람직한 현상이군요. 박정석 씨의 정신 에너지가 다른 곳으로 흐르고 있다는 얘기입니다."

이명현이 고개를 끄덕였다.

"아시다시피 박정석 씨는 편집증 환자입니다. 정신 에너지가 다른 곳을 향해 흐르는 것은 편집증 환자에게서 흔히 일어나는 현상이 아니지요. 어쩌면 박정석 씨의 치료가 의외로 쉽게 풀릴지도 모르겠습니다."

편집증 환자의 경직된 정신세계는 언제나 같은 경로만을 고집하는 비융통성이 가장 큰 특징이었다.

갈등을 매개하는 과정이나 욕구를 만족시키는 과정이 항상 고정되어 있기 때문에 잘 바뀌지 않을 뿐더러 너무 일관성만을 고집하기 때문에 지나치게 긴장하는 것이 특징이기도 했다. 만일 박정석의 치료가 쉽게 성공을 거둔다면 정신과 학회지에 사례 발표를 해도 될 정도의 빅 토픽이었다. 이명현은 치료 능력이 탁월한 자신을 만난 것이 박정석에게는 정말 큰 행운이라고 생각했다.

"당분간 남편의 의심을 살만한 행동을 자제하시고 서로 간에 신뢰를 회복하도록 노력하세요."

"잘 알겠습니다. 부탁드릴게요."

아내가 나가자 박정석이 제법 익숙해진 몸짓으로 들어왔다. 그의 눈빛이 빠르게 이명현의 얼굴을 훑었다.

"이 박사님, 오랜만입니다. 잘 지내셨지요?"

박정석의 부드러운 인사 속에서 이명현은 순간적인 긴장감을 느꼈지만 이상하게도 그것이 오히려 짜릿한 도전 의식을 만들었다.

'이 사람은 아직도 나를 신뢰하지 못하지만 곧 나를 신뢰하고 의지

하게 될 것이다.'

"예, 앉으시지요. 오늘은 얼굴이 무척 밝아 보이시는군요."

이명현이 자리에 앉는 박정석을 향해 웃음을 보였다.

'편집증 환자는 일반적으로 정신분석학적인 접근에 적합하지 않다. 하지만 나는 이 환자의 정신 병리를 보다 근본적으로 치료해 갈 것이다. 이러한 치료는 아무 의사나 할 수 있는 것은 아니다. 나 아니면 어려울 것이다. 이미 나는 이 환자와 치료적 관계를 형성해 가고 있으며 치료를 시작한 지 얼마 지나지 않았지만 환자는 상당히 안정되어가고 있다. 그것이 바로 나만이 이 환자를 치료할 수 있다는 증거다.'

"제 아내가 무슨 말을 했습니까? 우울증은 나아지고 있습니까?"

"박정석 씨 생각은 어떻습니까? 함께 사시는 분이 더 잘 알 것 같은데……."

"하하, 그런가요? 하긴 요즘은 죽는다는 소리 안하고 얼굴도 조금 편안해 보이기는 합니다. 저에게도 전보다 더 잘해 주고요. 귀가 시간도 잘 지켜주고요. 아직 아내가 완전히 변했다고는 생각하지 않지만 변하려고 노력하는 것 같기는 합니다."

그가 호방한 척 큰 웃음을 만들었다.

"다행이군요. 부인의 치료는 저에게 맡기시고 앞으로는 박정석 씨의 무의식에 관해서 저와 좀 더 심도 있는 대화를 나누도록 합시다."

박정석은 작은 눈을 가늘게 떴다.

'이 의사는 자꾸만 나를 환자로 몰아가려하고 있다. 기분이 몹시 나쁘지만 지금으로서는 다른 선택의 여지가 없다. 지금은 내 인생 최대의 위기이다. 아내를 구하기 위해서는 이 사람이 절대적으로 필요하다. 따라서 지금 이 사람의 비위를 거스를 필요는 없다.'

그가 의자에 기댔던 등허리를 앞으로 굽혔다.

"사실은 저도 그것이 궁금해서 여러 가지 생각들을 해보았습니다. 과거도 생각하고 꿈도 생각하고 그리고 책도 읽어보았습니다."

이명현은 환자가 자신에게 잘 보이려고 무던히도 애를 쓰고 있다고 생각했다. 그렇게 해서 마음속의 적개심을 감추려는 것이다. 이 환자가 이러한 인격을 형성한 이유는 무엇일까? 그 뿌리는 과연 어디에 있는 것일까?

"그 중에 혹시 생각나는 부분이 있으면 말씀해 주시지요."

"꿈을 꾸었어요. 평소에는 잘 꾸지 않던 꿈이었는데 어젯밤에는 아주 생생한 꿈을 꾸었지요."

'어젯밤 꿈!'

그의 말은 이명현으로 하여금 생각조차 하기 싫은 어젯밤 꿈을 떠올리게 만들었다. 어쨌든 환자가 내놓는 첫 꿈은 언제나 큰 의미가 있었다.

"꿈은 누구나 그리고 언제나 꾸지요. 대개는 아침에 눈을 뜨자마자 잊어버리게 마련이지만 어젯밤 꿈이 생각나는 이유는 아마 전번에 제가 '무의식을 아는데 꿈이 도움이 된다'고 했기 때문에 영향을 받았는지도 모릅니다. 아마 마음속에 있던 생각들이 꿈으로 나타났을 것입니다."

"그런데 꿈이 이해가 안 되요. 어린애 장난 같기도 하고……. 작은 돼지가 한 마리 있었는데 저는 손에 들고 있던 망치로 돼지를 마구 때렸어요. 무지막지하게……. 왜 그런 몰상식한 짓을 했는지 이해가 잘 안되지만 어쨌든 갑자기 돼지가 공룡처럼 커지는 거예요. 주라기 공원이라는 영화 있지요? 그 영화에서 티라노사우루스가 사람을 한입에 삼키는 장면이 있지 않습니까? 그것처럼 커진 돼지가 입을 벌리고 나에게 달려들었어요. 너무 놀라서 도망가려 했지만 몸이 말을 안 들었어요. 그런 절박한 순간에 잠에서 깨어났지요……. 꿈이라는 것을 알고 안심하긴 했지만 너무 놀라 온몸이 땀으로 뒤범벅이 되어버렸더라구요. 꿈의 내용이 무엇을 뜻하는 걸까요?"

"꿈의 의미는 그 꿈을 꾼 사람이 가장 잘 알지요. 우선 꿈에 나오는 여러 가지 자료들을 검토 해보는 것이 좋겠습니다. 먼저 꿈에 관하여 연상되는 것을 찾아봅시다. 돼지나 망치 그리고 공룡 등등."

"잘 모르겠어요. 그런데 특이한 점은 돼지가 사람처럼 두 다리로 뛰어왔다는 것이에요. 그런 돼지는 상상이 안 되잖아요?"

이명현은 이 사람이 누군가를 몹시 두려워하고 있다고 생각했다. 그리고 그를 죽이고 싶도록 미워하는지도 몰랐다. 돼지 같은 사람이 과연 누구일까?

이명현이 물었다.

"일반적으로 돼지라고 하면 박정석 씨는 어떤 모습을 연상합니까?"

"글쎄요…… 욕심 많고, 더럽고, 제멋대로이고…… 그리고 치사한 동물이겠지요."

"다른 연상되는 것은 없습니까? 영화나 책 또는 옛날 경험에서 연상

되는 것도 좋습니다. 돼지가 아니더라도 망치나 공룡과 연상되는 것
도 좋습니다."

"모르겠어요……. 아! 지금 갑자기 생각나네요. 작년엔가 신문에서
본 뉴스가 생각나네요. 어느 못된 아들이 자기 아버지를 망치로 때려
죽였다는 내용 말이에요. 그때는 몹시 화가 나서 '저런 놈은 사형을 시
켜야 한다'고 아내에게 말했던 기억이 납니다. 지금 그것이 왜 생각날
까요?"

'오이디푸스 콤플렉스!'

환자의 말이 간밤에 자신 꾼 꿈을 되살리고 있었다.

이명현은 이 환자 역시 아버지를 미워하면서도 두려워하고 있다고
생각했다.

오이디푸스 콤플렉스는 아주 고전적인 프로이드의 이론이지만 여
전히 많은 환자에게서 발견되는 무의식의 언어였다.

효 사상이 깊이 뿌리내리고 있는 우리나라에서 부모상에 대한 콤플
렉스는 쉽게 밖으로 나타나지 않는다. 꿈속에 수시로 나타나는 외팔
이가 아버지의 표상일지는 몰라도 자신은 늘 외팔이의 공격에 수동적
인 모습만을 보였었다. 그 점이 이 환자와 자신과의 확연한 차이점이
었다. 어지간해서는 아버지에 대한 적개심이 때려죽인다는 정도로 적
나라하게 나올 수 없었다. 그런 상황에서는 자아를 건강하게 지키기
어렵기 때문이었다. 비록 꿈이었지만 이 환자는 자아를 지키는 방어
기제가 매우 약하다는 것을 의미하고 있었다.

이명현은 이런 사람의 무의식을 의식세계로 끌어낼 때는 조심스럽

게 접근해야 한다는 점을 알고 있었지만 아버지에 관한 무의식적 내용을 이미 토해내기 시작했으므로 계속 진행할 필요가 있었다.

"누구나 자기만의 말 못할 사정이 있지요. 그 못된 아들도 나름대로 고통이 있었는지 몰라요. 그 아버지가 어떤 사람이었는지도 모르구요. 박정석 씨의 아버지는 어떤 분이셨나요?"

박정석이 다시 등허리를 의자에 묻었다. 한동안 그는 원형으로 함몰된 천장의 작은 조명들을 응시했다.

"아버지는 변호사셨어요. 제가 초등학교 때 돌아가셨지만 제 기억 속에서 아버지는 매우 무서운 분이셨지요. 어릴 때부터 항상 엄하셨어요. 나에게 항상 최고가 되라고 요구하셨지요. 초등학교 1학년 때에는 받아쓰기를 한 개 틀렸다고 해서 팬티만 입고 쫓겨난 적도 있었어요."

박정석의 말에 이명현은 자신의 아버지를 생각했다. 큰 방직공장을 운영하셨던 아버지 역시 엄하기로는 세상에서 둘째가라면 서러우신 분이셨다.

"정말 엄하셨군요. 어머니는 어떤 분이셨나요?"

"어머니는 나를 낳고 석 달 만에 가출했어요. 저는 할머니가 키웠구요. 나중에 어른들에게 들은 얘기인데 아버지가 의처증이 너무 심해서 어머니를 자주 때렸다고 했어요. 나를 낳고도 한동안 다른 남자의 아이라고 의심했다고 하더군요. 결국 어머니가 집을 나갔고 아버지는 내가 자신의 아들이 아니라고 고아원에 맡겼지요. 얼마 후 그런 사실을 알게 된 할머니가 고아원에 있던 저를 데려와 5살까지 키웠어요. 이후 아버지가 재혼을 했기 때문에 저는 5살 때부터 새어머니가 키우게 되었지요. 새어머니는 아주 냉정한 사람이었어요. 저는 새어머니가 웃는 모습을 본 적이 없어요. 새어머니는 나에게는 아주 무관심했어요. 상대적으로 아버지가 나에게 더 많은 관심을 보였고 고아원에 보낸 것을 후회하면서 저에게 잘해 주려고 노력하셨어요. 아버지는 경제적 능력이 있었기 때문에 내가 필요한 것은 모두 다 사주셨어요. 그렇지만 제가 아버지 기대에 못 미치면 여전히 심하게 야단을 쳤지요."

태어나서 한 살까지는 기본적인 신뢰감이 형성되는 중요한 시기이다. 그처럼 중요한 시기에 이 환자는 버려졌다. 이것이 이 사람이 의심이 많은 근본적인 이유가 될 수 있었다.

이명현은 병의 뿌리가 영아기에 있다면 해결하기가 몹시 어려울 거라고 생각했다. 더구나 아버지나 새어머니가 아이의 감정에 무관심한 사람이었다면 지금이라도 이 사람에게는 따뜻하고 자애로운 아버지의 모습이 필요했다. 그런데 아버지는 이미 사망했다. 애석하게도 다시는 그런 기회를 가질 수 없는 것이다.

이명현은 이 환자의 무의식 속에 자애로운 아버지의 모습을 심어줄 필요가 있다고 생각했지만 그것은 아주 어려운 일이었다. 그렇다고 이제 와서 이 환자를 포기할 수는 없었다. 이런 어려운 환자는 자신이 고치지 못하면 세상 그 누구도 손대지 못할 것이다.

이명현은 가슴 속 한구석에서 솟아오르는 불안감을 애써 외면했다. 오히려 그럴수록 자신의 능력을 믿고 싶었다.

추적 3

마치 중세 유럽의 성과도 같은 거대한 아파트는 지하 주차장에서부터 방문객을 혼란 속에 빠트렸다.

끝없이 넓은 지하 주차장에서 이명현이 살았던 105동으로 가는 길이 어느 쪽인지 감을 잡기란 쉽지 않은 일이었다.

간신히 동과 호수가 적혀있는 주차 라인을 찾은 정상진은 차를 세운 뒤 엘리베이터로 가는 길을 막고 서있는 강화유리문 앞에서 204호 인터폰을 눌렀다. 잠시 후 강화도어가 스르르 열렸다. 사무실을 출발하기 전 유가족들에게 미리 전화를 해놓은 터였다.

"안녕하세요? 좀 전에 전화 드렸던 정상진입니다."

현관문을 여는 검은 상복의 여자를 향해 그가 머리를 약간 숙여 인사했다.

수년간 미스코리아로 활동했던 이명현의 부인은 낯이 익었고 검은색의 상복이 그녀의 흰 얼굴을 더욱 아름답게 만들고 있었다. 40을 넘어선 나이임에도 불구하고 아직도 전성기적 모습을 간직하고 있었다.

"아직 상중이신데 정말 죄송합니다."

거실 의자에 앉은 정상진이 자신의 방문에 양해를 구했다.

"괜찮습니다. 원장님 후배라고 하셨지요?"

정상진과 조금 떨어진 의자에 앉은 이명현의 아내가 물었다.

"예."

대형 PDP TV 우측 옆으로 커다란 가족사진이 걸려있었다. 초등학생인 듯싶은 아들과 딸이 가운데 서있고 그들의 양쪽으로 행복한 미소를 머금은 부부가 앉아있었다. 정상진은 천천히 주위를 둘러보았다. 평당 분양가가 국내 최고라는 명성에 걸맞게 아파트 내부 역시 호화롭게 꾸며져 있었다.

정상진은 기자라는 신분을 감추고 있는 것에 미안한 생각이 들었지만 대학은 달라도 정신과 후배임에는 틀림없었다.

"이렇게 경황없이 큰일을 당하셨으니 얼마나 마음이 아프십니까?"

"감사합니다."

그녀가 들고 있던 손수건으로 눈물을 훔쳤다.

"저는 원장님이 그렇게 돌아가셨다는 사실을 아직도 믿질 못하고 있습니다. 제가 아는 한 원장님은 절대 그럴 분이 아니셨거든요."

"……."

"혹시 최근에 원장님께 무슨 일이 있으셨습니까?"

정상진이 조심스럽게 질문했다. 위로 차 방문한 것이지 사건을 조사하러 나온 경찰이나 기자가 아니었다.

최소한 가족들에게는 그렇게 보여야만 했다.

"모두가 저 때문이에요. 저 때문에 그 양반이 죽은 거예요. 흑, 흑……."

"무슨 일인지는 모르겠지만 그렇다고 너무 스스로를 질책하지 마십시오. 설마 사모님 때문에 그렇게 하셨겠습니까?"

"아니에요. 제가 그 양반을 너무 외롭게 만들었어요. 너무 긴 시간을 혼자 있게 만들었어요."

"원장님이 혼자 계셨던 모양이셨군요."

전혀 생각하지 못했던 말이었다.

"예, 제가 아이들과 함께 미국에 가 있었거든요. 그것도 3년씩이나, 흑, 흑, 흑."

3년이란 결코 짧은 세월이 아니었다. 그 긴 세월동안 이명현 원장이 혼자 지냈다면 틀림없이 많이 외로웠을 것이다. 하지만 전문의 시험 바로 직전 그의 강의를 들었을 때만 해도 그는 전혀 그런 내색이 없었다. 그게 1년 전쯤의 일이었고 그때만 해도 그는 활력이 넘치는 모습을 보이고 있었다.

"혹시 사모님이 모르시는 다른 문제가 있지 않았을까요? 예를 들어 금전적인 문제 같은 거 말이지요."

"병원 수입을 미국으로 보내지 않았기 때문에 그렇지는 않았을 거예요."

정상진은 고개를 끄덕였다. 다른 가장들과는 다르게 이명현만큼은 최소한 금전적인 이유로 자살하지는 않았을 것이다. 젊은 여자가 녹차를 가져와 테이블 위에 올려놓았다. 고인의 딸인 모양이었다.

"아드님은 안 계신 모양이군요."

그가 가족사진을 쳐다보며 물었다.

"예, 학교 때문에 어제 미국으로 건너갔어요."

"혹시 원장님이 유서를 남기지는 않으셨나요?"

녹차를 한 모금 마신 후 정상진이 묻자 이명현의 부인이 고개를 가로저었다.

"저 죄송하지만 원장님의 유품을 잠시 볼 수 있을까요? 제가 너무 존경하던 선배님이라서 유품만이라도 보고 싶군요."

3년간 떨어져 살았다면 식구들로부터 얻을 수 있는 정보는 아무것도 없었다. 정상진은 이명현의 유품을 보고 싶은 생각이 들었다. 어쩌면 유품들을 통해 최근 동향에 대한 정보를 얻을지도 몰랐다.

"그러시죠."

자리에서 일어선 이명현의 부인은 그를 서재로 안내했다. 이명현이 서재로 쓰던 방은 복도 맨 끝에 있었다.

"잠시 지켜보고 나가겠습니다."

최면

1

오랜만에 보는 눈부신 아침햇살이 며칠째 몸살을 앓고 있는 이명현의 이마에 심한 두통을 일으켰다.

지하 주차장에 차를 세운 이명현이 앞이마를 잔뜩 찡그린 채 엘리베이터에 올랐다. 7층 버튼을 누른 후 그는 엘리베이터 벽에 몸을 기댔다. 아직도 몸이 으스스하고 머리를 움직일 때마다 어찔어찔한 현기증까지 일었다. 그가 양손으로 관자놀이를 꾹 눌렀다. 전두통이 이제는 양측 관자놀이에도 영향을 미쳐 심하게 욱신거렸다. 머리마저 엘리베이터 벽에 기댄 그가 지그시 눈을 감았다.

'젠장.'

몸 상태가 이렇게 엉망이 된 게 모두 감기 때문만은 아니었다. 언제부터인가 마음을 짓누르기 시작한 지독한 고독감과 우울함도 큰 이유 중 하나였다.

그는 어젯밤 역시 날밤을 새우다시피 했다. 평소에도 오줌이 마려워 새벽녘에 꼭 한 번씩은 일어나야 했지만 예전과는 달리 요즘은 한번 깨면 다시 잠들기가 어려웠다. 벌써 며칠째 새벽잠을 설치고 있는지 이젠 계산조차 할 수 없었다.

새벽에 잠을 깬 후에도 침대에 누워 못 다한 잠을 청해보았지만 역시 부질없는 짓이었다. 꼬리에 꼬리를 문 무수한 생각의 단편들이 그의 머릿속을 더욱 혼란스럽게 만들었다.

할 수 없이 거실로 나온 그는 어떤 환자가 선물로 주고 갔다는 내셔 널지오그래픽사의 '동물들의 영감'이란 CD를 보았다.

혹시 CD를 보는 동안 잠이 들지 않을까 생각하여 소파 위에 최대한 편안한 자세로 누워보았지만 CD의 내용들이 무척 흥미 있었기 때문에 오히려 정신은 맑아졌다. 이상하게도 가슴까지 두근거렸다. 그리고 출근하는 지금은 깨져버린 신체 리듬으로 인한 피곤함이 한꺼번에 몰려오고 있었다.

병원에 들어서니 대기실에 앉아있던 편집중 환자 박정석 부부가 인사를 했다. 자리에서 일어나 인사하는 아내와는 달리 의자에 앉은 채 거만한 듯 바라보는 박정석을 보며 오늘 최면치료를 시도해보기로 계획했던 것을 기억했다.

"일찍 나오셨군요."

박정석 부부에게 건성으로 인사하며 원장실로 들어선 이명현이 자리에 앉자 잠시 후 직원이 따뜻한 레모네이드를 들고 들어왔다. 평소 커피를 즐겨하던 이명현이었지만 요 며칠 직원의 권유에 따라 비타민

C가 풍부한 레모네이드를 마시고 있었다.

"고마워."

그가 머리를 뒤로 묶은 앳된 여직원에게 미소를 보내고 시큼한 레모네이드를 한 모금 홀짝였다. 곧 환자와의 약속시간이었지만 이명현은 잠시 머리를 뒤로 기댄 채 눈을 감았다.

오늘따라 모차르트의 G단조가 유난히도 구슬프게 들렸다.

잠시 눈을 붙였나 했는데 여직원이 어깨를 흔들어 깨웠다. 깜빡 잠이 든 모양이었다.

"원장님, 환자가 너무 오래 기다린다고 투덜거려요."

"그래 들어오라고 하지."

벌떡 일어난 그가 머그잔을 들고 원장 책상으로 자리를 옮겼다. 박정석이 진료가 늦어진다고 불평하는 모양이었다.

씩씩한 모습으로 진료실에 들어온 박정석이 먼저 말을 꺼냈다.

"과거의 경험이 무의식의 형성에 중요하다는 것을 이해하겠어요."

"공부를 하신 모양이군요."

이명현이 아직도 몽롱한 정신으로 대꾸했다.

"예. 처음에는 이해하기 힘들었지만 심리학책을 몇 번 반복해서 읽다보니까 조금씩 개념이 잡히는 것 같습니다."

그가 충혈된 이명현의 눈을 바라보며 씨~익 웃었다.

"인생을 살면서 누구나 몇 번의 결정적 시기를 경험한다고 합니다. 그 결정적 시기에 어떤 경험을 하였는가 하는 것이 그 다음 인생을 결정한다고 봐도 되겠지요."

노크를 하고 들어온 여직원이 녹차가 들어있는 컵을 박정석 앞에 내려놓았다. 직원이 나가기를 기다렸던 이명현이 다시 말했다.

"그때 겪은 경험들이 모여서 그 사람의 인격을 형성하고 그 사람의 인격에 의해 인간관계가 형성됩니다. 그리고 인간관계에 의해 인생이 결정되는 것이지요."

"결정적 시기의 경험이 인격으로, 인격이 다시 인간관계로 그리고 인간관계가 인생을 결정한단 말이군요."

"맞습니다."

이명현이 그를 향해 미소 지었다. 직원이 오디오 볼륨을 조절한 듯 모차르트의 슬픈 선율이 줄어들었다.

"그러므로 한 사람의 무의식을 안다는 것은 여러 가지 경험 중에서도 특히 결정적 시기에 겪은 경험을 알게 되는 것이지요. 이 결정적 시기의 경험이 무의식중에서도 매우 중요하답니다."

"그렇다면 그 결정적 시기란 언제를 말하는 것입니까?"

박정석이 제법 여유로운 모습으로 물었다.

"정신의학자들 간에 논란이 있지만 일반적으로 영유아기, 학동시절, 청소년시절, 결혼시절, 갱년기시절 그리고 노인시절이 있습니다. 이중에서도 어릴 때의 경험이 무의식을 형성하는데 가장 큰 영향을 미친다고 합니다."

가라앉는 듯하던 측두골 통증이 좀 더 심해지자 이명현은 왼손 중앙의 세 손가락으로 좌측 측두골 부위를 꾹 눌렀다.

"어린 시절 이야기를 해볼 수 있겠습니까?"

오른손에 들고 있던 볼펜을 내려놓으며 이명현이 물었다.

"글쎄요……. 특별히 기억나는 것이 없습니다."

"아마 깊은 무의식 속에 들어가 있기 때문일 겁니다. 일반적으로 영유아기의 경험은 기억이 나지 않습니다만 특별한 방법을 통해 알아볼 수도 있습니다."

등을 의자에 기댄 채 이명현이 가볍게 웃었다.

"영유아기의 경험을 알아본다면 아주 흥미 있겠군요. 그 특별한 방법이란 게 무엇입니까?"

"예를 들면 최면 같은 것이지요."

최면이란 말에 박정석이 긴장했다. 그의 얼굴이 약간 굳어지는 것을 느끼며 이명현이 말을 이었다.

"평상시에 의식은 여러 분야로 정신 에너지를 분산시키기 때문에 깊은 생각을 하기가 어렵습니다. 그러나 최면 상태에서는 정신 에너지를 한곳으로 집중할 수 있기 때문에 아주 어린 시절의 기억까지 생각해 낼 수 있다고 합니다."

"흥미가 당기긴 하지만 내 스스로 주체 의식을 잃고 내 정신세계를 남에게 보이고 또 맡긴다는 것은 편치 않다는 생각이 드는군요."

박정석이 이맛살을 찌푸렸다.

"최면을 한다고 자기 자신이 없어지는 것은 아닙니다. 오히려 자신이 주위 환경에 영향을 받지 않는다는 점에서 더 강해지는 것입니다."

"……."

박정석은 의자에 등을 기댄 채 잠시 생각에 잠겼다.

이명현은 박정석의 눈동자가 위로 올라가면서 순간적으로 아래쪽 흰자위가 살짝 드러나는 것을 보았다. 무의식적인 눈동자의 움직임이 크다는 것은 그만큼 피암시성이 강하다는 것을 의미했다. 대체로 편집중 환자들은 최면에 걸리지 않는다. 하지만 이명현은 이 사람만큼은 최면에 잘 들어갈 수 있을 거라고 생각했다.

환자의 피암시성이 매우 강하다면 그 사람의 동의를 얻지 않고도 순간최면으로 순식간에 깊은 최면상태로 유도할 수 있었다. 이명현은 그러고 싶은 강렬한 유혹을 느꼈지만 냉정하게 뿌리쳤다.

'이 사람은 의심이 많은 사람이다. 나중에 자기도 모르게 최면에 들어간 것을 알게 되면 틀림없이 분노할 것이다. 정석대로 환자의 동의를 얻어 최면을 거는 편이 좋을 것이다.'

"박정석 씨가 동의한다면 잠시 최면을 통해 몇 가지 기억들을 떠올려 보도록 하겠습니다. 괜찮겠습니까?"

"하하하, 나는 의지가 강하게 때문에 최면에 안 걸릴 겁니다."

박정석이 짐짓 호탕한 척 웃었지만 어쩌면 자신은 최면에 쉽게 걸릴지도 모른다는 생각에 불안할 것이다.

이명현은 역설적으로 이 사람이 최면에 대해 많은 생각을 갖고 있다는 것은 이미 최면상태에 들어갈 준비가 되어있다는 증거라고 생각했다.

그는 쓸데없는 논쟁을 길게 하지 말고 최면을 통해 환자의 과거를 알아보는 것이 좋겠다고 생각했다. 단지 환자의 편집중이 마음에 걸리긴 했지만 피암시성이 워낙 강한 사람이므로 위험한 무의식 세계가 나타나는 즉시 그 기억들을 지워버리면 될 뿐이다.

"그럼 되는지 안 되는지 잠깐만 시험해보도록 하겠습니다. 자, 두 손을 깍지 끼고 집게손가락만 벌리십시오."

박정석이 멋쩍은 듯 웃었다. 잠시 망설이던 그가 양손을 들어 깍지를 낀 후 두 집게손가락을 벌렸다. 그의 얼굴에 불안한 미소가 스쳐지나갔다.

"좋습니다. 이젠 손가락 사이를 물끄러미 쳐다보십시오."

박정석이 시키는 대로 따라했다.

"제가 하나 둘 셋을 세겠습니다. 그러면 두 집게 손가락이 서로 달라붙게 될 것입니다. 두 손가락이 달라붙는 것이 보이면 가만히 눈을 감으십시오. 그때부터 박정석 씨는 최고의 집중력을 발휘하여 자신의 무의식 세계를 볼 수 있을 것입니다."

두 손을 깍지 끼고 집게손가락만 벌린다면 두 손가락은 서로 달라붙으려 한다.

근육작용에 의해 생기는 당연한 현상이다. 그러나 박정석은 이명현의 구호에 의해 손가락이 달라붙는 것으로 착각할 것이다.

그 순간부터 환자는 최면에 들어감을 마음속으로 인정하게 되는 것이다.

이명현은 박정석의 손가락이 미세하게 움직이려는 순간 숫자를 세기 시작했다.

"하나…… 둘…… 셋……."

박정석은 손가락이 달라붙는 것을 보면서 스르르 눈을 감았다.

"이제부터 당신은 기억 여행을 떠날 것입니다. 당신은 지금 5층 건물의 엘리베이터를 타고 있습니다. 이 엘리베이터가 천천히 1층으로 내려갑니다. 1층에 도착해서 엘리베이터의 문이 열리면 박정석 씨는 시간과 공간을 초월하여 당신에게 중요했던 과거의 그 장소로 돌아갈 수가 있습니다. 자, 이제 엘리베이터가 내려갑니다."

이명현은 낮고 단조로운 그러나 비교적 단호한 목소리로 천천히 숫자를 세기 시작했다.

"5층…… 4층…… 3층…… 2층…… 1층…… 이제 엘리베이터의 문이 열립니다. 자, 이제 당신은 당신의 과거로 들어왔습니다. 주위를 잘 살펴보십시오. 그리고 당신을 보십시오. 당신은 몇 살입니까?"

박정석이 순간 머뭇거리자 이명현이 좀 더 강한 어조로 말했다.

"당신은 나의 질문에 대답할 수 있습니다. 나의 묻는 말에 대답하십시오. 당신은 몇 살입니까?"

"13살입니다"

박정석이 체념한 목소리로 대답했다.

"좋습니다. 지금 당신 주위에는 무엇이 있습니까?"

"음…… 사람들이…… 많이 있습니다."

"사람들이 무엇을 하고 있습니까?"

"장례식입니다. 아버지 장례식입니다. 새엄마가 울고 있습니다. 아니 우는 척하고 있습니다……. 작은아버지가 와서 엄마를 위로합니다."

"당신은 무엇을 하고 있습니까?"

"집에서 장례식을 하고 있는데…… 저는 뒷방에서 오고 가는 사람들을 창밖으로 내다보고 있습니다."

"지금 당신의 마음은 어떻습니까?"

"저는 지금 매우 화가 나 있습니다. 만화영화 할 시간인데 어른들 분위기 때문에 볼 수가 없습니다."

박정석의 화난 목소리가 조금 커졌다.

"자 좀 더 과거로 가보겠습니다. 학교 들어가기 전의 어린 시절로 가겠습니다."

이명현은 다시 측두골이 아파오자 양손으로 관자놀이 부위를 눌렀다. 잠시 숨을 고른 다음 그가 다른 암시를 주었다.

"당신은 지금 학교 들어가기 전의 중요한 시기에 와 있습니다. 당신은 몇 살입니까?"

"다섯 살입니다."

"아하! 다섯 살이군요. 지금 무엇을 하고 있지요?"

이명현은 실제 다섯 살 아이에게 대하듯 말투를 바꾸었다.

"식사중이에요. 새엄마랑 아빠랑…… 분위기가 아주 무서워요……. 새엄마는 임신중이에요……. 아빠가 새엄마를 노려보고 있어요. 새엄마는 울면서 숟가락을 들고 있어요……."

박정석의 말투와 목소리 역시 어린아이처럼 변해 있었다.

"정석이는 지금 무엇을 하고 있지요?"

"나는 밥을 먹는 척 하고 있어요. 앞에 내가 좋아하는 돼지불고기가 있어요. 하지만 나는 지금 무척 화가 났어요. 돼지고기를 아빠라고 생각하고 씹고 싶어요. 저쪽에 부엌칼이 보이네요……. 칼을 들고, 콱! 아빠를 찌르고 싶어요. 칼로 아빠의 배를 도려내서 고기처럼 씹어 먹고 싶어요. 칼날이 날카롭게 번쩍여요. 바로 저 앞에 있어요."

박정석의 오른손이 부들부들 떨렸다. 가쁜 숨을 몰아쉬는 어린아이의 목소리가 점점 격하게 변하고 있었다. 그의 얼굴에는 살의가 가득 피어올랐다.

'공격본능! 프로이드는 공격본능이 사랑본능보다 크다고 했지만 이 사람의 공격본능은 강력한 오이디푸스 콤플렉스와 결합하여 아버지에 대한 살해 충동으로 이어지고 있다. 다섯 살 때부터 이 정도로 노골적인 공격본능을 가지고 있었다면!'

이명현은 환자의 자아가 조금만 더 깨지게 된다면 진짜 누군가를 살해하게 될지도 모른다고 생각했다. 그는 강한 불안으로 치를 떨었다. 마치 자신이 환자의 기억 영화 속 주인공이 된 것 같은 착각 속에 빠져들었다.

이명현은 잠시 생각했다.

'여기서 멈추어야 할까? 이러한 공격적 충동을 완화하기 위해 지금 중재를 해볼까?'

그러나 지금은 환자나 자신 모두 준비가 안 되어 있었다. 그는 내친김에 좀 더 깊은 무의식을 탐험해보기로 마음을 굳혔다.

"자 이제 조금 더 어린 과거로 갑니다. 그 장소에서 나오십시오."

이명현은 박정석의 호흡이 고르게 바뀌기를 기다렸다. 지금 환자는 거대한 무의식의 심해 속을 아무런 보호 장구도 없이 여행하고 있었다. 아주 작은 빛조차 들어가지 못하는 그래서 깊이조차 가늠할 수 없는 수십 아니 수백 킬로미터 바다 속을 아슬아슬하게 헤매는 중이었다. 바다 밑 퇴적층에 겹겹이 쌓여있을 수십 년 기억들의 단층들, 그것은 바로 시공을 초월한 세계였고 4차원의 세계였다. 박정석의 호흡이 안정을 되찾자 이명현이 또 다른 암시를 주었다.

"당신은 이제 태어난 지 3개월이 되었습니다. 당신은 어리지만 주변에서 일어나는 상황을 듣고 볼 수가 있습니다. 자, 이제 주변을 보십시오. 주위에 누가 있습니까?"

"엄마, 엄마가 있어요. 엄마 향기가 나요……. 그런데 춥고 배고파요……."

온몸을 으스스 떨던 박정석이 갑자기 젖먹이 아기처럼 울기 시작했다. 이명현은 아기를 달래 줄까 생각하다가 그만두었다.

"잘 보세요. 엄마가 보일 것입니다."

"엄마가 가까이 왔어요. 엄마 얼굴이 보여요……. 세상에! 엄마 얼굴이! 엄마가……."

"엄마가 어떻습니까? 엄마에게 무슨 일이 있습니까?

이명현이 참을성을 잃고 재촉했다.

"엄마 얼굴이 없어요. 아니, 있어요. 푸른 물감을 뒤집어 쓴 것 같아요. 온통 멍이 들었어요. 눈과 코를 알아볼 수 없을 만큼 부어있어요……. 엄마가 울고 있어요. 엄마……."

박정석이 몸부림치며 엉엉 통곡을 시작했다. 허공을 휘젓던 그의 손이 책상 위에 있던 찻잔을 넘어트렸다. 바닥에 떨어진 찻잔이 요란한 소리를 내며 깨졌다. 얼른 자리에서 일어선 이명현이 책상을 돌아 그의 양 어깨를 붙잡았다. 그가 박정석의 귀에 입을 가까이 대고 말했다.

"아빠를 찾아보세요. 주위에 아빠가 있을 거예요."

"아빠는 없어요. 괴물! 괴물 소리가 들려요. 커다란 이빨 사이로 천둥 같은 고함소리가 들려와요. 흑흑. 무서워요……. 무서워요……."

박정석은 걷잡을 수 없이 덜덜 떨기 시작했다. 얼굴이 창백해지고 호흡까지 빨라졌다.

이명현 또한 순간적으로 정신이 아득해지기 시작했다.

귀가 멍해지고 주위가 깜깜해졌다. 무서웠다. 온몸에 소름이 돋았다.

영겁의 시간을 품은 거대한 혼돈이 마치 검은 비단처럼 그의 온몸을 칭칭 휘감았다.

심장이 쿵쾅거리고 숨이 가빠왔다. 무의식의 깊고 깊은 바다 속에서 거대한 소용돌이가 일었다.

점점 커지던 그 소용돌이가 온 바다를 뒤집기 시작했다.

'정신 차려야 한다! 정신 차려야 한다!'

이명현은 혼미해지려는 자신의 의식을 다잡으려 필사의 노력을 기울였다.

자신은 지금 불안발작을 경험하고 있었다.

'안 되겠다! 이젠 끝내자! 빨리 최면을 끝내자!'

자신마저 심해 속으로 들어가 버린다면 두 사람 모두 위기에서 벗어날 수 없었다. 어쩌면 둘 다 죽을 수도 있었다. 이명현은 심하게 가위 눌린 듯 점점 무의식 속으로 빨려 들어가려 하는 자신을 향해 필사의 목소리로 외쳤다.

그가 자신도 모르는 새 감겨져있던 두 눈을 부릅떴다. 심호흡을 크게 한번 했다.

"지금부터 내가 셋을 세면 당신은 지금까지 기억했던 과거를 모두 잊어버립니다. 전혀 기억하지 못하고 깨어나게 될 것입니다."

"하나…둘…셋!"

이명현이 거의 소리치듯 숫자를 뱉어냈다. 곧이어 박정석의 호흡이 빠르게 정상으로 돌아왔다. 초점 없는 그의 시선이 허공을 응시했다. 이명현이 가쁜 호흡을 몰아쉬며 그를 바라보았다. 흠씬 젖어버린 박정석의 몸이 연체동물처럼 늘어져있었다.

2

진료실에서 나온 박정석을 접수에 앉아있던 간호사가 불렀다.

"박정석 씨, 부인께서 급하게 나가시면서 메모를 남겨놓으셨어요."

그는 직원이 전해준 편지봉투를 받아 대기실 의자에 앉았다. 병원 로고가 인쇄되어 있는 편지봉투 속에는 만 원권 지폐 두 장과 메모지가 들어 있었다.

'급하게 일이 생겨서 먼저 가요. 택시비를 맡겼으니 먼저 집에 들어

가세요. 전화하세요.'

편지봉투와 지폐를 바지주머니에 집어넣은 그가 양미간을 잔뜩 찡그린 채 자리에서 일어섰다. 땀으로 젖은 머리카락을 손가락으로 쓸어 올리며 그가 물었다.

"얼마요?"

접수에 앉아있는 두 명의 여직원을 번갈아 노려보며 그가 화가 난 얼굴로 물었다. 그는 두 간호사들 중 처음 병원에 올 때부터 눈길 한번 제대로 주지 않는 단발머리 간호사가 마음에 들지 않았다.

얼굴이 하얗고 갸름한 그 못된 것은 인물값을 하고 있었다. 머리를 접수대에 처박은 채 사람이 가까이와도 아는 체 하지 않는 것이 자신을 형편없는 정신병자로 취급하고 있음이 틀림없었다.

"진료비는 부인께서 계산하셨어요. 원장님이 언제 나오라고 하시던가요?"

생머리를 뒤로 묶은 간호사가 상냥하게 대답했다.

"3일 후에 나오라고 했소."

"그러셨군요. 3일 후면 금요일이니까 그날 오전 11시까지 나오실 수 있으시죠?"

"예."

"안녕히 가세요."

퉁명스런 그의 대답에도 불구하고 직원의 몸에는 상냥한 말투가 배어있었다.

그가 병원을 쫓기 듯 빠져 나왔다. 밖은 눈보라가 많이 줄어있었지만 아직도 꽤 많은 싸리 눈이 매서운 겨울바람에 흩날리고 있었다. 큰 길로 나온 박정석은 다가오는 택시를 잡아탔다.

"사당동으로 갑시다."

짜증 섞인 그의 목소리에 중년의 택시기사가 룸미러로 힐끗 쳐다보고는 택시를 출발시켰다.

박정석은 전철이나 버스 같은 대중교통 이용을 꺼렸다. 모두가 자신을 주시하는 것 같은 기분 나쁜 이유도 있었지만 그보다는 숨이 막히고 가슴이 터질 것 같은 불안과 공포를 몇 번 경험했기 때문이었다. 언젠가 읽은 책에는 자신의 이런 증상들이 광장공포증으로 묘사되어 있었다. 하지만 박정석 스스로는 자신이 광장공포증 환자라는 것을 인정할 수 없었다.

이명현의 최면술이 박정석의 기분을 몹시 상하게 만들었다. 그를 더욱 화나게 하는 것은 이명현이 보았을 무의식세계를 자신은 전혀 기억하지 못한다는 점이었다.

그는 이명현이 최면을 걸어놓고 자신의 약점을 찾으려 했던 것이 틀림없다고 생각했다.

흥, 그러나 자신에게는 단점은 좀 있을지 몰라도 큰 약점 같은 것은 없었다. 놈이 아무리 캐내려 했더라도 찾아내지 못했을 것이다.

'제기랄.'

그렇다 하더라도 자신의 마음속 깊은 곳을 남에게 보인다는 것은 도저히 참을 수 없는 일이었다. 자존심이 상하는 것은 물론이거니와 그들이 자신의 단점을 빌미로 어떤 공격을 해올지 알 수 없기 때문이었다.

그는 자신이 왜 그토록 어리석은 짓을 했는지 이해할 수 없었다. 무엇이 그로 하여금 정신과 의사를 믿게 만들었는지 알다가도 모를 일이었다. 어떤 악의적인 강력한 세력이 자신을 조종하고 있는 것이 틀림없었다. 아니면 놈이 처방한 약 기운 때문인지도 몰랐다. 그렇지 않다면 최면술 정도에 넘어갈 자신이 아니었다.

그의 시선이 차창 밖 거리로 향했다. 사람들이 몸을 벌레처럼 움츠린 채 종종걸음을 옮기고 있었다.

'모든 인간들의 눈에 기만과 적개심만 가득 차 있다. 모두가 하나같이 나의 약점을 찾으려고 안달이 나있을 뿐이다. 아내나 가까운 친척들조차 나의 이런 생각을 인정하지 않는 이유도 그들 역시 사기꾼들이기 때문이다. 세상천지에 내가 믿고 의지할 인간은 아무도 없다. 놈들 모두가 사기꾼이며 도둑놈일 뿐이다. 그러니 사람들이 모인 곳에서는 바짝 긴장해야만 한다. 마음속에 악의가 가득한 적들이 언제 어디서 공격해올지 모르는 상황에서 나는 휴전선을 지키는 초병이 되어야만 한다. 그러니 사람이 모인 곳에서는 가슴이 두근거리고 답답할 수밖에.'

그는 남들에게 의지하는 것이 무엇보다 싫었다. 다른 사람에게 기댄다는 것은 배신당할지 모르는 위험에 스스로를 노출시키는 꼴에 불과했다.

도움이 절실해질 때 도망쳐버릴 그들을 의지하는 것은 어리석기 그지없는 짓이었다.

따라서 다른 사람을 믿느니 본인 스스로의 통제권과 자율성을 지키는 것이 훨씬 더 안전한 방법이었다. 그런데도 그는 이명현이라는 정신과 의사를 믿었다.

'왜 정신과 의사가 최면술을 이용하여 나의 마음을 분해하려 시도했을까. 환자는 분명 내가 아닌 아내이다. 보호자로 간 나에게 최면술을 건 이유는 무엇이었을까.'

그는 좀 더 고민을 해봐야 알겠지만 틀림없이 감춰진 불순한 동기가 있을 거라고 생각했다. 박정석은 스스로의 통제력과 방어력이 해체되는 것 같은 공포를 느끼며 심한 불안으로 치를 떨었다.

이정도로 무기력하게 방어체계가 이완되었던 적은 단 한 번도 없었다. 그의 가슴 속 깊은 곳으로부터 두려움과 분노가 치솟아 올랐다.

"개자식!"

갑작스런 박정석의 욕설에 택시기사가 힐끗 돌아보았지만 못들은 척 다시 고개를 돌려버렸다.

"사당동 어디로 가십니까?"

앞쪽 멀리 이수교차로가 보이자 택시기사가 물었다.

"사당사거리로 가요."

명령조의 볼멘소리에 기사가 다시 한 번 그를 쳐다보았지만 더 이상 반응을 보이지는 않았다.

박정석은 아무래도 정신과 의사 놈과 아내가 서로 작당한 것이 확실하다고 생각했다. 둘이서 자신을 정신병자로 몰아붙여 병원에 가둬 놓으려는 게 틀림없었다. 몇 번 만나지도 않았지만 그것들이 벌써 눈이 맞은 것이다.

그는 자신에 비해 아내의 치료 시간이 너무 오래 걸렸던 점을 생각했다. 그리고 치료를 마치고 나오는 아내의 얼굴에는 비록 감추려했음에도 불구하고 만족스러운 표정이 역력했었다. 아니 놈을 만나고 나오는 아내의 표정 속에는 분명 행복한 미소가 숨어있었다.

'나쁜 것들.'

아파트 현관 입구에 들어선 박정석은 우편함에서 몇 개의 편지들을 꺼내들었다. 아내의 행실이 바르지 못하기 때문에 집으로 배달되는 모든 우편물들은 항상 그의 감시 대상이었다.

엘리베이터 속에서 우편물들을 하나하나 훑어보던 그는 카드회사 몇 군데의 내역서와 전화요금 고지서 속에서 자신의 이름 앞으로 배달된 한 통의 편지를 발견했다.

그가 발신인을 확인하기 위해 봉투를 뒤집었지만 그곳에는 발신인 대신 '친구가'라는 글씨만 써 있었다. 그가 고개를 갸우뚱했다.

'친구? 누구지?'

집안으로 들어온 박정석은 다른 우편물들을 거실 테이블 위에 던져 놓은 채 수상한 편지를 뜯기 시작했다. 오랜만에 보는 '친구'란 단어가 무척 생소하면서도 반갑게 느껴졌지만 그에게는 편지를 보낼만한 친구가 없었다.

두 장으로 된 편지지 위에는 한 획 한 획 힘이 들어간 정서들이 간결한 문장들로 기록되어 있었다. 그가 흥분된 마음을 가라앉히며 천천히 글을 읽기 시작했다.

'박정석 씨.
불의와 배신만이 가득한 세상에서
하루하루 건승하고 계시는 박정석 씨에게
진심으로 경의를 표하는 바입니다.'

그의 가슴이 두근거리기 시작했다. 누군지 모르겠지만 자신과 같은
생각을 갖고 있는 사람이었다.

'모든 사람들은 개인의 성공을 위해 타인의 권리를 짓밟고 있으며
배신과 모함을 손바닥 뒤집듯 쉽게 행하고 있습니다.
소위 현명한 자들은 그런 것들이 삶의 지혜라고 말하고 있지만
그들은 진정 왜곡된 삶을 살고 있을 뿐입니다.'

맞는 말이었다. 그동안 많은 사람들과 숫한 논쟁을 해보았지만 그들
의 주장에는 모순만 가득했다. 그들의 이기적인 이중성은 약간의 논
쟁만으로도 금방 탄로가 났다. 자신의 조리 있는 질문에 대답하지 못
하고 오히려 말꼬리를 물고 늘어진다고 화내는 것만 보아도 알 수 있
었다. 사랑과 봉사 같은 단어들을 습관처럼 언급하는 사람들조차도
듣기 좋은 허울 아래 자신의 영달만을 취하려는 가증스런 이중성이
있을 뿐이었다.

'지금 박정석 씨는 매우 큰 어려움에 처해 있습니다.

당신의 남다르게 비범한 능력이 위협을 받고 있습니다.

사악한 힘이 박정석 씨의 정체감을 송두리째 무너트리려 합니다.'

"끙~"

박정석의 입에서 신음이 흘러 나왔다. 편지를 쓴 상대가 자신의 의
중을 정확하게 꿰뚫고 있었다.

'사악하고 강력한 힘은 바로 이명현이라는 의사입니다.

당신은 지금 이명현의 간교한 계략에 빠져들고 있습니다.

그는 당신의 정신세계를 황폐화시키고 있습니다.

정신을 분열시켜 정신병자로 만들려 하고 있습니다.'

박정석은 어금니를 소리가 나도록 깨물었다. 자신이 생각하고 있는
것과 한 치의 오차도 없는 말이었다. 갑자기 그는 편지에 대한 강한 의
구심이 생겼다. 누가 어떤 목적으로 편지를 보냈단 말인가. 편지를 쓴
자는 자신과 이명현이라는 정신과 의사 모두를 잘 알고 있었지만 신
분을 밝히지 않았기 때문에 의구심은 더욱 증폭되었다. 어쩌면 계획
된 불순한 의도가 있는 지도 몰랐다.

그는 불안한 마음으로 다시 편지를 읽어 내려갔다.

'이명현은 나쁜 인간입니다.

그는 자기애성 인격장애를 가지고 있습니다.

타인을 배려할 줄 모르는 지독한 에고이스트란 의미입니다.
그래서 정신과 의사가 된 지금도 그는
타인의 슬픔을 즐기고 있습니다.
심리치료라는 위장된 방법을 이용해서 말이지요.'

박정석은 치료 시간에 보았던 위선 가득한 이명현의 눈빛을 기억했다. 혹시나 생각했었지만 이제는 틀림없는 사실이었다.

'학창시절에도 그는 폭력학생이었습니다.
많은 급우들이 그에게 폭력과 금품갈취를 당했습니다.
심지어는 그 때문에 자살한 학생도 있었습니다.'

'당신과 함께 승리하기를 원하는 친구가.'

사실 여부를 확인할 길이 없었지만 박정석의 가슴은 걷잡을 수 없이 뛰고 있었다. 이명현이 폭력학생이었단 말에 화가 머리끝까지 치밀어 올랐다. 더군다나 놈 때문에 자살한 학생이 있었다니! 이명현을 향한 분노와 적개심이 불같이 끓어올랐다.

'나쁜 놈의 자식!'

그에게는 회상하기조차 싫은 학창시절이 있었다.

중 고등학교 시절, 그는 소위 왕따 학생이었다. 억울한 왕따, 불행한 학창시절. 지금과 마찬가지로 그에게는 잘못된 점이 전혀 없었다.

정의감에 불타는 그의 올곧고 멋있는 모습이 잘못된 가치관으로 성장한 급우들에게 시샘의 대상이 되었을 뿐이었다.

전방에서 근무했던 군 생활 역시 따돌림을 받기는 마찬가지였었다. 못된 전우들에 의해 자신은 치욕스런 고문관의 낙인이 찍힐 수밖에 없었다. 아무런 잘못이 없었는데도.

박정석은 머리를 가로로 흔들었다.

편지의 내용 역시 전부 믿을 수는 없었다. 누군가 자신과 아내를 이혼시키려는 목적으로 편지를 보냈을 수도 있었다.

세상 모든 사람들이 적이었기에 충분히 가능한 일이었다. 항상 그랬듯 지금도 놈들은 자신의 파멸을 원하고 있었다.

그는 아내를 치료하기 위해서는 이명현이란 정신과 의사가 절대적으로 필요하다고 생각했다. 다른 정신과 의사를 찾아갈 수도 있겠지만 그 또한 어떤 작자인지도 모를뿐더러 새로운 의사를 만나기도 불안했다.

더 이상 다른 의사에게 자신의 마음을 열기도 두려웠다. 따라서 지금 그런대로 좋은 관계가 형성되어 가고 있는 이명현을 놓칠 수 없었다.

이상한 편지로 인해 아내와 이명현의 관계가 더욱 미심쩍어지기는 했지만 이명현의 말대로 자신의 과민반응일 수도 있었다. 그가 평소 즐겨 말하던 무의식적 의도 때문인지도 몰랐다.

그러나 한 가지 조건은 있었다. 이명현과의 관계를 지속하기 위해서는 편지의 내용이 사실인지부터 확인해야만 했다.

추적 4

부인이 방에서 나가자 정상진은 천천히 서재를 살펴보았다.

좌측 벽면 전체를 차지하고 있는 책꽂이에는 전문 의학서적을 비롯한 수많은 책들이 꽂혀있었고 우측 옆으로 책꽂이 높이와 맞먹는 커다란 5단 CD장이 서있었다. 가까이 다가간 정상진은 어마어마하게 많은 CD의 숫자에 저절로 입이 벌어졌다. CD의 대부분은 클래식 음악에 관한 것들이었지만 내셔널지오그래픽사의 다큐물들도 있었고 재즈음악도 수두룩했다. 이명현은 음악에 대단한 조예가 있었던 모양이었다.

그가 머리를 돌려 옆을 살폈다. 바깥을 내다볼 수 있는 대형 유리창 밑으로 바로크풍의 고풍스런 책상이 자리를 잡고 있었고 그 위에는 최신형으로 보이는 노트북컴퓨터 한 대가 놓여있었다.

책상 밑에 있던 의자를 꺼내 앉은 그는 앞에 놓인 노트북컴퓨터를 손가락으로 톡톡 두드렸다. 어쩌면 컴퓨터 속에 이명현을 자살로 이끈 동기가 들어있을지도 몰랐지만 노트북을 켜볼 수는 없었다. 그것은 엄연한 사생활 침해였고 개인정보에 대한 불법적인 접근이었다. 더욱이 이명현이 쓰던 ID나 비밀번호를 모른다면 중요한 내용에 대한 접근이 불가능했다.

컴퓨터 옆에 있는 작은 메모철이 눈에 들어왔다. 의사들이 흔히 사용하는 제약회사의 판촉용 메모철로 좌측 모서리의 구멍을 통해 금속 고리로 묶여져 있었다. 정상진이 메모철을 끌어당겼다. 반쯤 넘겨져 있는 메모지 위에 아무렇게나 휘갈겨놓은 글씨들이 보였다.

'나폴레옹, 돼지 '

메모지를 넘기자 이번에도 비슷한 낙서가 눈에 들어왔다.

'돼지, 나폴레옹, 외팔이 '

정상진은 다시 몇 장의 메모지를 넘겨보았지만 전화번호인 듯싶은 숫자들만 보일 뿐 더 이상 의미 있는 내용은 보이질 않았다.

가족들과 오랫동안 떨어져 지냈다면 이명현에게 남모르는 우울증이 있었을 가능성이 농후했다.

아니 우울증보다는 조울증일 가능성이 더 높았다. 만일 그가 조울증을 앓고 있었다면 평소 밖에서 볼 수 있었던 그의 모습은 설명이 가능했다.

그의 원기 왕성한 평소 모습은 조증 상태였다. 그리고 심각한 우울중 상태에서 자살을 시도한 것일 수도 있었다. 하긴 우울증보다는 조울증에서 자살을 시도하는 경우가 훨씬 더 많았다.

두 장의 메모지를 찢어 바지주머니에 넣은 그가 자리에서 일어섰다. 더 이상 이명현의 집에서 알아낼 수 있는 것은 아무것도 없었다. 단지 추측할 수 있는 것은 금전적인 이유가 그를 죽음으로 몰지 않았을 거라는 생각과 그에게 심각한 조울증이 있었을 가능성이 높다는 것이었다.

약점

1

개업할 때 제법 큰돈을 들인 오디오 시스템에서 모차르트 교향곡 40번 G단조가 흘러나왔다. 의자에 등허리를 깊이 묻은 이명현은 눈을 감은 채 음악에 귀를 기울였다. 다이내믹한 현악기들이 온몸으로 절규하고 있었다. 우울했다. 공연히 슬픔이 밀려왔다.

'젠장, 또 시작인가.'

프로이드는 자신을 향한 분노가 우울증을 만든다고 했다.

'자신을 향한 분노……'

아내를 떠나보낸 것에 대한 분노, 가해학생이었던 것에 대한 분노, 피해학생들에 대한 분노, 반대하는 업체들에 대한 분노, 국회의원들에 대한 분노, 아내에 대한 분노 그리고 아버지에 대한 분노.

'나는 왜 박정석의 최면요법에서 그토록 흥분을 했을까. 그의 무의식을 지배하는 과거와 나의 과거는 엄연히 다르다. 그런데도 무엇이

나의 무의식적 의도를 강하게 자극했단 말인가?'

이명현은 냉정해지기 위해 다시 한 번 호흡을 가다듬었다. 박정석은 치료가 잘되고 있었다. 강력한 치료 효과를 보일 수 있는 깊은 최면 상태에 들어가 있었다.

'그 순간 환자의 마음을 잘 어루만져주었다면 틀림없이 그는 극적으로 호전되었을 것이다. 그런데 스스로 불안발작을 경험하는 바람에 오히려 환자의 상태를 나쁘게 만들었다. 아니다. 박정석의 기억을 지워버렸기 때문에 더 나빠지지는 않았을 것이다. 그래, 우울한 생각은 하지 말자. 내가 환자 치료에 실패할 리 없다. 아무리 어려운 환자라도 나는 치료할 수 있다. 나폴레옹뿐 아니라 나의 사전에도 불가능은 없는 것이다. 그래, 나폴레옹처럼!'

갑자기 이명현은 수일 전 꿈속에 나타난 장군이 나폴레옹이었다는 사실을 깨달았다. 어렸을 때 나폴레옹은 그의 우상이었다. 책상 앞에는 앞발을 높이든 흰 말 위에서 높은 산을 향해 한 손을 뻗은 나폴레옹의 그림이 걸려 있었다. 바람에 휘날리는 붉은 망토를 두른 채 부하들에게 전진을 명령하는 그림. 이미 수십 년 전에 잊어버렸던 그것이 얼마 전 꿈에 다시 나타났던 것이다.

이명현은 박정석이 자신의 무의식 속에 들어있던 어린 시절을 생각나게 한 것이 틀림없다고 생각했다.

그가 박정석의 무의식을 자극하여 돼지꿈을 꾸게 만든 것처럼.

이명현은 전공의 시절 지도교수로부터 여러 번 지적당했던 사실을 떠올렸다.

환자와의 관계형성이 자주 실패하는 이유를 오로지 환자 탓으로만 돌리려 하자 어느 날 지도교수가 조용히 불렀다.

"요즘 많이 힘든가?"

"예, 환자들이 마음을 열려 하지 않습니다."

그가 불만 섞인 투로 대답했다.

"그래? 환자들이 왜 마음을 열지 않는다고 생각하나?"

지도교수가 파이프 담배를 입에 문 채 물었다.

"잘 모르겠습니다."

"그건 바로 이 선생에게 문제가 있기 때문이야."

며칠 전 4년차 선배에게 들었던 것과 똑같은 힐난에 이명현은 은근히 화가 치밀었다. 분열증이 심한 어느 남자환자와 사소한 언쟁이 있은 후 그는 의국을 찾아가 선배들에게 하소연했었다. 미친 놈 때문에 못해 먹겠다고.

그런데 선배로부터 어이없는 대답이 돌아왔다.

"그래? 그럼 너에게 문제가 있네."

"이 선생은 환자만 생각하지 자기 자신은 생각하지 않는 것 같네."

지도교수가 다시 입을 열었다.

"의사를 통해 환자의 무의식 속의 인물이 나타나는 것을 '전이현상'이라고 하잖는가. '전이현상'을 잘 분석한다면 환자를 아주 쉽게 치유할 수가 있지. 그런데 이 선생이 자주 놓치는 부분이 있단 말이야. 바로 '역전이현상' 말일세. 무슨 말인고 하면 의사의 무의식 속 인물도 환자를 통해 나타난단 말이지. 자신의 역전이를 모르고 환자를 치료한다는 것은 외과 의사가 해부학을 모르고 수술을 하는 것만큼이나 위험한 일이야. 배를 열어놓고 어떻게 해야 할지 모른단 말이지. 그런 의사는 수술을 하면 안 돼! 그렇잖은가?"

"예……."

이명현이 힘없이 고개를 끄덕였다.

"마찬가지로 자신을 모르는 정신과 의사는 환자분석을 시도하면 안 돼! 그처럼 위험한 일은 없단 말일세!"

이명현은 따뜻한 레모네이드를 입 안 가득 머금은 채 눈을 감았다. 현악기들의 절규하는 목소리가 웅장한 관악기들의 외침 속으로 숨어들었다.

그는 자신의 무의식을 돌아볼 필요가 있다고 생각했다. 무엇이 불안 발작을 일으키게 하였는지 그리고 박정석에 의한 '역전이현상'이 과연 무엇이었는지 알아보아야만 했다.

그는 등받이가 큰, 보호자용 안락의자로 가서 머리를 기댔다. 예약된 환자가 없는 오전 시간이었기에 오랜만에 자기최면을 시도해보기로 했다.

그는 천천히 머리에서부터 근육이완을 시도했다.

'머리, 얼굴, 뒷목 그리고 어깨…….'

가만히 심호흡을 하면서 위에서부터 근육의 이완을 시도했다. 근육이 풀리기 시작하자 그의 몸이 물에 젖은 솜처럼 무겁게 가라앉기 시작했다.

그는 지금 극장에서 영화를 보고 있다고 스스로에게 암시를 주었다. 눈앞의 스크린에 자신의 과거가 영화처럼 상영되도록 하였다. 하지만 너무 깊은 최면에 들지 않기 위해 스스로 깨어나는 암시를 주어야만 했다. 모차르트 교향곡의 한 악장이 끝나면 잠시 최면에서 깨었다가 곡이 시작되면 다시 최면에 들어간다고 스스로에게 암시를 주었다. 마침 40번 교향곡의 2악장이 시작되고 있었다. 그가 조용한 음악 소리와 함께 깊은 최면상태에 빠져들었다.

이명현은 부잣집의 3대 독자였다. 부모님은 물론이고 주변의 모든 친척들이 그를 애지중지하며 키웠다. 아버지는 천안에서 큰 방직공장을 운영하고 있었다. 아버지의 재력은 천안 경제를 좌지우지 할 만큼 컸기 때문에 천안의 모든 사람이 아버지 이름 앞에서 설설 기었다. 초등학교에 들어가서는 특별히 교장선생님이 그를 찾아와 격려할 정도였다.

그는 집안과 학교와 동네 모든 곳에서 왕자였다. 더구나 성적도 언제나 최우수였다. 항상 1등을 도맡아 했기 때문에 2등 한 경우에는 식사를 며칠씩 거를 정도로 억울해했다. 그런 때는 1등한 아이가 한없이 미웠고 선생님이 문제를 잘못 낸 거라며 화를 내기도 했다.

평소 그의 아버지는 그에게 필요한 모든 것들을 사주셨고 항상 최고가 되라고 요구하셨다. 만일 최고가 되지 못했을 경우에는 무서운 체

벌이 뒤따랐지만 실제로 그는 늘 최고였으며 어린 시절은 너무나 행복했었다.

이명현의 얼굴에 흐뭇한 미소가 떠올랐다. 마침 2악장이 끝났기 때문에 영화도 잠시 멈추었지만 최면에서 깨어난 그의 얼굴에는 여전히 만족스런 미소가 넘치고 있었다.

잠시 후 현악기들이 3악장의 시작을 알리면서 그의 영화도 다시 상영되기 시작했다.

초등학교 6학년 때 아버지 사업의 부도와 함께 그의 왕국은 순식간에 무너져버렸다. 아버지 앞에서 굽실거리던 많은 사람들의 시선이 하루아침에 싸늘하게 바뀌어버렸다.

학교에서도 그는 더 이상 특별한 존재가 아니었고 성적에 있어서도 끝없는 추락이 시작되었다. 그는 하루아침에 바뀌어버린 냉담한 주변의 시선을 견딜 수 없었다. 세상의 모든 사람들이 자신을 비웃는 것만 같았다.

그는 절망했고 끝없는 우울증을 경험했다. 심하게 분노하였으며 어떻게 해서든 지독한 우울증에서 벗어나고 싶었다.

그의 얼굴이 잠시 일그러졌다. 감은 두 눈에 작은 경련이 일었다.

어떤 일이 있어도 자신은 세상의 중심이 되어야만 했다. 아웃사이더가 되는 것은 생각만 해도 끔찍했다. 도저히 참을 수 없는 일이었다.

그는 잃었던 자존감을 되찾기 위해 아주 특별한 행동을 결심했다.

그것은 바로 나약한 아이들을 괴롭히는 일이었다.

자신이 다시 세상의 중심에 서기 위해서라면 방법은 별로 중요하지 않았다. 약한 아이들을 조금 놀리는 것 또한 그리 나쁜 행동이라고 생각지 않았다.

결국 그를 중심으로 아이들이 하나 둘씩 모여들기 시작했고 얼마 안 있어 그는 다시 특별한 사람이 되어 있었다. 주위에 모이지 않는 아이들은 곧바로 공격대상이 되었기 때문에 그렇게 되기까지는 별로 긴 시간이 필요하지도 않았다.

학교의 모든 아이들은 그에게 밉보이지 않으려 무던히도 노력하였고 결국 그는 학교에서 대장이 되었다. 그래서 그는 우울증에서 성공적으로 벗어날 수 있었다.

이명현이 깊은 한숨을 몰아쉴 때 3악장이 끝났다. 잠시 후 강렬한 피날레와 함께 멈추었던 그의 필름이 다시 돌기 시작했다. 그는 이마를 잔뜩 찌푸렸다.

화면 속에 생각하기조차 싫은 사건이 나타난 것이다.

3학년 초 어느 날 바보 같은 한 놈이 전학을 왔다. 귀가 잘 안 들려 항상 커다란 보청기를 양 귀에 달고 있던 그 놈은 생김새만큼이나 말투 또한 무척이나 어눌했다. 그리고 어느 날 그놈은 학교 옥상에서 떨어져 죽었다.

그놈이 죽은 것은 자신의 잘못만이 아니었다. 그가 아니더라도 이미 다른 아이들이 그 바보를 왕따 시켰기 때문이었다.

그는 단지 다른 아이들의 생각을 조금 더 심하게 표현했을 뿐이었지만 그것은 아이들을 재미있게 해주기 위한 무의미한 행동일 뿐이었다. 그런데 그놈이 자살해버린 것이다. 하필이면 자신이 괴롭혔던 그날 오후에…….

놈의 자살사건 이후 어른들이 그를 비난했다. 모든 선생님들의 눈빛이 그를 살인자로 보고 있었다.

갑자기 분노가 끓어올랐다. 그의 양 볼에 큰 경련이 일었다. 어금니를 꽉 깨물었다. 분노가 커지면서 불안감도 거세지더니 갑자기 가슴이 쿵쾅거리며 뛰기 시작했다.

다행히 4악장이 끝이 났다. 가슴을 요동치게 만들던 격렬한 클라이맥스가 마지막 음과 함께 허공 속으로 자취를 감췄다.

눈을 부릅뜬 그가 마음을 가라앉히기 위해 다시 찻잔을 들었다. 왼쪽 가슴에는 발딱거리던 심장의 여운이 아직도 남아있었다. 그리고 곧 41번 교향곡 주피터와 함께 다시금 깊은 최면 속으로 빠져들었다.

그는 고등학교 때 열심히 공부했다. 최고가 되라는 아버지 말씀이 그를 다시 공부에 몰두하도록 만들었다. 좋은 대학에 가는 것만이 그가 살인자의 누명에서 벗어날 수 있는 유일한 길이었고 결국 그는 의과대학에 합격했다. 성공적으로 우울증에서 탈출한 것이다.

그의 대학생활은 활력이 넘쳤고 그러다보니 자연스럽게 대부분의 학교 활동에서도 중심에 서기 시작했다. 학생회 대표였던 그는 여학생들에게도 인기가 아주 높았었는데 그중 미스코리아 진에 뽑힌 미모의 여학생과 결혼까지 하게 되면서 친구들의 부러움과 시샘을 한꺼번에 받는 아주 귀한 신분이 되어버린 것이다.

우울증이 서서히 고개를 쳐들기 시작한 것은 결혼 후 가정생활에 문제가 생기기 시작하면서부터였다.

그는 아내를 무척 사랑했지만 아내는 늘 그의 사랑이 부족하다고 푸념을 늘어놓았다. 그는 아내를 예쁘게 꾸미고 파티에 나가기를 즐겨했지만 아내는 그에게서 진실함을 느낄 수 없다며 자주 화를 내곤했다. 자신을 진정으로 사랑하지 않는다고 입버릇처럼 말했었다.

점점 심해지던 부부갈등은 결국 이혼 위기까지 몰리게 되었지만 이혼을 하면 사람들이 그를 실패자로 볼 것이 틀림없었다.

'사람들은 오랫동안 화젯거리로 삼으며 나를 조롱할 것이다. 나와 아내를 도마 위에 올려놓고 난도질할 것이다.'

또 다시 그런 일은 있어서는 안 되었으므로 그는 아내의 요구에 따라 별거에 합의했다. 아내는 아이들을 데리고 친정식구들이 있는 미국으로 떠나길 제안했고 그도 순순히 승낙한 것이다.

아내가 떠난 후 그는 우울증의 위기에서 벗어났다. 늘 불평만 하던 아내가 곁에 없다는 사실만으로도 해방감을 주었던 것이다. 그리고 얼마 안 있어 그는 다시 특별한 존재가 될 기회를 잡았다.

바로 서브리미널 프로젝트의 중심 역할을 하게 된 것이다. 만일 이번 프로젝트가 성공한다면 세계적인 사회정신의학자로 등록이 될 것이 확실했다.

전 세계의 정신과 교과서에 이명현이란 이름 석 자가 보란 듯이 새겨질 것이다. 드디어 확실한 최고가 될 시점에 와 있는 것이다.

주피터 1악장과 함께 이명현의 최면영화가 끝이 났다. 힘겹게 눈을 뜬 그가 이맛살을 잔뜩 찌푸렸다. 보통 최면에서 깨어나면 몸과 마음이 가벼워지고 상쾌해지는 법이었지만 온몸이 찌뿌듯한 게 불쾌하기

짝이 없었다. 뭔지 모를 불안감이 온몸을 휘감는 듯했다.

'과연 이 불안감이 박정석과 무슨 관련이 있단 말인가?'

이명현은 식어버린 차를 들이켰다. 공허하고 또 지독히도 고독했다. 평소 자신과는 거리가 멀다고 생각했던 하지만 어느새 익숙해져버린 그런 부정적인 감정들이 한꺼번에 몰려들었다. 다시 머리를 뒤로 기대자 천 길 낭떠러지로 떨어지는 것 같은 무기력감이 엄습했다.

'결국 이대로 가라앉는가.'

2

이명현이 졸업한 고등학교는 서울에서 고속버스로 한 시간 남짓 걸리는 지방도시에 위치해 있었다.

의과대학 교학과 직원이 알려준 바에 따르면 그는 1986년도에 그곳 고등학교를 졸업한 후 같은 해 서울에 있는 모 의과대학에 입학한 것으로 되어 있었다.

교문 앞에서 택시를 내린 박정석은 나지막한 야산을 전부 차지한 고등학교 전경을 올려다보았다.

인터넷에서 확인한 바로는 소위 지방 명문인 이 고등학교는 동대문 구장만한 야구장도 가지고 있었다. 역시 한눈에 보기에도 웬만한 대학보다 크고 화려한 캠퍼스였다.

경비실 남자가 정문을 들어서는 박정석을 힐끔 쳐다보았지만 그 이상의 관심을 보이지 않았다. 몸을 잔뜩 웅크린 박정석은 앙상한 나무들 사이를 통해 언덕 너머로 뻗은 길 위로 종종걸음을 옮겼다. 며칠 전까지 내린 눈은 길 양옆으로 말끔하게 치워져 있었지만 추운 날씨 탓에 아직도 녹지 않은 상태였고 헐벗은 벚나무들 사이로 보이는 커다란 테니스코트 우측 너머로 메마른 흰색의 학교 건물이 보였다.

매서운 찬바람이 가슴을 파고들자 그가 코트 깃을 세웠다. 오랜만에 고등학교란 곳에 들어섰지만 이곳 역시 그가 나온 고등학교와 별반 다르지 않은 느낌을 주었다. 언제나 삭막하고 살벌한 포로수용소와도 같은 곳이었다.

아니 몸을 가두는 것만으로도 부족해 자유로운 사고마저 박탈당하는 이곳은 오히려 감옥보다 더 지독한 곳이었다.

개인의 창의력이나 개성을 남보다 조금 더 뛰어나왔다는 이유만으로 정과 망치질을 무차별로 해대는 이곳은 단 하나의 규격만을 찍어내는 벽돌공장과 같은 곳이었다. 그는 죽고 싶도록 괴로웠던 고등학교 시절이 떠오르자 진저리를 쳤다.

박정석은 내려오기 전에 전화로 확인하길 잘했다고 생각했다. 통화한 사람은 졸업생들의 생활기록부는 본인이 아니면 확인해주지 않는다고 했다. 만일 본인이 아닌 제 3자가 생활기록부 열람을 원한다면 객관적인 필요성을 반드시 입증해야만 한다고 했다. 그는 개인의 프라이버시를 보호하기 위해서라는 지극히 사무적인 이유까지 달았다.

그러나 거기서 포기할 자신이 아니었다. 실망도 잠시, 그는 학교 홈페이지에서 교직원 명부를 뒤지기 시작했다. 학연이든 지연이든 조금이라도 연관이 있는 사람이 근무하고 있다면 그를 이용해 이명현의 생활기록부를 열람할 생각이었다. 생활기록부를 확인하려는 이유를 물으면 아무렇게나 그럴듯하게 둘러대면 그만이었다. 직장생활 할 때도 수시로 해본 거짓말이었기에 그 정도 핑계 대는 일쯤은 식은 죽 먹기에 불과했다.

결국 그는 교직원 명단에서 자신과 같은 대학출신의 교사를 찾아내는데 성공했다. 더구나 하늘이 돕는지 그 사람은 안면이 있는 같은 과 3년 선배였다.

사회과목을 가르치고 있는 대학 선배는 2학년 담임을 맡고 있었고 2학년 교무실은 본관 3층에 따로 있었다. 행정실 직원의 안내로 3층 교무실에 들어간 박정석은 책상들 사이의 허름한 응접소파에 앉아 불안한 마음으로 선배를 기다렸다. 몇몇 사람들이 교무실에 앉아있었지만 그를 학부형 정도로 생각하는지 관심을 보이는 사람은 없었다.

그들을 힐끔거리며 경계하는 쪽은 오히려 박정석이었다. 그는 광장 공포증이 다시 나타날까 마음이 초조해졌지만 걱정했던 것만큼 심해지지 않고 있음에 적이 안심하고 있었다.

오히려 이젠 아무렇지도 않을 거라는 대범한 마음까지 솔솔 생겼다. 아침에 고속버스를 탈 때도 마찬가지 기분이었는데 아마도 이명현이 처방한 약이 효과를 발휘하고 있는 모양이었다.

그가 테이블 위에 아무렇게나 흩어져 있는 조간신문을 집어 들었다. 아내의 치료를 위해 이명현을 믿어야 하겠지만 만일 편지의 내용대로 그가 폭력학생이었다면 놈이 처방해준 약도 끊어야 했다. 그런 경우라면 놈은 사악한 힘에 지배당하고 있는 전과범에 불과했다.

그놈의 약을 믿느니 차라리 광장공포증을 갖고 사는 편이 훨씬 더 안전했다. 그자가 자신의 파멸을 위해 어떤 간계를 꾸밀지 알 수 없기 때문이었다.

미닫이 유리문이 열리면서 머리가 정수리 부위까지 허옇게 벗겨진 교사가 들어섰다. 큰 키에 긴 얼굴 그리고 부리부리한 눈, 대학 선배가 틀림없었다.

박정석이 자리에서 일어서며 인사를 했다.

"안녕하셨습니까? 선배님."

박정석은 제법 여유로운 미소까지 머금으며 허리를 굽혔다.

"박정석 씨? 전화를 받았을 때는 누군가 했는데 얼굴을 보니까 이제 기억이 나네."

그가 박정석에게 악수를 청하며 맞은 편 의자에 앉았다.

"자, 자리에 앉읍시다. 그래, 요즘 뭐하고 지내요?"

편안한 목소리만큼이나 그의 미소는 인자해보였다.

"한동안 직장에 다니다가 그만두고 고시공부를 시작했습니다."

"고시준비를 한다고?"

선배가 놀란 듯 되물었다.

"예, 작년에 1차는 합격을 했구요."

"그랬군요. 학창시절에도 무척 특별하다고 생각했었는데 지금까지도 그렇군요. 그래 늦은 나이에 공부하기가 쉽지 않지요?"

"예."

박정석이 머리를 긁적였다. 선배가 외톨이로 지낼 수밖에 없었던 자신의 대학시절을 기억해낸 모양이었다.

"그래, 나를 찾아온 이유가 뭐요?"

질문하는 선배의 얼굴에 경계심이 가득했다. 순진한 교사들에게 후배를 사칭한 사기꾼들이 요즘 들어 부쩍 늘고 있었다.

"사실은 이 학교를 졸업한 이명현이란 사람의 생활기록부를 열람하고 싶어서 찾아왔습니다."

"그래요? 생기부는 아무한테나 보여주는 것이 아닌데…….."

선배란 남자가 말꼬리를 흐렸다. 그의 눈에는 더 이상 사기를 경계하지 않아도 된다는 안도의 빛이 역력했다. 수업시간 시작을 알리는 음악 소리가 들리자 몇 사람들이 자리에서 일어섰다.

"무슨 이유로 그 사람의 생기부를 보려고 하는 거요?"

"사실은 이명현이란 사람이 정신과 의사인데 그가 이번에 정신과학회 윤리위원회에 들어가는 모양입니다. 그래서 정신과학회 일을 보고 있는 친구가 그 사람의 생활기록부를 보고 싶어 했습니다. 윤리위원이 되기 위한 조건이 좀 까다롭다고 하더군요."

박정석이 그럴듯한 거짓말을 꾸며대며 스스로 만족해하고 있었다.

"박정석 씨가 정신과 학회하고 연관이 있어요?"

"아닙니다. 제가 시간이 있다 보니 친구를 좀 도와주고 있을 뿐입니다."

"그런 일이라면 공식적으로 공문을 보내도 될 텐데…….."

"공식적인 확인은 아닌 듯 했습니다. 그러니까 저에게 부탁을 한 것이겠지요."

선배가 박정석을 뚫어져라 바라보았다. 박정석은 이 선배가 자신을 의심하고 있다고 생각했다.

"의과대학을 들어갈 정도였다면 모범생이 아니었겠습니까? 특별히 나쁜 용도로 쓸 수도 없는 서류이니까 부탁 좀 드리겠습니다."

그가 법대 출신답게 다시 한 번 못을 박았다.

"하긴 그렇겠군요."

잠시 머리를 끄덕이던 선배가 자리에서 일어섰다.

"교감선생님께 허락을 받아야 하니까 잠시 기다리세요."

박정석이 20여 분 정도를 초조한 마음으로 기다린 후 선배란 사람이 생활기록부 사본을 들고 들어왔다.

"박정석 씨가 말한 대로 이명현이란 사람은 대단한 모범생이었는데."

자리에 앉은 그가 박정석 앞으로 서류를 내밀며 긁고 시원한 목소리로 말했다.

이명현이 졸업한 86년도에는 컴퓨터가 없던 시절이었지만 모든 서류가 데이터베이스화되어 있는지 선배가 내미는 서류는 몇 장으로 된 컴퓨터 출력용지였다.

"학교생활이 대단했어요. 학급반장 두 번에 과학경시대회 두 번 입상 그리고 충남도내 토론대회 최우수상과 교내 백일장까지. 게다가 성적도 항상 최우수였구만. 일학년 때만 빼놓고."

박정석이 테이블 위에 놓인 서류를 집어 들었다. 꼼꼼하게 훑어보았지만 선배가 말한 대로 이명현의 생활기록부는 흠잡을 데 없이 화려했다. 학기말에 써놓는 담임교사들의 평가란 또한 이명현을 극찬하는 글들로 가득 차 있을 뿐 생활기록부 어디에도 그가 폭력학생이었다는 증거는 보이지 않았다.

"중학교 때 생활기록부는 여기서 보관하지 않으시는가요?"

박정석이 물었다. 1학년 성적이 다른 학년보다 많이 떨어진다면 이명현은 중학교 때 폭력학생이었을지도 몰랐다.

"중학교 생기부는 여기서 보관 안 해요."

"입학할 때 받는 걸로 아는데요."

박정석은 작년에 고등학교에 진학한 큰아이 때문에 중학교의 생활기록부가 고등학교로 넘어간다는 사실을 알고 있었다. 중학교 3학년 담임의 실수로 아이의 생활기록부가 넘어가지 않아 본인이 직접 중학교의 생활기록부를 찾아 고등학교에 전해준 적이 있었다.

"물론 사본을 받기는 하지만 몇 년 밖에 보관하지 않아요. 그 후엔 폐기처분시켜 버리지."

"그럼 원본은 중학교에서 보관하고 있겠군요."

선배가 말없이 고개를 끄덕였다. 그는 한참 동안이나 박정석의 가늘게 찢어진 두 눈을 살폈다.

서울행 고속버스에 몸을 실은 박정석은 누런 종이봉투에 들어있는 이명현의 중학교 생활기록부 사본을 꺼내들었다. 이명현이 졸업한 중학교에는 마침 법대 선배가 잘 알고 지내는 교사가 있었기 때문에 그를 설득해 간신히 입수할 수 있었다.

'씨부럴……'

박정석은 대학선배의 의심 가득한 눈빛을 떠올리며 욕설을 내뱉었다. 평소 박정석은 그런 눈빛을 많이 보아왔었다. 자신을 경멸하는 눈빛, 그것이 분명했다. 선배가 떠올리기조차 싫은 자신의 괴로웠던 과거 모습을 기억하고 있는 것이 틀림없었다. 자신을 형편없는 놈이라고 생각하고 있을 것이다.

'하긴 더 이상 볼일도 없지.'

그 작자는 대학 때에도 별다른 교제가 없는 그야말로 말만 선배일 뿐이었다. 더 이상 머릿속에 넣어둘 필요도 없이 잊어버리면 그만이었다.

그가 이명현의 중학교 시절 생활기록부를 들여다보았다. 첫 장에서 보이는 이명현의 1학년 때 성적은 반에서 중상위권 정도였다. 그가 학년말에 기록되어 있는 담임교사의 평가를 읽었다.

'리더십이 강하고 적극적임.
타인을 배려하는 마음이 부족함.'

급우들을 지배하려 했으니 리더십이 강해 보일 수밖에 없었을 것이다. 하지만 다음 줄은 이명현의 학교생활이 어땠었는지를 보여주는 단적인 증거였다.

박정석은 학교 교사들이 흔히 쓰는 상투적인 문구들을 잘 알고 있었다. 부모들의 마음을 배려한 담임교사의 섬세함이 엿보이기는 했지만 이명현의 아주 이기적이고 못된 성격을 점잖은 방법으로 표현한 것에 불과했다.

박정석이 페이지를 넘기자 2학년 학교생활이 한눈에 들어왔다. 그의 2학년 교과 성적은 여전히 중상위권이었다.

'정서가 불안정하고 집중력이 약함.
단체생활의 적응에 어려움이 있음.'

1학년 때보다 좀 더 노골적인 표현들은 담임교사가 이명현을 얼마나 미워했는지를 알려주고 있었다. 박정석의 가슴이 두근거리기 시작했다. 담임교사가 이정도로 표현했다면 이명현은 폭력학생이었을 가능성이 높았다. 하지만 그가 폭력을 휘둘러서 문제가 되었다는 글귀들은 보이지 않았다.

그가 떨리는 손으로 마지막 페이지를 넘기자 예상했던 최악의 문구가 눈에 들어왔다.

'폭력 성향이 강하고 지나치게 이기적임.
약한 급우들을 괴롭힘.'

한참동안 마지막 두 줄을 노려보던 박정석이 어금니를 부드득 갈았다.

'나쁜 놈의 자식!'

그가 받았던 괴편지는 이제 더 이상 진위 여부를 논할 필요가 없었다. 담임이 이 정도의 표현을 했다면 모두가 사실일 뿐이었다. 박정석은 서류를 넣은 봉투를 비어있는 옆 좌석에 아무렇게나 집어던졌다.

'이명현!'

그 망할 놈은 틀림없는 폭력학생이었다. 편지에 적혀있는 대로 어느 힘없고 불쌍한 급우를 놈이 죽인 것이다. 그가 양 주먹을 꽉 쥐었다.

'살인자!'

박정석은 인자함으로 위장되어 있던 이명현의 눈빛을 생각했다. 자신의 괴로움을 이해해주는 척하던 그 눈빛 속에는 놈의 가증스런 실체가 들어있었다. 아니 이제와 생각해보니 그것은 교묘하게 위장된 살인자의 광기였다. 살인은 아무나 하는 짓이 아니었다. 사람을 죽였을 정도라면 놈은 분명 정신병을 앓고 있었다.

자신이 알고 있는 한 정신병은 불치의 병이었다. 놈이 중학생 때 살인을 자행했다면 지금도 놈은 살인자의 본성을 틀림없이 가지고 있을 것이다. 스스로도 어쩌지 못하는 놈의 살인 충동이 이제는 자신을 향해 칼을 뽑아든 것이다. 놈이 아내와 공모를 했든 안 했든 그건 이제 중요하지 않았다. 놈이 가지고 있을 킬러의 본성이 자신을 목표로 했다는 것이 중요했고 놈의 올무로부터 하루빨리 아내를 구해내는 것이 더더욱 중요했다.

박정석의 마음속에서 살인자를 향한 강한 투지가 끓어올랐다.

'비록 내 발로 찾아가긴 했지만 놈이 나를 손쉬운 먹잇감으로 생각

하는 것은 큰 오산이다. 아니 놈에게 오산이었음을 명확하게 보여주어야만 한다.'

마치 거미줄을 쳐놓고 먹이를 기다리는 거미새끼처럼 놈은 정신과를 차려놓고 불쌍한 정신과 환자들이 덫에 걸리기를 기다리고 있었다. 그리고 아주 교묘하고 지능적인 수법으로 먹이들의 피를 말려 죽였을 것이다. 그것도 먹이들이 눈치 채지 못하도록 아주 서서히…….

'하지만 내가 누군가. 네놈에게 당할 박정석이 아니다.'

박정석은 자신을 공격해오는 실체를 파악한 이상 당하고만 있지는 않으리라 다짐했다. 뿐만 아니라 최고의 방어는 곧 공격이었기에 이쪽에서도 반격을 감행해야만 했다.

놈은 매우 지능적인 적이었다. 섣불리 공격하면 오히려 당하기 십상이었다. 놈에게 잘못 걸려들면 모든 것이 단 한 번에 끝나버릴 가능성도 있었다. 그것은 몸부림치면 칠수록 점점 더 옭아매는 끈끈한 거미줄과도 같은 이치였다. 놈을 처치하기 위해서는 놈이 사용하는 방법처럼 매우 지능적이고도 특수한 방법을 동원해야만 했다.

테헤란로에 위치한 이명현의 정신과 의원을 들어선 정상진은 넓고 고급스럽게 꾸며진 실내 인테리어에 입을 벌렸다. 역시 이명현은 명성에 걸 맞는 훌륭한 병원을 가지고 있었다. 브라운색 무늬목과 대리석으로 꾸며진 접수대 뒤로 직원인 듯싶은 단발머리 여자가 앉아있었다. 정상진을 발견한 그녀가 머리를 쳐들었다.

"어떻게 오셨어요?"

핏기 없는 직원의 얼굴에서 슬픔이 배어나왔다.

"원장님 후배입니다. 원장님 생각이 나서 잠시 들렸습니다."

그녀는 끄덕이던 머리를 접수대를 향해 다시 처박았다. 낯선 방문객에게 관심이 없는 모양이었다.

대기실 천장의 스피커를 통해 클래식 음악이 흘러내렸다. 유명한 모차르트의 교향곡인 듯싶었다. 정상진은 원장이 사망했음에도 불구하고 음악을 틀어놓은 것을 이상하게 생각했지만 묻지 않기로 했다. 그가 직원에게 다가갔다.

"원장님이 돌아가셨는데도 병원을 열어놓으셨군요."

"사모님이 열어놓으라고 하셨어요."

머리를 다시 쳐든 직원이 대답했다. 우수에 젖은 그녀의 눈망울이 무척 애처로워보였다.

"사모님이 왜 열어놓으라고 하셨지요?"

"다른 분에게 병원을 넘기시려는 모양이에요."

정상진이 고개를 끄덕였다. 하긴 이명현의 유명세와 고급스런 인테리어로 본다면 많은 금액의 권리금을 받을 수 있을 것이다. 정상진은 자신이 이 병원을 인수하면 어떨까하고 잠시 생각해보았지만 금방 포기할 수밖에 없었다. 강남에 위치해 있으면서 이 정도의 내부시설을 갖추고 있다면 엄청난 인수자금이 들어갈 것이다.

"진료실을 잠시 볼 수 있을까요?"

정상진의 조심스런 질문에 직원은 선뜻 고개를 끄덕였다. 하긴 병원을 타인에게 양도하기 위해선 진료실 역시 개방해야만 했다.

아이보리색 벽지와 무늬목을 적절히 사용한 벽면이 현대식으로 꾸며진 진료실을 아늑한 분위기로 만들고 있었다. 한쪽 모서리가 타원형으로 굽어진 넓은 진료용 책상 너머로 고급스런 책장이 보였고 책상 앞에는 환자용 안락의자가 그리고 그 곁으로 보호자용 소파가 놓여 있었다. 평소 이명현은 난초를 좋아했는지 창가를 따라 여러 종류의 난초들이 가지런히 진열되어 있었다.

정상진의 시선이 책상 위에 있는 노트북컴퓨터로 향했다. 이명현의 집에 있던 컴퓨터를 열어보지 못한 것이 마음에 걸렸던 그는 진료실

컴퓨터만큼은 열어보겠다는 생각으로 책상을 돌아 의자에 앉았다. 그가 노트북컴퓨터의 전원스위치를 누르자 얼마 안 있어 바탕화면과 함께 단축아이콘들이 떠올랐다. 몇 개의 진료용 프로그램 창들과 한글 워드작업을 나타내는 아이콘들이었다.

'학원폭력연구, 학교폭력실태조사, 학원폭력신고센터, 강남청소년 수련관……'

평소 학교폭력에 관심이 많았던 이명현답게 노트북컴퓨터에는 그것에 관련된 많은 자료들이 들어있었다. 단축아이콘들을 따라 커서를 옮기던 정상진의 눈에 '서브리미널 프로젝트'라는 아이콘이 들어왔다. 오랜만에 보는 서브리미널이란 단어에 흥미를 느낀 그가 아이콘에 더블클릭을 했다. 곧 이어 떠오른 화면이 그에게 비밀번호를 요구했다.

아이콘 열기를 포기한 그가 다시 바탕화면을 살펴보았지만 관심을 끌만한 다른 아이콘들이 보이질 않았다. 그가 '내문서'를 더블클릭했다. 어쩌면 이명현의 최근 갈등 상황이 그 속에 들어있을지 몰랐다.

한동안 내문서 속의 서류들을 살피던 그는 잔뜩 실망한 채 허리를 폈다. 원하던 내용들이 없었다.

컴퓨터의 전원을 끈 그는 책상 우측 구석에 놓인 메모지를 쳐다보았다. 나무받침대가 있는 메모지꽂이 우측상단에는 자루가 긴 볼펜이 하나 꽂혀있었다. 그는 팔을 뻗어 메모지를 당겼다. 메모지 위에서 이명현의 집에서 보았던 것과 동일한 단어들이 보였다. 그리고 두 명의 이름도 함께 기록되어 있었다.

'돼지, 나폴레옹, 박정석, 박성주 '

정상진은 허리를 뒤로 기대고 눈을 감았다. 원장의자에 앉아있으니 자신이 마치 개업한 의사처럼 느껴졌다.

'제기랄.'

같은 정신과 의사임에도 불구하고 이명현 원장에 비하면 자신은 초라하기 그지없는 신세였다. 진료실을 가득 메운 모차르트의 교향곡이 무척이나 구슬프게 들려왔다. 평소와는 전혀 다른 느낌이었지만 음악도 듣는 사람의 기분에 따라 달라지는 법이다.

'이 단어들이 의미하는 것이 무엇일까?'

정상진은 이명현의 집에서도 보았던 돼지와 나폴레옹이란 단어에서 조지오웰의 동물농장이란 소설을 떠올렸다. 소설 속에 나오는 반역자 돼지의 이름이 나폴레옹이었다.

집과 병원 모두에서 이 단어들이 발견된 점으로 볼 때 이명현은 죽기 직전까지 이 단어들에 대해 강박적인 집착을 보였음에 틀림없었다. 아무렇게나 써놓은 두 사람의 이름도 궁금했다. 평범한 환자들의 이름이라면 의미가 없겠지만 돼지나 나폴레옹처럼 최근에 그를 괴롭히던 이름들일지도 몰랐다.

1

　모처럼 진료실 창을 통해 쏟아져 들어오는 햇살이 반가웠다. 햇볕 속으로 다가선 이명현은 들고 있던 커피를 한 모금 들이켰다. 오랜만에 맛보는 브라질 산 원두커피향이 가슴속을 가득 채우며 흘러내렸다.

　그가 눈을 감은 얼굴을 햇살을 향해 쳐들었다. 어젯밤 충분히 이루었던 잠 때문인지 머릿속이 무척 개운했다. 며칠째 머리를 한 꺼풀 싸고 있던 막 같은 것이 완전히 사라진 기분이었다.

　노크 소리가 들리더니 단발머리 간호사가 차트를 들고 들어왔다. 새로 입사한 지 4개월 정도밖에 안된 이 직원은 언제나 그늘진 얼굴을 하고 있었다. 말 못할 고민이라도 있는 모양이었다.

　"미스 강, 요즘 무슨 고민거리라도 있나?"

　그가 차트를 받으며 물었다.

"아뇨."

직원이 쑥스러운 듯 얼굴을 붉혔다.

"그런데 왜 항상 우울해 보이지?"

"제가요? 저 우울하지 않은데요?"

"그래? 그렇다면 다행이고. 힘내. 늘 즐겁게 살라구. 긍정적인 마인드가 잠재의식을 좋은 쪽으로 이끄는 법이야. 진정한 나, 곧 나의 영혼은 바로 잠재의식을 의미하며 그 잠재의식의 변화가 먼저 이루어져야만 인생도 성공할 수 있는 거거든."

"네."

여직원이 진료실을 나간 후 이명현은 차트를 들여다보았다.

'박정석이군.'

약속한 날짜를 일주일 가까이나 지나서 그가 다시 병원을 방문했다. 직원의 말에 따르면 지난 번 치료가 있던 다음 날인가 그가 병원에 왔었다고 했지만 진료를 받으러 온 것이 아니라 몇 가지 물어볼게 있다며 원장이 어느 대학을 나왔으며 언제 개업했는지 등을 꼬치꼬치 캐물었다고 했다. 대기실에 걸려있는 의사면허증에서 자신의 주민번호와 의사면허번호 등도 적어갔었다고 했다.

의사에 관한 자료 수집은 편집증 환자들에게서 흔히 볼 수 있는 현상이었다. 의사의 경력이나 실력 같은 것들을 탐색하고 믿을 만한 사람인지 평가하려는 것이다. 이명현은 자신의 화려한 경력과 환자의 의도를 생각하며 회심의 미소를 지었다.

그는 다시 한 번 생각을 정리했다. 지난 번 박정석의 치료 시간에 자신 있게 처리하지 못하고 불안발작을 경험했었다. 박정석의 어린 시절과 자신의 것은 전혀 달랐다. 자신은 아버지의 전폭적인 신뢰를 받고 살았다. 아버지는 그에게 무엇이든지 다 주었다. 그는 아버지 왕국의 왕자였던 것이다.

박정석은 아버지로부터 절대적 불신의 대상이었고 더구나 그의 아버지는 최악의 폭군이었다. 자신은 사랑과 신뢰와 자신감의 세월을 보냈고 그는 싸움과 의심과 분노의 세월을 보낸 것이다. 생각이 여기까지 미치자 이명현은 머리가 더욱 맑아지는 것을 느꼈다.

'그래, 환자를 분석할 때마다 느끼는 것이다. 내가 너무 분석에만 치중한 나머지 다른 사람에 관한 공감이 덜된 것이다. 환자의 마음에 공감해야 한다. 정신과의 가장 기초적인 원칙을 망각해선 안 된다. 어둡고 강퍅한 정신세계에 갇혀있는 환자를 밝고 따뜻한 세상으로 인도해내야한다.'

그는 어려운 수학문제의 해답을 찾은 듯 기뻤다. 벌써 치료가 다된 듯 희열감마저 솟아올랐다. 그래! 그의 편에서 생각해보자. 그리고 그를 진정으로 사랑하고 인정해주자. 그의 부모도 못해준 그것을 이제는 내가 베풀어 주자.

박정석이 긴장된 모습으로 들어와 의자에 앉았다. 오늘따라 그의 눈빛이 더욱 차갑게 느껴졌지만 이명현은 개의치 않았다. 그 눈빛 자체가 병의 일부일 뿐이었다. 세상 사람들은 이런 모습 때문에 그를 멀리했을 것이고 그래서 결국 이 사람의 편집증이 심해진 것이다. 이제 환자는 나로 인하여 회복의 길로 들어설 것이다.

"그동안 어떻게 지냈나요?"

"공부를 좀 했지요. '과거가 현재의 나를 결정한다'는 말에 백 프로 공감하면서 과거를 공부했지요."

"정확하게 말하자면 '과거 경험의 기억들이 현재의 나를 결정한다' 입니다. 어찌됐거나 그렇게 깊이 있게 무의식 세계를 탐색하다니 정말 놀랍군요. 그래, 공부하시면서 깨달은 것이 있습니까?"

박정석의 얼굴이 더욱 굳어졌다. 그가 화난 사람처럼 목소리를 높였다.

"저는 아내 문제로 병원에 왔습니다만 선생님은 아내보다 나에게 더 문제가 많다고 생각하시는 것 같습니다. 정확하게 나의 문제가 무엇입니까?"

이명현은 박정석의 목소리 속에 숨겨진 날카로운 가시들을 애써 무시했다. 끝까지 긍정적으로 접근할 필요가 있었다. 지금 이 고비만 넘긴다면 환자는 틀림없이 극적인 변화를 보일 것이다.

"누구나 문제는 가지고 있습니다. 스스로 그것을 아느냐 모르느냐의 차이가 있을 뿐이지요. 사실은 박정석 씨가 스스로 문제를 깨달은 것 같다는 생각이 듭니다."

박정석은 속으로 콧방귀를 뀌었다. 이명현이 원하는 대답은 뻔했다. 이미 아내로부터 수없이 들었듯 지금 자신이 정신병자임을 고백하라는 것이었다. 박정석이 끓어오르는 분노를 억누르며 말했다.

"저는 겁이 많습니다. 그래서 겉으로 착한 사람인 것처럼 행동합니다. 그러나 속으로는 의심이 많고 대인관계를 회피하고 있습니다. 이중성격인 셈이지요. 솔직히 아내와의 문제도 저의 의처증에서 비롯되고 있습니다."

오랜만에 이명현의 가슴 속에서 희열이 솟아올랐다. 편집증 환자를 이렇게 단기간 내에 변화시킨다는 것은 자신만이 할 수 있는 일이었다. 자신의 분석과 공감 능력이 지금 환자를 변화시키고 있었다.

"자신의 문제를 안다는 것만으로 이미 절반은 해결된 것으로 볼 수 있습니다. 나머지 절반은 새로운 정서를 알고 배우는 것이지요. 그러면 모든 것이 해결됩니다."

"새로운 정서가 무슨 말입니까?"

"지금까지 박정석 씨가 가지고 있던 세상과 사람들에 대한 생각과 감정들을 바꿔보는 것이지요. 물론 쉽지는 않겠지만."

"또 무의식을 말씀하시려는 모양이군요."

"하하, 그렇지요. 박정석 씨가 지금까지 살아오면서 겪었던 일들과 그로인해 파생된 수많은 가치관들이 지금 박정석 씨의 무의식 속을 지배하고 있습니다. 그들을 하나하나 찾아내어 잘못된 점들을 바로잡아야 하겠지요."

"과거 경험에서 중요한 사람 즉, 나를 그렇게 만든 사람이 변화된 모습으로 나를 도와준다면 제가 새로운 정서를 쉽게 익힐 수 있지 않을까요?"

"옳은 말씀입니다. 그러나 박정석 씨의 아버지는 이미 돌아가시지 않았습니까?

박정석이 고개를 끄덕였다.

"저는 박정석 씨의 아버지를 대신할 수 있는 새로운 모델이 필요하다고 생각합니다."

박정석의 빠른 치료 반응에 이명현은 내심 만족하고 있었다. 이제 환자는 정서의 전환점 앞에 서있었다.

반면 박정석은 그의 매우 흡족한 미소를 비웃고 있었다.

'이 의사는 나를 환자로 만든 것에 성공했다고 흡족해 하고 있다. 이 놈은 천사 얼굴을 한 악마이다. 살인을 저지른 전과자일 뿐이다. 이제 이 작자의 가면을 벗겨보자'

"나를 이렇게 만든 사람은 아버지가 아닙니다. 아버지 사망 이후 할머니가 나를 키우시면서 아버지 이야기를 자주 하셨습니다. 아버지는 매우 성실하고 능력이 많았으며 특히 저를 안타까워하며 많이 사랑하셨다고 했습니다. 저는 그 말에 전적으로 공감합니다. 그래서 할머니와 있으면서도 나는 이미 아버지와 화해를 하였고 내 마음은 지극히 평안해졌습니다."

이명현은 감동을 느끼고 있었다. 난공불락으로 여겨졌던 편집증 환자의 적개심이 지금 안개처럼 걷혀지고 있었다. 그는 지금 정신과 의사로서 최고의 보람을 느끼고 있었다. 다음 학회에서 이 환자의 사례를 발표한다면 모든 동료 의사들이 자신을 존경할 수밖에 없을 것이다.

갑자기 박정석이 내뱉듯 말했다.

"지금 제 기억 속을 지배하고 있는 악마는 아버지가 아닙니다."

박정석이 '악마'라는 단어에 힘주어 말하자 이명현의 가슴이 서늘해졌다.

지금까지의 정서와 전혀 어울리지 않는 단어였고 예상치 못한 기습이었다.

'그래 환자의 적개심이 한순간에 깨끗이 없어지기는 어려운 일이야. 그러나 이 환자는 내 명예를 높여줄 좋은 환자임에 틀림없어.'

이명현이 스스로를 위로하는 순간 잠시 숨을 몰아쉰 박정석이 빠르게 다음 말을 이어갔다.

"기억 속에서 저는 아버지와 화해를 했고 이후 평화를 얻었습니다. 그러나 중학교에 들어가서 악마를 만났습니다. 그 악마를 만난 이후 지금까지 저는 한 시도 편했던 적이 없었습니다."

"누구입니까? 그 악마가."

"아주 영리한 놈입니다. 악마는 제 약점을 아주 잘 알고 있습니다. 어떻게 하면 제가 괴로워하는지도 잘 알고 있습니다. 놈은 저를 괴롭히다가 결국은 서서히 말려 죽이려고 할 것입니다."

이명현은 박정석의 표현이 현재진행형인 것을 의아스럽게 생각했다. 중학교 때 친구 이야기인줄 알았는데 듣다보니 현재도 죽이려 하고 있다는 진행형 표현을 쓰고 있었다. 어쩌면 아내 회사의 박 부장이라는 사람을 지칭하고 있는지도 몰랐지만 어찌되었든 그의 분노에 대한 공감이 절실한 시점임에는 틀림없었다.

"남의 약점을 이용하여 괴롭히다니 아주 교활하고 악한 사람이군요. 그 사람이 평생의 상처를 주었다는 뜻이군요."

"그 악마는 저뿐만이 아니고 여러 사람들을 괴롭혔습니다. 한 친구를 직접 죽이기까지 했지요."

상체를 굽힌 박정석의 안경 너머로 섬뜩한 안광이 흘러나왔다.

"살인자라구요? 그런 사람이 아직도 세상에서 활개를 치고 있단 말인가요? 도대체 그 사람이 누구란 말입니까?"

박정석은 '바로 당신이다'라고 외치고 싶었지만 지금 말해버린다면 놈은 코웃음을 치고 무시할 것이다. 그저 미친놈이 미친 소리 한다고 비웃을 것이다. 그렇다면 좀 더 은유적인 표현을 쓸 필요가 있었다. 놈으로 하여금 두고두고 고민하고 괴로워하게 만들 필요가 있었다.

"꿈의 분석에 관한 책을 보았습니다. 꿈이 과거 기억을 나타내기도 하고 현재의 사건을 표현하기도 하지만 경우에 따라서는 미래를 암시하기도 한다더군요."

이명현은 질문에 대답하지 않고 다른 말을 꺼내는 박정석을 물끄러미 바라보았다. 오늘따라 유달리 그의 말을 종잡을 수가 없었다. 편집증 환자들의 일관되고 경직된 사고가 느껴지질 않았다. 그의 눈빛마저 평소와는 사뭇 달랐다.

"그렇게들 얘기하지요."

이명현이 대답했다.

"그런데 말입니다. 지난 번 제가 말씀드린 꿈은 아무래도 미래를 암시하는 꿈인 것 같습니다."

"돼지꿈을 말하는 건가요?"

"예."

"왜 그렇게 생각하는 거지요?"

"정확한 이유는 모르겠습니다만 그럴 거라는 생각이 듭니다."

잠시 아래로 향하는 박정석의 두 눈에 불타오르는 경쟁심이 보였다. 그가 돼지꿈을 예지몽으로 생각하고 있다는 것은 매우 흥미로운 일이었다.

"미래를 암시한다는 예지몽에 관해서는 학문적으로 논란이 많습니다만 저는 그것도 가능하다고 생각합니다. 여러 사람에게서 예지몽을 목격했던 경험이 있습니다. 다른 꿈과는 달리 매우 선명하고 꿈을 꾸고 난후에도 그 꿈의 느낌과 감정이 그대로 남아있다면 예지몽을 꾸었을 가능성이 많습니다. 하여간 박정석 씨가 꿈에 관하여 깊이 생각했던 모양이군요."

"돼지 말입니다. 두 발로 걸어 다니는 돼지가 무엇일까 생각했습니다."

박정석의 가늘게 찢어진 두 눈이 이명현을 노려보았다.

"선생님은 조지오웰의 '동물농장'을 읽어보셨습니까?"

"읽지는 않았지만 공산주의 사상을 비판한 내용의 책으로 들은 적이 있습니다. 자세한 내용은 모릅니다."

"꼭 한번 읽어보시길 부탁드립니다. 거기서 돼지가 나오는데 마치 사람처럼 두 발로 걸어 다닙니다. 저는 제가 꾼 꿈이 과거를 나타내는 것이 아니라 현재를 표현하고 있다고 생각합니다. 어쩌면 선생님 말씀대로 선명하고 무서운 감정까지 남아있는 것을 보면 예지몽이 아닐까 생각합니다. 그것이 진짜 예지몽이라면 저는 악마의 이빨에 갈기갈기 찢길 운명일지도 모릅니다. 어쩌면 현재 악마와 바로 마주보고 있는 것인지도 모르구요."

이글거리는 그의 눈빛에 이명현이 짐짓 헛기침을 했다.

"돼지로 변신한 악마……. 아주 흥미로운 주제입니다. 저도 한번 깊이 생각해 보겠습니다"

박정석이 나가자마자 이명현은 인터넷 검색창을 열고 '동물농장'의 줄거리를 찾았다.

'인간들의 폭압에 시달리던 동물들이 평등한 세상을 꿈꾸며 반란을 일으킨다. 하지만 반란을 주동했던 교활한 돼지 나폴레옹은 처음의 약속과는 다르게 다른 동물들을 착취한다. 결국 동물들의 꿈은 다시 사라지고 돼지 나폴레옹에 의해 그들 모두는 죽임을 당한다.'

'인간처럼 두 발로 서는 돼지 나폴레옹'이라는 글귀에 이명현은 쇠망치로 머리를 얻어맞은 것 같은 충격을 받았다. 박정석이 말한 돼지 나폴레옹은 바로 자신을 의미한 것이다.

'현재와 미래의 악마란 바로 나를 말한 것이다. 미친놈! 내가 악마라

니. 지 놈을 치료하기 위해 얼마나 노력하고 있는데.'

부정하기 위해 머리를 흔들어보았지만 나폴레옹이라는 이름이 이명현을 괴롭혔다. 더 이상 부정할 수 없도록 강하게 옥죄어왔다.

이명현은 다시 머릿속이 혼미해지는 것을 느꼈다. 사라졌던 두꺼운 막이 온 머리를 한 꺼풀씩 휘감기 시작했다. 가슴이 발딱거리고 손바닥에 땀이 맺히기 시작했다. 박정석의 마지막 표정이 바위 위에 새겨진 조각처럼 머릿속에 선명하게 떠올랐다.

'내가 놈과 동시에 꾼 꿈속에서 나는 나폴레옹이었다. 추락하는 돼지 나폴레옹이었다. 이것이 예지몽이란 말인가? 박정석이 중학교 때 만난 악마가 바로 나란 말인가? 여러 학생을 괴롭히고 사람을 죽인 그 악마가 바로 나였단 말인가?'

진료실에 가득 찬 주피터 3악장의 선율이 그를 불안하고 초조하게 만들었다. 심호흡을 한번 한 후 그는 머리를 의자에 기댄 채 두 눈을 감았다.

'안 돼. 미친놈의 말 한마디에 이렇게 흔들려서는 안 돼.'

흥분된 마음을 가라앉히려 노력했지만 마치 단조처럼 들리는 C장조의 교향곡이 그의 불안을 이젠 우울로 바꿔놓고 있었다. 평소에 느끼던 힘 있고 웅장한 선율이 아니었다.

'무슨 이유에서 그랬을까.'

그는 박정석이 자신을 악마로 빗대어 말한 사실을 이해할 수 없었다. 분명 그는 자신을 돼지 나폴레옹으로 비유하고 있었다.

'그렇다면……. 아니야, 그럴 리가 없어.'

자신보다 3년 연하인 박정석이 중학교 때 자신에게 폭행당했을 리가 없었다. 그리고 그가 부끄러운 자신의 과거를 알고 있을 리도 없었다. 그가 음악 속에서 두 눈을 감았다.

짙푸른 하늘 속에서 아주 작은 것들이 바람에 휘날린다. 하지만 너무 높아서 무엇인지 알 수가 없다. 이명현은 양손으로 차양을 만들어 하늘을 올려다본다.

새다! 날개가 눈처럼 하얀 새들이다.

아니, 사람의 모습을 하고 있다. 천사들이구나!

하나 둘, 셋…….

수많은 천사들이 하늘을 가득 메운다.

아! 세상에서 가장 아름다운 모습이다. 그들이 하나된 목소리로 천상의 노래 부른다.

현악기로 관악기로 그리고 누구는 타악기로…….

갑자기 몰려온 먹장구름이 하늘을 뒤덮는다.

천사들이 자꾸만 구름에 밀려간다.

이명현이 안타깝게 바라보았지만 어느새 하늘은 새까맣게 변하고 말았다. 검은 하늘 여기저기에서 번개가 번쩍이더니 갑자기 광풍이 일기 시작한다. 천둥소리도 요란하다. 곧 장대 같은 빗줄기가 쏟아지기 시작한다. 주위를 둘러보았지만 허허벌판에 서 있을 뿐 비를 피할 만한 나무 한 그루 보이질 않는다.

갑자기 빗속에서 나타난 검은 물체들이 그의 주위를 맴돌기 시작한다. 박쥐같은 모습들이지만 덩치가 너무 크다. 이명현이 양손을 이마에 대어 비를 막으며 가까이 온 놈들을 살핀다. 이마 양쪽에 뿔이 달렸고 사람의 얼굴을 하고 있다. 악마다! 틀림없는 악마들이다!

땅으로 내려온 악마들이 날개를 접었다. 놈들의 입에서 이상한 소리가 난다.

'낄, 낄, 낄……'

온몸에 소름이 돋는다. 사냥감을 앞에 둔 하이에나의 울부짖음이다. 한 놈, 두 놈……. 놈들이 이명현을 포위하기 시작한다. 뒤를 돌아봤지만 거기에도 놈들이 서있다. 도망할 데가 없다. 코앞까지 다가온 섬뜩한 얼굴 한 놈이 삼지창으로 그를 찔러온다. 몸이 말을 듣질 않는다.

"으~악!"

이명현이 상체를 벌떡 일으켰다. 주피터 4악장이 파괴적인 소리로 그 끝을 알리고 있었다.

"휴~"

눈을 뜬 그가 이마에 맺힌 땀을 손등으로 씻었다. 또 꿈이었다. 모차르트의 곡에는 늘 천사와 악마가 공존했다.

"원장님, 주무셨군요."

어느새 들어온 직원이 이명현을 바라보고 살포시 웃었다.

"전화 왔는데 돌려드릴까요?"

"누구라고 하던가?"

이명현이 자세를 고쳐 앉으며 물었다.

"UTN의 홍희석 사장님이세요."

생머리를 뒤로 묶은 직원이 생글생글 웃으며 대답했다.

"형님, 잘 지내셨습니까?"

전화기 너머로 홍희석의 시원시원한 목소리가 들렸다. 대학 후배인 그를 알게 된 것은 청소년위원회 자문위원으로 위촉되고 나서부터였지만 그는 늘 형님이라 부르며 이명현과 가까이 하길 원했다.

"늘 그렇지 뭐. 오랜 만이네."

두 사람은 서브리미널 프로젝트를 위해 1년 가까이를 노력해 왔고 이제 임시국회 상정을 위한 소위원회의 결정을 기다리는 중이었다. 두 사람 모두 서로 바쁘다보니 오랜만에 갖는 통화였다.

"오늘 저녁 약속 있으세요?"

"특별한 약속은 없는데."

그와 만나면 늘 술을 마셔야 했다. 이명현은 도무지 그럴 기분이 아니었지만 서브리미널 프로젝트가 어떻게 진행되고 있는지 궁금했다. 아마도 그는 최근의 진행 상황을 알고 있을 것이다.

"좋습니다. 그럼 7시에 뵙겠습니다."

추적 6

진료실 문이 열리면서 긴 생머리의 여직원이 들어섰다.

"잘 살펴보셨어요?"

처음 접수대에서 보았던 직원과는 달리 생기가 있는 얼굴이다.

"혹시 여기 적혀있는 사람들의 이름을 아시나요?"

그가 가까이 다가온 직원에게 메모지를 보여주며 물었다.

"박정석 씨는 우리 병원 환자 이름이에요. 그리고…… 이 사람의 이름은 처음 보는데요."

생머리를 뒤로 묶은 여직원이 박성주란 이름을 가리키며 말했다.

"원장님과 아는 사람이 아닌가요?"

"예, 병원에 찾아오거나 전화하는 사람들은 제가 대충 알고 있지만 처음 보는 이름이에요."

"그렇군요. 혹시 최근에 원장님께 무슨 힘든 일이라도 있었나요?"

그가 의자에 앉은 채 물었다.

"저, 죄송하지만……."

그녀가 말끝을 흐렸다.

"예? 괜찮아요. 물어보세요."

"병원을 인수하기 위해 오신 분이 아니신가요?"

"아, 사실은 원장님과 가까운 정신과 의사 후배입니다. 원장님 생각이 나서 잠시 들렸지요."

"그러시군요."

고개를 끄덕이는 여직원의 눈에 잠시 불안한 빛이 흘러지나갔다.

"다른 뜻은 아니고 원장님이 자살하신 것이 이해가 안 돼서 그래요. 원장님은 목숨을 그렇게 쉽게 버리실 분이 아니셨거든요."

"네, 맞아요. 저도 그렇게 생각했어요."

"원장님에게 혹시 자살할만한 다른 문제가 있었는지 조사를 해보고 싶어요. 그래서 물어보는 거구요."

정상진이 서있는 여직원에게 환자용 의자를 가리켰다. 그녀가 의자를 당겨 앉으며 대답했다.

"돌아가시기 전 원장님은 평소보다 많이 우울해 하시는 것 같았어요."

"왜 그렇게 생각했지요?"

"환자들이 기다리는 데도 진료실에 혼자 계시는 시간들이 많았어요. 한동안 연락이 없으셔서 진료실에 들어와 보면 무슨 생각에 골똘히 빠져계시기도 했었지요. 어느 때는 깜빡 잠이 드셔서 제가 흔들어 깨운 일까지 있었구요."

"원장님이 평소보다 많이 우울해 하실만한 이유가 있었나요?"

"글쎄요. 병원에서는 특별한 이유는 없었거든요."

그가 고개를 끄덕였다. 일상적으로 반복되는 병원일과에 자살할만한 이유가 있지는 않을 것이다.

"혹시 돌아가시기 전에 원장님이 자주 만났던 사람이 있었나요?"

"돌아가시기 전날 UTN의 홍희석 사장님께서 전화를 하셨었어요. 제 생각에는 두 분이 그날 저녁에 만나셨을 거라 생각해요."

이명현이 죽기 전날 만난 사람이라면 그의 죽음을 가장 가까이서 지켜본 사람이었다. UTN은 국내 최대의 인터넷검색포탈사이트를 운영하는 회사였다. 역시 이명현은 유력인사들과 자주 어울렸던 모양이었다.

"평소에도 두 분이 자주 만나셨나요?"

"예."

"그 사람 연락처를 가르쳐줄 수 있지요?"

그녀가 머리를 크게 끄덕였다. 가까이서 모시던 원장님의 자살은 여직원에게도 큰 충격이었을 것이다. 언제나 활력이 넘치던 이명현의 갑작스런 죽음을 현실로 받아들이기에는 아직 어린 나이였다. 그녀의 눈빛에서 협조하고 싶다는 강한 의지가 엿보였다.

"아참, 박정석이란 사람의 차트를 보고 싶은데 가능하겠지요?"

간호사가 가져온 박정석의 차트는 꽤 두꺼운 분량이었다. 정신과에서는 환자와의 상담 시간이 길수록 공단에서 지급되는 진료비가 증가하기 때문에 그 객관적인 증거로 충분한 기록을 남겨야만 했다. 비록 처갓집이 부자인 이명현이었지만 차트에 많은 기록을 남긴 점으로 볼 때 최근에는 처갓집 혜택을 제대로 받지 못했던 모양이었다. 하긴 학교폭력 예방을 위해 무료봉사를 하던 그로서는 결코 만만치 않은 경비가 필요했을 것이다. 정상진은 씁쓸한 미소를 지었다. 아내와 멀어지면 처갓집도 멀어지는 법이다.

정상진은 '박정석, 남/43세'라고 써 있는 누런색 두꺼운 표지를 넘겼다. 첫 장부터 페이지를 꽉 채운 글씨들이 보였지만 한눈에 보기에도 이명현의 글씨체는 달필이었다. 원래 빠르게 써야하는 의사들의 글씨체는 대부분 형편없기로 소문나 있었지만 휘갈겨 쓴 글씨치고는 매우 깨끗했고 알아보기도 쉬웠다.

이명현이 맨 위에 써놓은 박정석의 진단명은 Paranoia(편집증)였다. 정상진은 이명현이 기록해놓은 인터뷰 내용을 꼼꼼히 읽기 시작했다. 편집증은 편집성 인격 장애보다 더 심한 상태를 말하며 대부분의 정신증 환자들이 그렇듯 편집증 환자들도 스스로 병원을 방문하지는 않는다. 의처증으로 병원에 내원한 박정석 역시 이혼 대신 치료를 요구하는 아내의 손에 이끌려 왔을 것이다.

원래 편집증 환자들은 정신분석학적 접근이 불가능했다. 확고한 의심과 망상 체계로 인해 접근하기가 힘들기 때문이다. 하지만 이명현은 박정석이란 환자에게 강한 집착을 보이고 있었다. 특히 환취를 경험할 정도로 분열증적 증상까지 있는 사람에게 최면요법을 시도한 것을 보면 그의 집착이 얼마나 대단했는지를 알 수 있었다.

최면요법은 박정석이 네 번째 방문했을 때 시도한 것으로 기록되어 있었다. 편집증 환자들은 최면에 잘 걸리지 않는다.

세상의 모든 사람들을 적으로 확신하고 있는 그들의 강한 경계심 때문이다. 그럼에도 불구하고 박정석은 최면에 쉽게 걸렸고 그의 무의식 깊숙이 자리하고 있던 영유아기적 모습까지 수면 위로 부상시켰다. 정신과 의사라고 해서 아무나 시도할 수 있는 방법이 결코 아니었다. 정상진은 이명현 원장의 용기와 능력에 감탄하지 않을 수 없었다.

한 가지 특이한 점은 최면요법 도중 이명현 원장이 불안발작을 경험한 일이었다. 감춰져 있던 환자의 아버지에 대한 적대감이 이명현으로 하여금 불안발작을 일으키게 한 모양인데 그렇다면 이명현의 가슴속에도 아버지에 대한 죄의식이 숨어있었단 말인가.

'이명현 원장도 환자 못지않은 오이디푸스 콤플렉스가 있었을까.'

정상진은 어쩌면 오이디푸스 콤플렉스에 의한 죄의식이 이명현 원장을 죽음으로 몰았을지 모른다고 생각했다. 평소 아슬아슬하게 숨어 있던 죄의식이 환자의 최면요법 도중 표면화되면서 심한 죄책감이 생겼고 그로인해 우울증이 심해져 자살을 시도했을 수도 있었다. 그렇지만 살해하고 싶을 정도로 아버지에 대한 강한 적개심이 있었다면 안정된 자아를 지탱하기가 힘들었다. 그런 경우라면 개업해서 환자를 볼 수가 없을뿐더러 사회생활 자체도 힘들었을 것이다. 환자인 박정석처럼.

정상진은 박정석의 차트에서 돼지란 단어를 발견했다. 역시 돼지와 박정석과는 무언가 관련이 있었다. 물론 박정석의 꿈속에 나오는 돼지는 폭력적인 아버지에 대한 억압된 분노였고 심한 오이디푸스 콤플렉스를 나타낸 무의식의 표상이었다.

불행한 점은 돼지란 단어가 이명현을 죽기 직전까지 괴롭혔을만한 증거가 없다는 것이었다. 나폴레옹과 박성주란 이름 역시 찾을 수 없었다.

차트의 맨 마지막 장은 박정석이 10일 만에 다시 방문한 날짜만 적혀 있었다. 날짜가 기록되어 있다면 박정석이 병원에 왔었다는 의미였지만 이상하게도 인터뷰 내용은 기록되어 있질 않았다.

그가 박정석의 차트를 덮었다. 환자의 꿈에 나타난 돼지가 이명현의 죄의식을 자극했다고 볼 수는 있겠지만 그것만으로 이명현의 자살을 설명하기에는 부족했다.

정상진은 지금까지 조사해온 4, 50대 가장들의 죽음과는 다른 듯한 이명현의 자살동기에 강한 흥미를 느꼈다.

다음호 특집의 내용과는 거리가 멀었지만 좀 더 파고들고 싶은 충동이 일었다. 최동명 부장에게 말한 대로 그의 죽음에는 색다른 무의식적 동기가 숨어 있었을 가능성이 높았다.

또 다른 절망

혹백의 두 가지 톤만으로 꾸며진 작은 룸 안에서 홍희석은 차미영 실장이 따라주는 위스키를 단숨에 들이켰다. 감미로운 스탕게츠의 보사노바 선율이 재즈 바 '버드'를 은은히 적셔주고 있었다.

"카~ 역시 위스키는 발삼이 최고야."

"호호, 발렌타인 30년산을 따라올 술은 세상천지에 없지요."

검은색 유니폼을 차려입은 차 실장이 프로다운 미소로 그의 말에 동의했다.

"자, 형님. 한 잔 받으시지요."

이명현이 잔을 받자 홍희석의 곁에 앉은 차미영이 두 손을 뻗어 잔을 채웠다.

"두 분 다 전작을 하셨나 봐요. 많이 취하셨어요."

"음, 좀 했지."

홍희석이 말없이 술잔을 비우는 이명현을 바라보며 대답했다. 두 사람 모두 일식집에서 마신 사케 기운이 잔뜩 올라있었다. 이명현이 비운 술잔을 다시 홍희석에게 건넸다.

"형님. 힘내십시오."

그가 술잔을 받으며 씨~익 웃었다.

"원장님이 많이 외로우신가 봐요. 하긴 벌써 3년이니 얼마나 외로우실까."

"말만 그러지 말고 차 실장이 형님 좀 즐겁게 해드려 봐."

홍희석의 팔꿈치가 차미영의 옆구리를 꾹 찔렀다.

"저야 언제든 그럴 마음이 있지요. 그런데 원장님이 프러포즈를 안 하시네요. 호호호."

이명현이 아슴아슴한 차미영의 눈빛을 응시했다. 짧은 치마 밑으로 흰 무릎이 살짝 보였지만 단아한 얼굴만큼이나 조금도 허점이 없는 모습이다.

"홍 사장, 아까 하다 만 얘긴데……. 업체 놈들의 로비가 그렇게 치열한가?"

"그런 모양입니다. 놈들이 국회의원들을 각개격파하고 있어요. 유혹을 배겨낼 작자가 없는 거지요."

"지난 번 업체대표들 모임 때 홍 사장이 충분한 설명을 하지 않았었나?"

"왜 안했겠습니까? 놈들을 중국 곤명까지 모셔다놓고 3박 4일간 골프까지 시켜주면서 설득했었는데요. 그런데도 막무가내입니다. 한심한 놈들."

홍희석이 잔뜩 찡그린 얼굴로 재떨이에 담배를 비벼 껐다. 그는 이번 프로젝트를 성사시키기 위해 인터넷업체 대표들의 모임에 막대한 자금을 스폰서한 모양이었지만 결과는 역시 네거티브였다. 업체 대표들은 폭력성을 감소시키는 단어들이 결국은 폭력게임의 판매량을 감소시킬 것이라 굳게 믿고 있었다.

"집단편집증이야. 확실한 증거가 있는데도 사람들이 믿으려 하질 않아."

이명현이 혼잣말처럼 중얼거렸다.

"집단편집증이 뭐예요?"

맞은편의 차미영이 눈을 동그랗게 뜨고 물었다.

"슬픈 역사의 산물이지……."

이명현이 앞에 있던 잔을 들어 한 입에 털어 넣었다. 박정석의 잔인한 미소가 떠오르자 그가 잠시 몸을 떨었다.

"점점 모르는 소리만 하시네요. 그러지 마시고 설명 좀 해주세요."

자리를 이명현 곁으로 옮긴 차미영이 팔짱을 낀 손을 가볍게 흔들었다.

"남을 믿으면 사기를 당하거나 손해를 본다는 우리 사회의 잘못된 통념들이 사람들 간의 신뢰를 방해한단 말이지."

"그렇지만 사실이잖아요?"

"물론 그렇지. 우리들 모두가 그렇게 살아왔으니까, 제기랄."

그가 채워진 술잔을 다시 기울였다.

"하하하, 그러니까 우스갯소리도 있잖습니까? 지 애비 앞에 두고 세상에 믿을 놈 한 놈도 없다고 했다는 그 목욕탕 얘기요."

술에 취한 홍희석이 호탕하게 한바탕 웃었다. 믿지 못하는 것만이 아니라 애비를 중오하고 심지어는 살인까지 하는 것이 요즘 세태였다. 광기어린 박정석의 마지막 눈빛이 떠오르자 이명현은 다시 한 번 진저리를 쳤다. 놈은 분명 자신을 살인자로 취급하고 있었다.

"형님, 교육인적자원부 쪽과 상의하면 어떻겠습니까?"

"교육부와 뭘?"

"학교에서 주기적으로 영화 상영을 시키는 것이지요. 서브리미널 효과를 넣은 영화를요. 학교방송에서 내보내는 음악에도 서브리미널 효과를 사용하는 겁니다."

"대학입학만이 지상목표인 학교에서 영화감상에 많은 시간을 할애하려 하겠어?"

"제기랄, 그 지랄 같은 입시제도가 결국 문제군요."

홍희석이 자조적인 한탄을 했다. 그가 비운 술잔을 차미영에게 건넸다.

"형, 진작부터 궁금했었는데요."

홍희석이 술에 취한 벌건 눈으로 이명현을 바라보았다. 그가 이명현을 형이라 부르면 이미 만취 상태를 의미했다.

"뭐가?"

"형은 왜 그렇게 학교폭력에 관심이 많은 거지요?"

그의 혀 놀림에 확연한 장애가 생기고 있었다.

"……."

홍희석의 얼굴에 떠오른 수상한 미소를 바라보며 이명현은 가슴이 덜커덕 내려앉는 것을 느꼈다. 대답대신 그가 담배를 꺼내 물었다.

"저는 형이 왜 그토록 학교폭력에 매달리는지 알고 있지요."

이명현은 취기가 만드는 홍희석의 미소가 너무 잔인하다고 생각했다. 그가 자신의 과거를 알고 있는 모양이었다. 그러나 그의 입에서는 예상 밖의 말이 튀어나왔다.

"형도 나처럼 피해학생이었지요?"

흔들거리던 홍희석의 상체가 등받이로 무너져 내렸다. 이명현이 담배연기를 길게 내뿜었다. 다행히 그는 자신을 학교폭력의 피해자로 생각하고 있었다.

"형이나 나처럼 뛰어난 학생들은 언제나 놈들의 목표가 되는 거지……."

의자에서 등을 일으키던 홍희석의 상체가 심하게 기우뚱거렸다.

"정말이세요?"

차미영이 그들의 대화에 끼어들었다.

"그래, 아주 지독한 놈들에게 중, 고등학교 6년 내내 괴롭힘을 당했어."

"어머, 이 덩치에 괴롭힘을 당했단 말이에요? 믿어지질 않아요."

차미영이 어깨가 벌어진 홍희석의 몸을 한번 훑었다.

"나쁜 놈의 새끼들. 전부 영창에 집어 쳐넣어야 해. 사회에서 완전히 격리시켜야 된다고!"

홍희석의 취기 오른 시선이 이명현을 노려보자 이명현의 왼쪽가슴이 다시 덜커덕 소리를 냈다.

"안 그래요, 형?"

"그래······."

이명현이 채워진 술잔을 들이켰다.

'제기랄, 도둑이 제발 절인다고 했던가.'

"그런데 어떻게 두 분 다 이렇게 성공들을 하셨어요?"

차미영이 궁금한 듯 물었다.

"웃기는 얘기지만 말이야······. 결국 놈들이 오늘의 나를 만들어준 거야······."

"예? 어떻게요?"

"놈들이 괴롭히니까 할 게 있어야지. 그래서 매일같이 인터넷에만 빠져 살았었지. 놈들 때문에 컴퓨터 도사가 된 거라구. 허허허."

홍희석의 몸이 결국 의자 위로 무너져 내렸다.

"어머, 홍 사장님! 홍 사장님!"

차미영이 홍희석을 흔들어 깨웠지만 반응이 없었다. 잠들어버린 모양이었다.

추적 7

　정상진은 바지주머니 속에 들어있던 휴대폰을 꺼냈다. 심한 편집증 환자인 박정석으로부터 얻을 수 있는 정보는 별로 없겠지만 무엇 때문에 이명현이 그토록 집착을 했었는지 한번쯤 만나보고 싶었다. 간호사가 건네준 전화번호를 누르자 시퍼렇게 날이 선 고음의 남자목소리가 들렸다.

　"안녕하세요? 여기 월간극동의 정상진 기자입니다."

　"누구라고요?"

　"시사월간지 월간극동의 정상진 기자입니다."

　"시사월간지에서 무슨 일로 전화를 한 겁니까?"

　상대가 신경질적으로 반문했다.

　"자살한 이명현 원장님 때문에 몇 가지 문의할 것이 있어서요. 이명현 원장님이 돌아가신 것은 알고 계시지요?"

　"알고는 있지만 그 자가 죽은 것과 나와 무슨 상관이 있단 말이요?"

　"꼭 상관이 있어서가 아니라 박정석 씨가 이명현 원장님이 돌아가시기 전에 만났던 분이라 혹시 도움이 될까 해서요."

"뭐가 도움이 된단 말이오?"

전화기 너머의 박정석이 경계의 목소리로 물었다.

"요즘 4, 50대 가장들이 여러 가지 이유로 자살을 많이 하고 있잖습니까? 저희 월간극동에서는 그들이 자살하는 사회심리적인 이유를 특집으로 준비하고 있거든요. 그래서 혹시 도움이 될까 해서요."

편집중 환자를 다룰 때는 언제나 깍듯한 예의와 진실성을 갖춰야 한다. 조금이라도 거짓이 느껴지거나 자존심을 상하게 만들면 그들은 예외 없이 마음의 문을 닫아버린다.

"나는 그자의 죽음에 대해서 아는 것도 없지만 할 말도 없소."

"그것 참 안됐군요. 큰 도움이 될 텐데⋯⋯. 제 연락처를 병원에 놓고 갈 테니까 언제든 마음이 바뀌면 연락주시기 바랍니다. 이명현 원장님의 죽음을 이해하기 위해서는 박정석 씨의 도움이 꼭 필요하거든요."

"⋯⋯."

할 말을 모두 마친 박정석이 전화를 끊지 않고 있다면 뭔가 미련이 남아있단 얘기였다. 정상진은 그가 다시 전화할지 모른다고 생각하며 먼저 수화기를 내려놓았다.

자살

"손님, 어디로 모실까요?"

차미영이 부른 대리운전기사가 뒷좌석에 앉은 이명현에게 물었다.

"한강으로 갑시다."

"예?"

썰렁한 집으로 들어가기가 싫었던 이명현은 갑자기 한강이 보고 싶어졌다. 아니 사실은 바다가 보고 싶었지만 서울에서 바다를 볼 수는 없었다.

"한강 어디를 말씀하시는 건가요?"

"한강 아무데나 갑시다. 가까운 고수부지 같은데 있잖소?"

의아한 듯 고개를 갸웃거리던 대리기사가 차에서 내렸다. 잠시 후 다시 돌아온 그가 차를 움직였다.

'사람들은 저마다 목적을 이루기 위해 노력한다. 하지만 언제나 밀려오는 파도 속에 묻혀버릴 뿐이다.'

지금까지 이명현은 세상의 중심에 서고자 노력했고 또 대부분의 세월을 그렇게 중심에 서 있었다.

초등학교 시절은 아버지 왕국의 왕자였고 중학교 3년은 폭력계의 대부로 중심에 설 수 있었다. 그리고 고등학교 3년과 6년의 대학생활 역시 우등생으로서 또한 미스코리아를 아내로 둔 남자로서 성공한 삶을 살았었다.

휴~. 이제는 중심이 아니었다. 형편없는 아웃사이더가 되어가고 있었다. 중심에 서있으려는 그의 노력은 가정에서부터 철저하게 실패했다. 모든 사람으로부터 사랑과 인정을 받아야만 하는 그로서는 다른 사람으로부터 미움을 받는다는 사실을 인정할 수 없었다.

그런데 그는 가장 가까워야할 아내로부터 미움을 받았고 이제는 버림마저 받고 있었다. 정신과 의사로서의 참담한 실패도 견딜 수 없는 괴로움이었다. 박정석의 편집증 치료가 실패로 끝났고 심지어 그는 자신을 악마라고까지 표현했다.

"젠장."

그토록 심혈을 기울여 노력했던 서브리미널 프로젝트마저 실패로 끝나버렸다. 다시 세상의 중심에 서기위한 마지막 노력이 물거품이 되어버린 것이다.

"악마들······."

이명현은 최근에 꾸었던 불길한 꿈을 다시 생각했다.

"손님, 다 왔습니다."

대리기사가 이명현을 흔들어 깨웠다.

"여기가 어데요?"

이명현이 상체를 일으키며 물었다. 잠시 잠이 든 모양이었다.

"댁 앞입니다."

차는 거대한 아파트 입구에 서 있었다. 버드의 차미영이 대치동에 있는 자신의 아파트를 알려준 모양이었다.

"수고했소."

운전석으로 자리를 바꿔 앉은 이명현은 머리를 뒤로 기댄 채 다시 눈을 감았다. 기다리는 사람이 아무도 없다는 사실에 그가 다시 몸부림을 쳤다. 그는 지하 주차장 입구에 서있던 차를 후진시켰다. 썰렁한 집에 들어가기가 싫었다. 바다가 보고 싶었다. 아니 한강이라도 보고 싶었다.

강변도로로 접어든 후 이명현은 AV시스템의 전자스위치를 눌렀다.

9개나 되는 최고급 스피커들로부터 웅장한 모차르트교향곡이 터져 나왔다.

41번 C장조, 주피터교향곡이었다.

볼륨을 최대로 높였다.

차체에서 반향되는 음파들이 스피커들의 진동과 부딪히며 강한 난기류를 형성했다.

좁아터진 외이도와 고막들이 모든 음을 소화해낼 수 없는 일, 두개골을 통해 전달된 광폭의 음파들이 금방이라도 터질 듯 두 개의 달팽이관을 진동시켰다. 머릿속과 가슴팍이 활화산처럼 끓어올랐다.

자정을 훨씬 넘긴 시각이었지만 강변도로에는 제법 많은 차들이 움직이고 있었다.

우측 바로 곁으로 한강이 보였다.

마치 검은 비단을 끝없이 풀어놓은 듯했지만 조금도 흉물스러워 보이지 않았다.

아니 오히려 따뜻하고 포근하게 느껴졌다.

이명현은 한강을 보기 위해 우측으로 차선을 바꾼 후 속도를 줄였다.

'그래, 바로 한강이었어…….'

아득한 무의식의 세계, 도대체 종잡을 수 없는 무의식의 바다…….
그 정체불명의 심연 속엔 도대체 무엇이 들어있는가.

저만치 반포대교가 보였고 검은 수면 위에 아슬아슬 떠있는 잠수교도 보였다. 그는 다리를 향해 우회전을 했다.

'인간의 가치는 노력의 성패에 의해 결정된다. 실패한 인간은 무가치할 뿐이다. 더 이상 세상에 남아있을 명분은 없다.'

급브레이크를 밟자 뒤 따르던 택시 한 대가 그의 차를 강하게 들이받았다.

'쿵!'

충격이 고스란히 두개골에 전해졌지만 그는 조금도 아픔을 느끼지 못했다. 아득한 꿈결에서처럼 혹은 영화 속 한 장면을 지켜보는 무심한 사람처럼 지극히 객관적인 현상일 뿐이었다.

고무타이어와 아스팔트의 마찰음이 들리는가싶더니 다른 승용차한 대가 택시의 뒤꽁무니를 들이받았다.

'쿵!'

이명현의 머리에 다시 강한 충격이 전해졌지만 그는 삼중 추돌이 일어난 사실조차 느끼지 못하고 있었다.

험상궂게 생긴 택시기사가 운전석 유리창을 두드렸다. 부릅뜬 두 눈과 크게 벌어진 입이 분명 욕을 하고 있었지만 놈이 왜 삿대질까지 하고 있는지 도대체 이해할 수 없는 일이었다.

이명현이 문을 열고 밖으로 나오자 택시기사가 다짜고짜 그의 멱살을 움켜잡았다.

"야, 이 개새끼야! 뒈지려고 환장했냐? 여기서, 이 다리 위에서 급브레이크를 밟으면 어떻게 하자는 얘기야? 엉?"

이명현의 늘어진 몸뚱이가 남자의 억센 팔뚝에 나뭇가지처럼 흔들렸다.

택시기사의 번뜩이는 눈빛이 이명현의 풀어진 두 눈을 유심히 살폈다. 그의 몸에서 풍기는 술 냄새를 쿵쿵거리던 기사가 열려진 문틈으로 터져 나오는 음악소리에 얼굴을 잔뜩 일그러트렸다.

"이 새끼, 이거. 완전히 맛이 갔구만. 어휴 시끄러워."

그때 택시와 추돌한 중년의 운전자가 다가왔다.

"어떻게 된 겁니까?"

"이 자식 이거, 완전히 떡이 됐어요. 안되겠소. 얼른 경찰을 부릅시다. 이런 자식들은 뽄때를 보여줘야만 해. 에이, 개자식……."

휴대폰을 꺼내들며 택시기사가 분한 듯 소리쳤다.

두 사람이 자동차의 피해 상황을 살펴보기 위해 움직이는 사이, 이명현은 난간을 향해 걸어갔다. 한강이 아니 바다가 보고 싶었다.

잠시 그는 두 손으로 난간을 잡은 채 한강을 내려다보았다. 다리 조명에 반짝이는 검은색 물결들이 오랫동안 잊고 있었던 엄마의 품처럼 포근해보였다.

순간 뛰어내리고 싶다는 욕구가 짓눌렸던 강철 스프링처럼 마음속 깊은 곳으로부터 솟구쳐 올랐다. 가벼워진 몸을 새처럼 날려보고 싶다는 우발적인 생각……. 그런 충동적인 행동은 곧 죽음을 의미했지만 그 조차도 관심 밖의 일이었다.

그는 두 손으로 난간을 잡은 채 한쪽 다리를 들어올렸다. 그저 몸을 날려보고 싶다는 단순하면서도 뿌리칠 수 없는 강렬한 유혹, 오직 그뿐이었다.

차를 살펴보던 사람들이 그의 수상한 모습을 돌아보았다.

"어어! 이봐! 안 돼! 기다려!"

돌연한 그의 행동에 사람들이 기겁해 소리쳤지만 이명현의 두 다리는 이미 난간을 넘어서고 있었다.

"야! 임마! 안 돼!"

택시기사가 큰 몸집을 날려보았지만 이미 난간을 넘어버린 이명현의 그림자는 어두운 허공 속을 날고 있었다. 잠깐 사이, 먹물처럼 시꺼먼 강물이 그의 몸을 통째로 삼켜버렸다. 문틈을 빠져나온 주피터의 피날레가 피를 토하며 그의 뒤를 따랐다.

의혹

1

대표적인 인터넷 재벌기업인 UTN의 30층짜리 본사 건물은 이명현의 병원과 그리 멀지 않은 곳에 위치해 있었다. 자리에서 일어선 홍희석이 사장실로 들어서는 정상진을 반겼다. 사무실을 출발하기 전 전화통화에서 홍희석은 월간극동 기자란 말에 기꺼이 취재에 협조하겠다고 말했었다.

흰색 대리석 바닥 위에 놓인 포도주색 고급소파로 정상진을 안내한 홍희석은 자신을 이명현 원장의 대학 후배라고 소개했다.

"정말 아까운 분이 가셨습니다."

홍희석이 슬픈 표정과 함께 긴 한숨을 내쉬었다.

"평소 두 분 사이가 각별하셨다고 들었는데 많이 아프시겠습니다."

"예……."

머리를 올백으로 넘긴 홍희석이 코를 훌쩍였다.

"기러기아빠로 오랫동안 계셨기 때문에 외로움을 달래드리려고 종종 함께 어울렸었지요."

"그러셨군요. 사실 저도 이명현 원장님의 후배입니다."

"그래요?"

후배란 말에 성공한 젊은 사장의 눈이 커졌다.

"학교 후배는 아니지만 같은 정신과 후배입니다. 평소 원장님을 많이 존경하고 있었지요."

"아, 정신과 의사시군요."

사회적으로 성공한 사람들 대부분은 인맥과 학연을 중요시한다. 월간극동과 같은 유명잡지를 이용한다면 개인뿐 아니라 회사의 광고에도 상당한 도움이 될 것이다. 후배란 말에 잠시 좋아했던 홍희석의 얼굴 위로 실망의 빛이 지나갔다.

"돌아가시기 전날 두 분이 만나신 걸로 아는데 혹시 이명현 원장님이 자살할 것 같다는 예감을 받지 못하셨던가요?"

"전혀요. 자살이라는 단어와는 거리가 먼 분이셨는걸요."

평소 이명현의 왕성한 사회성과 대외활동을 생각한다면 홍희석 사장의 말을 이해할 수 있었다. 정상진이 다시 물었다.

"무슨 특별한 말씀이 있으셨던가요?"

"특별한 말씀은 없으셨지만 조금은 우울해하셨지요."

"이명현 원장님이 우울해 하실만한 이유가 있었습니까?"

회한 속에 잠긴 듯 홍희석의 말이 끊어졌다. 정상진이 다시 물었다.

"무슨 이유입니까?"

"오랜 기간 동안 준비해오던 계획이 수포로 돌아갔거든요."

"무엇을 준비하셨단 말인가요?"

"원장님과 저는 근 일 년에 걸쳐 학교폭력 예방을 위한 서브리미널 프로젝트를 준비해 왔었지요."

정상진은 전날 이명현의 컴퓨터에서 보았던 서브리미널 프로젝트를 기억했다. 하지만 바탕화면에 떠있는 단축 아이콘은 비밀번호를 요구했었다.

"서브리미널 효과에 대해선 저도 조금 알고 있습니다만 학교폭력 예방에 이용한다는 것은 무척 생소하군요. 좀 더 구체적으로 설명해 주시겠습니까?"

"청소년들이 즐겨하는 인터넷 게임 속에 사랑과 우정 그리고 평화라는 메시지의 서브리미널 효과를 넣는 계획이었지요. 물론 시각과 청각을 모두 이용한 방법이었구요."

"서브리미널 효과로 폭력적인 아이들의 무의식을 자극한단 계획이었군요."

"맞습니다. 돌아가신 이명현 원장님이 오랫동안 전력투구해오던 일이었습니다."

"요즘 인터넷게임들이 너무 폭력적인 점을 생각한다면 잘 모르는 제가 보기에도 기막힌 방법인 듯한데 왜 실패로 끝났습니까?"

"업체들의 로비와 놈들에게 휘둘리는 국회의원들 때문이지요. 정부에서 내년 임시국회에 상정하기로 계획을 했었지만 소위원회를 통과하지 못했기 때문에 상정 자체가 무산되었어요."

정상진은 고개를 끄덕였다. 박정석이란 환자에 의해 본격적으로 표면화된 이명현의 우울증이 필사의 노력을 기울였던 서브리미널 프로젝트마저 수포로 돌아가자 더욱 심해졌다. 그래서 그는 반대하는 사람들에 대한 분노를 나타내기 위해 그리고 자신의 무가치함을 비관한 나머지 자살이라는 극단적인 방법을 선택했다.

거기에 3년간 가족들과 떨어져 지냈던 심한 고독감도 한몫 거들었을 것이다. 충분히 납득이 가는 자살동기였다.

"취재에 협조해 주셔서 감사합니다. 혹시 궁금한 사항이 생기면 다시 연락을 드려도 되겠습니까?"

"물론입니다. 언제든지 연락을 주십시오."

홍희석의 아쉬운 배웅을 받으며 정상진은 자리에서 일어섰다.

2

사무실로 돌아온 정상진은 지금까지 유가족들과 인터뷰한 내용들을 정리하기 시작했다. 어느새 이틀 앞으로 다가온 원고 마감일에 맞추기 위해서는 바쁘게 서둘러야만 했다. 혹시 다른 이유가 있지 않을까 생각했던 이명현 원장의 자살동기 또한 대부분의 사람들처럼 자신의 무능함을 비관한 우울증으로 결론내리기로 했다.

갑자기 휴대폰이 진동했다. 박정석이었다.

"이명현 원장의 죽음에 대해 중요한 정보를 드리려고 전화를 했소."

날카로운 모노톤의 목소리가 그가 긴장하고 있음을 말해주고 있었다.

"잘 생각하셨습니다. 제가 찾아뵙도록 하지요. 어디로 가면 되겠습니까?"

박정석이 만나기를 원한 곳은 사당동에 있는 작은 지하커피숍이었다. 구석진 곳에 앉아있던 금테안경의 남자가 문을 열고 들어서는 정상진을 바라보았다. 정상진은 고정된 시선과 경직된 몸동작으로 그가 박정석임을 한눈에 알아보았다.

"박정석 씨 맞으시지요?"

가까이 다가간 그가 물었다.

"그렇소."

짤막한 대답을 들으며 정상진이 그의 맞은편 의자에 앉았다. 박정석의 비쩍 마른 얼굴 위에서 날카로운 눈빛이 번뜩였다.

"반갑습니다. 전화 통화했던 정상진입니다."

그가 명함을 한 장 내밀자 박정석은 받아든 명함을 앞뒤로 바꿔가며 한참을 살폈다. 주문을 받으러 온 직원에게 박정석은 과일주스를, 정상진은 블루마운틴 한 잔을 시켰다.

"저에게 주시겠다는 정보가 무엇입니까?"

정상진은 최대한 예의를 갖춰 물었다.

"이명현 원장은 살해당한 것이오."

"예?"

박정석은 대뜸 뜻밖의 말을 꺼냈다.

"다른 사람이 이명현 원장을 죽였단 말이오."

"하지만 반포대교에서 투신할 때 목격자들이 있었던 거로 알고 있는데요."

"물론 범인이 이명현 원장을 밀어 떨어트리지는 않았소."

박정석이 직원이 가져온 주스를 들이켰다. 잔을 내려놓은 그가 다시 입을 열었다.

"하지만 놈이 이명현 원장을 죽인 게 틀림없소."

"누가 죽였단 말입니까?"

"그건 모르오. 하지만 범인은 아주 가까이 있는 놈이오."

편집증 환자들은 감정이나 생각을 타인과 교류하지 않기 때문에 항상 혼자 떨어지게 되어 현실검증을 받지 못한다. 따라서 그들이 만드는 환상의 세계는 바뀌지 못한 채 그대로 유지되고 만다. 또한 끝없이 왜곡되는 상상을 막아주는 사람이 없기 때문에 자신의 주장을 지지하기 위해 스스로 사건들을 조작한다.

결국 그들의 상상과 현실사이에는 어떠한 차이도 존재하지 않게 되며 잠시 스치는 일들이나 어렴풋이 떠오르는 생각들을 엄연한 사실로 간주해버린다.

정상진은 더 이상 듣고 있을 의미가 없다고 생각했지만 그에 대한 호기심이 자리를 떠나지 못하게 막고 있었다.

"왜 그런 생각을 하신 거지요?"

"놈이 나에게 말하고 있소. 자신이 이명현 원장을 죽였다고."

"환청!"

역시 환자는 정신분열증이 심해진 상태였다. 정상진은 그만 일어서야 하겠다는 생각이 들었지만 한 가지 궁금한 것이 있었다.

"이명현 원장님을 마지막으로 만났던 날 무슨 이야기를 나누었습니까?"

박정석의 가늘게 찢어진 눈에 분노와 비슷한 감정이 피어올랐다.

"예지몽에 관한 얘기를 나누었소."

그의 목소리에는 화가 잔뜩 배어있었다.

"박정석 씨가 예지몽을 꾸었었단 말인가요?"

"그렇소. 내가 꾸었던 돼지가 공룡으로 변하는 꿈이 예지몽 같다고 말했었소."

오이디푸스 콤플렉스에 의한 돼지꿈을 예지몽으로 생각하고 있었다면 매우 흥미로운 일이었다. 정상진이 다시 물었다.

"왜 그렇게 생각을 했었지요?"

"깨어난 다음에도 꿈에 대한 잔상이 선명하게 남아 있으면 보통 예지몽이라고 말을 하오. 바로 내가 꾼 돼지꿈이 그랬었소."

정상진이 정신과 의사라는 사실을 모르고 있는 박정석이 예지몽에 대한 설명을 곁들였다. 하지만 선명하다고 해서 모두가 예지몽은 아니었다. 예지몽은 아직도 학계에서 논란의 여지가 많은 분야였다.

"무엇에 대한 예지몽이었습니까?"

"……."

박정석이 말하기를 주저했다.

잠시 후 결심이 선 듯 그가 다시 말했다.

"꿈속에 나타난 돼지는 바로 이명현이었소."

"예? 무슨 말입니까?"

깜짝 놀란 정상진이 다시 반문했다.

"돼지가 변한 공룡이 이명현이란 말이오. 그는 나를 파멸로 몰아넣으려 했었소."

말도 안 되는 피해망상이었다. 정상진은 마지막 날 인터뷰에 대한 기록이 없음을 이해할 수 있었다. 박정석의 맹렬한 반격에 큰 충격을 받았기 때문에 이명현은 차트에 기록할 엄두를 내지 못했을 것이다.

"왜 그런 생각을 했습니까?"

"이명현은 나쁜 인간이었소. 마치 거미줄에 걸린 먹이의 체액을 빨아먹는 거미처럼 환자를 서서히 말려죽게 하는 인간이었소. 타인의 불행을 즐기는 인간이었단 말이오."

정상진은 심각한 피해망상 속에 빠져있는 박정석을 물끄러미 바라보았다. 환자의 양손이 심하게 떨리고 있었다.

"죽은 이명현 원장은 박정석 씨를 치료하기 위해 노력했던 걸로 알고 있습니다. 그런데 왜 당신은 그런 생각을 하게 된 것이지요?"

"확실한 증거가 있소."

박정석은 입고 있던 잠바 속주머니에서 편지봉투를 꺼냈다.

"이것이 바로 그 증거요."

그가 떨리는 손으로 편지를 내밀었다. 편지를 받아 든 정상진은 두 장으로 된 편지지를 꺼내들었다.

'박정석 씨.

불의와 배신만이 가득한 세상에서

하루하루 건승하고 계시는 박정석 씨에게

진심으로 경의를 표하는 바입니다.'

편지지를 잡고 있는 정상진의 손이 떨리기 시작했다. 가슴도 두근
거렸다. 편지를 쓴 사람은 편집증환자인 박정석의 정신세계를 정확히
파악하고 있는 사람이었다. 예사 솜씨가 아니었다.

'학창시절에도 그는 폭력학생이었습니다.

많은 급우들이 그에게 폭력과 금품갈취를 당했습니다.

심지어는 그 때문에 자살한 학생도 있었습니다.'

'당신과 함께 승리하기를 원하는 친구가.'

편지지를 내려놓은 정상진이 할 말을 모두 잊은 채 박정석을 바라보
았다. 손에서부터 시작된 박정석의 떨림은 이젠 양쪽 어깨를 흔들어
대고 있었다. 그의 머리마저 흔들거렸다.

"이 편지에 대해 이명현 원장에게 말했습니까?"

"아니오."

박정석이 도리개질을 쳤다.

"그러면 돼지가 바로 당신이라고 이명현 원장에게 말했습니까?"

박정석이 다시 도리개질을 쳤다.

"나는 이명현 그 작자에게 아무 말도 하지 않았소. 단지 내가 꾸었던 돼지꿈이 예지몽이었단 말만 했을 뿐이오."

박정석은 자신은 이명현의 자살과 무관하다고 주장하고 있었다.

"이 편지를 보낸 사람이 누군지 정말 모른단 말입니까?"

"그렇소."

"신분을 감추고 편지를 보낸 거로 봐서는 단순한 모함일 수도 있잖습니까? 어떻게 그 사람이 이명현 원장의 속내를 알 수 있단 말입니까? 그리고 이명현 원장이 정말 중학교 때 폭력학생이었는지 어떻게 안단 말입니까?"

"그 편지가 아니더라도 내 느낌만으로도 알 수가 있었소. 그리고 여기 또 증거가 있소."

박정석이 잠바주머니에서 다른 서류뭉치를 꺼내들었다.

"이명현의 중학교 때 생활기록부요. 한번 읽어보시오."

정상진은 그가 던지듯 내미는 서류를 받아 읽기 시작했다.

"음⋯⋯."

기록된 대로라면 이명현은 폭력학생이 틀림없었다.

"이건 어떻게 구한 겁니까?"

"내가 직접 학교에 가서 구한 것이오."

정상진은 편집증환자의 집요함에 혀를 내둘렀다. 그들의 유일한 인생 목표는 적으로부터 자신의 성을 견고히 지키는 일뿐이었다. 그들은 적들의 아주 작은 약점조차도 쉽게 찾아내는 능력이 있었고 그 약점을 끝까지 물고 늘어져 결국 적들의 항복을 받아내고야 마는 사람들이었다.

정상진은 비록 간접적이나마 박정석이 이명현의 자살에 영향을 준 것이 틀림없다고 생각했다.

마지막 날 인터뷰에서 그는 이명현 원장의 자존심에 치명적인 상처를 입혔을 것이다.

"박정석 씨 말대로라면 편지를 보낸 사람이 살인자란 말인데 그가 어떤 방법으로 이명현 원장을 죽였단 말입니까?"

"그거야 알 수 없지요. 하지만 그가 나에게 분명히 말했소. 자신이 이명현을 죽였다고."

박정석은 또자신의 환청을 기정사실화하고 있었다. 편집증 환자들은 자신이 세운 추측과 가설 모두를 기정사실로 생각하지만 그것들이 옳고 그른지를 판단하는 사람도 오직 자신뿐이기에 결국 그들의 신념은 타당한 것으로 확정되어 버린다.

더 이상 들을 것이 없다고 판단한 정상진이 자리에서 일어섰다. 박정석의 주장을 단순한 편집증 환자의 망상과 환청으로 치부해버리기에는 아무래도 무리가 있었다. 그가 받은 괴편지와 이명현의 중학교 생활기록부가 그 증거였다. 누구인지는 모르지만 편지를 보낸 사람이 분명 있었고 게다가 그 사람은 이명현과 박정석을 아주 가까이에서 지켜보고 있는 사람이었다.

3

정상진은 내친 김에 고속도로로 차를 몰았다. 이명현이 졸업한 중학교에 들러 사실을 확인해보고 싶었다. 이명현이 폭력학생이었다는 것이 의외이긴 했지만 어쨌든 자신이 괴롭히던 학생이 자살을 했다면 어린 나이의 이명현은 큰 충격을 받았을 것이다.

급우가 자살한 이유가 오로지 자신 때문이라는 죄의식을 가지고 있었다면 그가 평소 앓고 있던 우울증의 주범이었을 확률이 많았다.

보통 무의식 깊숙한 곳에 자리 잡고 있는 죄의식은 우울증을 유발시킨다. 물론 이명현은 우울증을 이기고 훌륭한 사회활동을 하고 있었다. 그가 남달리 노력해온 학교폭력 예방운동이 죄의식을 다소나마 희석시켜 주었기 때문일 것이다.

톨게이트를 빠져나온 정상진은 배터리 가게를 운영하는 친구가 달아준 내비게이션 전원을 누른 다음 중학교 이름을 입력시켰다. 이 훌륭한 기계는 길을 묻기 위해 수시로 차를 세우는 번거로움을 해결해 주었다. 수만 킬로 상공에 떠있는 여러 개의 인공위성들이 자신을 호위하며 안내하고 있는 것이다. 마치 최첨단 우주영화 속의 주인공처럼…….

이명현이 나온 중학교는 도심을 한참 벗어난 변두리에 있었다. 건물이 비교적 깨끗한 걸로 봐서 아마도 비대해지는 도심에 밀려 최근에 외곽으로 이사를 온 모양이었다.

교무실로 들어간 그가 기자신분증을 내밀자 퇴근준비를 서두르던 교사들이 그를 교무주임에게 안내했다. 월간극동에서 나왔다는 말에 키가 작고 정수리가 허옇게 벗겨진 교무주임의 눈이 휘둥그레졌다. 교무주임은 의자에 앉은 정상진에게 비타민이 들어있는 드링크제를 내밀며 물었다.

"웬일로 나오셨습니까?"

"혹시 얼마 전 반포대교에서 투신자살한 이명현이라는 정신과 의사를 아십니까?"

"예, 뉴스를 들어서 알고 있는데요."

명소에서 투신자살한 사람들은 세상 사람들에게 알리고 싶은 자살 동기를 달성하는데 성공한다.

"그 사람이 이 학교 졸업생이었거든요."

"그랬군요. 그런데 뭘 조사하시겠다는 거지요?"

"죽은 이명현 씨가 중학교 때 유명한 폭력학생이었다는 말이 있어서 확인을 하고 싶습니다."

"언제 졸업한 학생이었지요?"

"86학번이었으니까 아마 83년쯤에 졸업했을 겁니다."

"음…… 생활기록부는 남아있겠지만 그 당시 일을 알 만한 사람은 없을 텐데요. 아, 교감선생님이 알고 계시겠네요. 잠깐만 기다려보시지요."

자리에서 일어선 교무주임이 검은색 뿔테안경의 남자에게 걸어갔다. 잠시 이야기를 나누던 두 사람이 정상진을 바라보았다. 교무주임이 정상진을 향해 손짓했다.

"이명현이란 사람을 기억하고 계시는지요?"

인사를 나눈 정상진이 교감에게 물었다. 얼굴색이 검붉은 그가 주사 코 아래쪽에 걸려있는 검은색 돋보기를 벗었다.

"기억하다마다요. 내가 중3 때 담임선생이었었지요."

깍지 낀 양손을 가슴에 모은 교감이 정상진을 바라보았다. 30년 가까이를 한 학교에서만 근무했다면 그는 이 학교의 살아있는 역사였다.

"담임선생님이셨으면 그 당시 상황을 정확하게 기억하고 계시겠군요. 이명현 씨가 유명한 폭력학생이었다고 하는데 사실입니까?"

"그래요. 사실이었지요……."

교감선생은 잠시 회상에 잠겼다.

"이명현 씨에게 괴롭힘을 당했던 학생이 자살을 했다고 하던데요?"

"그랬었지요."

교감이 고개를 끄덕였다. 박정석이 받았던 편지의 내용 모두가 사실이었다.

"이명현은 아주 우수한 성적으로 중학교에 입학했었지요. 초등학교 성적이 워낙 뛰어났었기 때문에 학교에서 그에게 거는 기대가 무척 컸었어요. 하지만 그는 곧 폭력학생으로 바뀌기 시작했어요. 아마도 방직공장을 운영하던 아버지가 부도를 내면서 생활이 어려워졌던 것이 원인이 아니었나 생각합니다."

"그랬군요."

"내가 3학년 담임을 맡게 되면서 어떻게 해서든 아이를 바로 잡아보려고 노력도 많이 했었지만 이미 돌아서버린 그 아이를 되돌리기에는 역부족이었어요. 결국 공부를 포기하고 날로 심해지던 이명현의 폭력이 큰 사고를 불러오고 말았지요."

교감이 우수에 젖은 두 눈을 감았다. 그는 지금 대뇌반구 속 가장 깊숙한 곳에 가라앉아 있던 불행한 사건을 불러내려는 중이었다.

"3학년 학기 초에 전학 온 학생이 있었어요. 지금은 이름조차 기억이 안 나지만 그 아이는 청각이 떨어지는 장애아였었지요. 얼굴도 여자아이처럼 예쁘게 생겼고 어눌한 말투나 하는 짓이 꼭 여자아이 같은 학생이었었지요."

"이명현이 그 학생을 괴롭혔던 모양이군요."

"그래요. 여학생 같은 행동 때문에 학급아이들 모두가 그 아이를 놀렸어. 요즘 말하는 왕따였던 거지요. 특히 그 아이를 괴롭혔던 학생이 바로 이명현이었지요. 이명현은 신체적으로도 그를 학대했지만 정신적으로도 많이 힘들게 했었지요. 이명현은 마치 직장동료에게 성폭행하듯 그를 괴롭힌 겁니다."

"결국 그 학생이 자살을 하고 말았군요."

"이명현에게 치욕스런 괴롭힘을 당한 바로 그날 오후 그 아이가 학교 옥상에서 떨어져 죽은 겁니다. 개교 이래 처음 있었던 사망사건이었지요."

교감은 곤혹스러움을 당했을 과거를 생각하며 몸서리를 쳤다. 담임으로서 겪어야만 했던 고초가 이만저만하지 않았을 것이다.

"그 아이의 책상 속에서 한 통의 유서가 발견되었지요."

교감은 더 이상 말을 잇지 못한 채 눈을 감았다. 유서에는 급우들과 이명현을 원망하는 내용이 들어있었을 것이다.

서울을 출발할 때부터 생각해오던 것이지만 박정석을 사주한 사람은 이명현의 중학교 시절을 잘 알고 있는 사람이었다.

"죄송하지만 그 당시 선생님이 맡았던 3학년 학생들의 명단을 볼 수 있을까요?"

"그럽시다. 원하신다면 이명현의 생기부도 함께 보여드리지요."

"이명현 씨의 생활기록부는 이미 보았습니다."

그의 말에 교감이 놀란 얼굴을 했지만 더 이상 묻지 않았다.

잠시 후 교무주임이 출력해온 명단을 훑어보던 교감이 말했다.

"그래, 바로 이 학생이었어요. 박성주, 이 학생이 자살을 한 거지요."

"예? 지금 박성주라고 하셨나요?"

"그래요. 바로 이 학생입니다."

박성주라면 이명현의 메모지에서 보았던 이름이었다. 정상진은 교감이 건네준 명단을 받아들었다. 명단 중앙쯤에서 박성주란 이름이 보였다. 병원에서 보았던 메모지에 중학교 3학년 때 죽은 박성주란 이름이 적혀 있었던 점으로 볼 때 박정석의 집요한 편집증이 이명현으로 하여금 박성주를 기억해내게 한 것이 틀림없었다.

박정석은 편지의 내용을 이명현에게 밝히지 않았다고 주장했지만 그가 거짓말을 한 모양이었다. 정상진은 50여 명이나 되는 학생들의 명단을 대충 훑어보았다. 그가 말했다.

"이 명단을 제가 가져가도 되겠습니까?"

"필요하시다면 가져가시지요."

"그리고 죽은 박성주의 생활기록부를 보여주셨으면 하는데요."

학생들의 명단을 주머니 속에 넣은 후 정상진이 부탁하자 교무주임은 얼마 기다리지 않아 박성주의 생활기록부를 들고 왔다. 정상진은 그가 건네주는 박성주의 생활기록부에서 가족사항을 읽어보았다. 부모와 함께 손아래 누이만 기록되어 있었다. 죽은 박성주를 위해 복수할만한 남자 형제는 보이지 않았다.

두 사람에게 고맙다는 인사를 하고 정상진은 자리에서 일어섰다. 박정석의 집요한 공격에 이명현은 악몽 같은 중학교시절을 떠올렸고 결국 자신에 의해 자살한 박성주란 이름을 기억해냈다.

보통 무의식 속의 아픈 기억은 겹겹이 빗장을 걸어놓기 때문에 의식 수준까지 올라오지 못한다. 하지만 편집증 환자의 집요한 공격으로 강력한 부력을 받기 시작한 악몽을 그로서도 어쩌지 못했던 모양이었다.

박정석과 같은 편집증환자의 공격만으로 이명현과 같은 베테랑 정신과 의사가 자살을 시도했다는 것이 이해되질 않았다. 평소 이명현은 숫하게 많은 정신증 환자들을 치료했을 것이고 그러다보면 자신의 아픈 기억들도 문득문득 떠올랐을 것이다.

특히 수많은 학교폭력 피해학생들의 무료상담을 해온 그로서는 이미 자신의 죄의식을 극복할만한 충분한 정신적 방어체계를 갖추고 있었을 것이다.

이명현의 자살에는 다른 원인이 있을 듯했다. 물론 그 원인은 박정석의 주장대로 괴편지의 주인공과 밀접한 관계가 있었다.

정상진은 편집증 환자의 정신세계를 정확히 꿰뚫고 있는 편지의 내용으로 볼 때 편지를 쓴 주인공은 정신과 의사일 가능성이 높다고 생각했다.

또한 범인은 박정석이 현재 이명현에게 치료받고 있다는 사실도 알고 있었다. 폭력학생으로 지냈던 이명현의 중학교 시절까지도 잘 알고 있는 사람이었다.

안성휴게소로 들어선 그는 차를 적당한 자리에 주차시킨 후 주머니 속에 들어있던 학생들의 명단을 꺼냈다.

만일 편지를 보낸 사람이 정신과 의사라면 자신이 알고 있는 사람일 수도 있었다.

명단을 처음부터 찬찬하게 훑던 그의 눈에 낯익은 이름 하나가 들어왔다.

'유고웅'

흔치 않은 이름이었고 언젠가 정신과 학회에서 배급한 회원수첩에서 본 적이 있는 듯한 이름이었다. 만일 중학교 때 이명현과 같은 반이었던 유고웅이란 사람이 정신과 의사가 되었다면 그가 박정석에게 편지를 보낸 장본인일 수도 있었다. 이명현의 폭력과 박성주의 자살을 가까이서 지켜본 그가 이명현을 죽이기 위한 복수전을 전개했을 가능성이 있었다. 그 또한 피해자였을 수도 있었으니까. 게다가 그가 죽은 박성주와 가까웠던 몇 안 되는 사람 중에 하나였다면 그 가능성은 더욱 높아졌다.

갑자기 휴대폰이 울렸다.

"어이, 정 기자! 지금 어디에 있는 거야? 마감일이 코앞인데 왜 아직 원고가 없어?"

최동명 부장이 카랑카랑한 목소리를 높였다.

"예, 준비하고 있습니다."

"지금 어딘데?"

"경부고속도로입니다. 죽은 이명현 원장에 대해 궁금한 점이 있어서 그가 졸업한 학교를 다녀오는 길입니다."

"뭐가 궁금한데?"

최 부장의 목소리가 한층 높아졌다.

"자세한 건 사무실에 도착해서 말씀드리겠습니다."

"어쨌든 시일이 다 되었어. 내일 오후까지 원고를 마감해!"

최동명이 신경질적으로 전화를 끊었다.

단서

1

복잡한 영동시장 사거리 뒷골목에 간신히 차를 주차시킨 정상진이 하품을 길게 하며 차에서 내렸다. 그가 두 팔을 크게 벌리며 기지개를 켰다. 임박한 원고마감일에 맞추기 위해 꼬박 밤을 새웠더니 무너진 생체리듬이 뇌세포들의 휴식을 요구하고 있었다.

예상했던 대로 유고웅은 개업한 정신과 의사였다. 인터넷에서 확인한 바로는 이곳 대로변에 있는 허름한 건물에 세 들어 있었다.

나이가 많아 보이는 여직원이 병원으로 들어서는 그를 반겼다. 병원 로비는 한눈에 보기에도 허름해 은은히 흐르고 있는 쇼팽의 피아노 선율과는 어울리지 않았다. 이곳에서 몇 블록 떨어져 있지 않은 이명현의 병원과는 대조적인 모습이었다.

대기환자가 한 명도 없음을 확인한 그가 여직원에게 명함을 내밀었다.

"바쁘시지 않으면 원장님과 면담을 했으면 합니다."

명함과 정상진을 번갈아 쳐다보던 여직원이 접수대 우측의 진료실로 들어갔다. 그녀가 사라진 진료실 옆으로 음악치료실이라고 써진 간판이 보였다.

개업 자리를 찾을 때 정상진은 음악치료실을 갖춘 정신과 의원을 몇 번 본 적이 있었다. 요즘은 음악치료도 대체의학의 하나로 인정되고 있었고 그 또한 관심을 가지고 있는 분야였다. 음악치료실의 내부가 궁금했던 그가 문 상부에 만들어진 커다란 유리창을 통해 안을 들여다보았다. 정면으로 피아노만한 신디사이저와 다채널 콘솔, 그리고 일견 보기에도 값비싼 오디오 시스템들이 보였다.

방음시설을 해놓은 방 중앙에는 환자들이 쉴 수 있도록 두 개의 안락의자도 놓여 있었다. 다른 의원에서 보았던 것보다 훨씬 더 고급스럽게 꾸며진 음악치료실이었다.

양측 관자놀이가 허옇게 흰 유고웅은 나이에 비해 무척 늙어보였다. 그가 의자에 앉은 채 정상진을 맞았다.

"바쁘신데 죄송합니다. 취재 때문에 방문했습니다."

"월간극동에서 나에게 무슨 취재를 한단 말입니까?"

지식인치고 월간극동을 모르는 사람은 없었다.

"이명현 원장님이 자살한 사건을 알고 계시지요?"

정상진은 각진 사각턱이 유고웅의 얼굴을 무척 강인해보이게 만든다고 생각하며 물었다.

"정신과 의사치고 이명현 원장이 죽은 사실을 모르는 사람이 있겠소?"

"자리에 앉아도 되겠습니까?"

정상진이 원장 책상 앞에 놓인 환자용 의자를 가리키며 물었다.

"앉으세요."

"서로 가까이 계셨으니 평소 두 분 사이에 왕래가 자주 있으셨겠네요?"

자리에 앉으며 정상진이 물었다. 그는 정신과 의사인 자신의 신분을 밝힐까 생각하다가 그만두었다. 유고웅보다 한참 후배인 자신의 신분을 말해버리면 조사에는 결코 도움이 안 될 것이다.

"전혀 없었어요."

유고웅의 말투가 여전히 쌀쌀맞았다.

"두 분이 중학교 동기동창인 것으로 알고 있습니다만."

말하면서 정상진은 유고웅의 얼굴을 살폈다. 그의 미간에 만들어진 주름이 좀 더 깊어졌다. 그가 다분히 시비조로 말을 받았다.

"중학교 동창이라고 해서 꼭 가까이 지내란 법이라도 있소?"

"그런 건 아니지만 그래도 같은 정신과를 하고 계시니까 그게 보통이 아닌 듯해서요."

"지금 이명현 원장의 죽음과 내가 무슨 관계가 있다고 생각하는 거요?"

"이번에 저희 월간극동에서는 4, 50대 가장들의 자살을 특집으로 다루고 있습니다. 평소 이명현 원장님의 생활을 알면 그분이 자살한 동기를 이해하는데 도움이 될까 해서 찾아뵌 거구요."

"나는 이명현 원장의 사생활에 대해선 아는 바가 없소."

유고웅이 무뚝뚝하게 말을 받았다.

"세간에선 이명현 원장님을 좋지 않게 평가를 하는 모양인데 혹시 그 이유를 알고 계십니까?"

팔짱을 낀 유고웅의 시선이 한참을 정상진의 얼굴 위에 머물렀다. 그가 드디어 입을 열었다.

"죽은 사람을 욕하면 안 되겠지만 이명현은 아주 나쁜 인간이었소. 그 인간 때문에 고통을 당했던 사람들이 한두 명이 아니었소."

"무슨 말씀이신지 선뜻 이해가 안 되는군요."

"중학교 때 이명현은 유명한 부랑아였소. 전교생 중에 그에게 당하지 않았던 애가 없을 정도였었소."

유고웅의 목소리는 한층 부드러워져 있었다.

"그 얘기라면 저도 좀 들어서 알고 있습니다만 철없던 시절이었기 때문에 있을 수 있는 일이잖습니까?"

"아무리 철이 없었다 해도 사람을 죽였다면 용서받지 못할 죄를 저지른 것이오. 이명현 때문에 불쌍한 한 아이가 죽었소."

유고웅은 옥상에서 떨어져 죽은 박성주를 생각하며 두 주먹을 불끈 쥐었다. 하지만 박성주가 죽은 다음날 자신도 같은 자리에서 뛰어내리려 했던 것은 말하지 않았다.

"옥상에서 투신자살한 박성주란 학생을 말하고 계시는군요."

유고웅의 눈이 커졌다. 상대는 이미 많은 것들을 알고 있었다.

"유 원장님도 죽은 이명현 원장에게 많은 폭행을 당하셨습니까?"

"……."

유고웅이 말없이 고개를 끄덕였다. 의협심이 대단히 강했던 자신은 매일같이 놈들에게 당하는 박성주가 불쌍해 보호자로 나서기로 결심했었다. 게다가 먼 친척뻘이었으니까.

"내가 박성주를 감싸고돌자 놈들은 나 또한 박성주처럼 대하기 시작했소. 우리 두 사람이 놈들 패거리에게 성적인 노리갯감이 되어버린 것이오."

유고웅의 공허한 시선이 천장을 향했다. 옥상 난간에 올라선 그는 뛰어내리는 것을 포기하는 대신 복수를 결심했었다.

'그래, 이미 한 번 죽은 목숨이다. 기다려라. 너에게 똑같은 방법으로 복수를 해주마.'

유고웅은 그날 새파란 하늘을 향해 피눈물을 토했었다. 천지신명께 박성주의 복수를 약속했었다.

"그래서 복수를 결심하게 된 거였습니까?"

유고웅의 차가운 시선이 정상진을 노려보았다.

"내가 복수를 결심하다니 그게 무슨 말이오?"

"이명현 원장의 자살을 유도하기 위해 박정석이란 환자에게 편지를 보내지 않았습니까?"

"도대체 지금 무슨 말을 하는 거요? 또 박정석이란 자가 누구란 말이오?"

"정말 박정석을 모른단 말입니까?"

"그렇소."

유고웅이 짐짓 화가 난 듯 자리를 박차고 일어섰다.

"더 이상 할 얘기가 없으니 이만 나가주길 바라오."

유고웅이 화난 몸짓으로 문을 가리켰다. 정상진은 어쩔 수 없이 따라 일어섰다.

"취재에 응해주셔서 감사합니다. 혹시 또 찾아와도 문전박대는 하지 말아주십시오."

2

다시 찾은 이명현의 정신과 의원 사무실은 썰렁하기 그지없었다. 대기실 환자용 의자에 앉아있던 생머리의 여직원이 그를 보고 일어섰다. 이번에도 그녀는 유니폼 대신 사복을 입고 있었다.

"오늘은 음악을 틀지 않으셨군요."

"네."

그녀의 얼굴에서 진한 슬픔이 배어나왔다.

"왜 혼자 계시나요?"

"……."

"다른 직원은 출근하지 않은 모양이지요?"

우울한 얼굴의 단발머리 여직원을 생각하며 정상진이 물었다.

"미스 강이 죽었어요. 흑 흑……."

"예? 언제요? 아니 왜요?"

"어젯밤에 아파트 옥상에서 떨어져 죽었대요…… 흑 흑 흑."

원장이 죽고 얼마 안 지나 여직원도 죽었다. 그것도 똑같은 방법으로!

정상진이 대기실 의자에 앉은 다음 그녀에게도 앉기를 권했다.

"미스 강이 왜 죽은 겁니까?"

"모르겠어요. 흑 흑."

여직원이 자리에 앉으며 흐느꼈다.

"지난번에 봤을 때도 무척 슬퍼보였는데 혹시 원장님이 돌아가신 것이 슬퍼서 뒤따른 것이 아닐까요?"

"그럴지도 모르겠어요. 훌쩍."

"이것 참 큰일이군요. 불행은 쌍둥이로 온다고 하더니."

그가 머리를 가로저었다.

"마음이 무척 슬프실 텐데 어쩔 수 없이 한 가지만 물어볼게요. 혹시 유고웅정신과 원장님을 알고 계시나요?"

"말씀은 들어서 알고 있었어요."

"여기에도 가끔 들리셨던가요?"

여직원이 떨구었던 고개를 쳐들었다. 그녀가 울먹이는 목소리로 말했다.

"아뇨. 미스 강에게 들어서 알고 있었어요."

"미스 강이 유고웅 원장을 어떻게 알지요?"

"여기 오기 전 미스 강은 그곳에서 근무했었거든요."

"미스 강이 유고웅정신과에서 근무했었다구요?"

죽은 미스 강이란 여직원을 유고웅 원장이 보냈다면 뭔가 음모가 있을 법했다. 하지만 그녀도 어젯밤 운명을 달리했다.

"미스 강이 언제부터 이곳에서 근무했었나요?"

"4개월 정도 되었어요. 훌쩍."

여직원이 흐르는 눈물을 손수건으로 닦았다.

"다른 뜻으로 물어보는 것이 아니니까 오해하지 마시기 바래요. 혹시 평소 미스 강의 행동에 이상한 점이 없었나요?"

생머리를 풀어헤친 여직원의 눈에는 아직도 눈물이 고여 있었다. 그녀가 머리를 저었다.

"그런 것은 없었는데요."

"그래도 잘 생각해보시지요. 조금이라도 이상한 점이 있었는지."

무릎위로 두 손을 가지런히 모은 그녀가 머리를 숙인 채 한동안 생각에 잠겼다.

"미스 강은 평소에 많이 우울해했었지요. 항상 슬픔에 잠긴 얼굴을 하고 있었지요."

"무슨 이유였는지 말하지 않았던가요?"

"예. 몇 번 물어보았었지만 특별한 이유가 있는 것 같지는 않았어요. 단지 가정적으로 어려움이 좀 있는 듯 했지만요."

"어떤 가정적인 문제를 말하는 거지요?"

"술을 좋아하는 아버지 때문에 생기는 가정불화였지요. 엄마가 불쌍하다고 몇 번인가 얘기했던 기억이 나요."

알코올중독 가장을 둔 식구들은 기본적으로 우울증을 갖고 있을 가능성이 높았고 죽은 미스 강 역시 예외는 아니었을 것이다. 하지만 그런 이유라면 유고웅이나 죽은 이명현 원장과는 관련이 없었다.

"미스 강과 원장님과의 관계는 어땠었습니까?"

"예? 무슨 뜻이지요?"

"혹시 미스 강이 이명현 원장님에게 특별히 접근하려 했다던가 하는 모습은 없었나요? 개인적인 이유로 말이지요."

"특별히 그런 건 없었어요. 언젠가 한번 원장님께 CD를 드린 것만 빼구요."

"무슨 CD를 드렸지요?"

"음, 그게 동물들의 영감인가 뭔가 하는 CD였는데 미스 강의 말로는 어떤 환자보호자가 원장님 드리라며 놓고 갔다고 했었지요. 그런데 제가 하루 종일 함께 있었지만 그것을 주고 가는 사람은 보지 못했었거든요. 그래서 저는 미스 강이 개인적으로 선물을 드리려나보다 생각하고 그냥 넘어갔었지요."

"원장님이 내셔널지오그래픽 작품을 좋아하시니까 선물을 주고 싶었던 모양이군요."

"예, 저도 그렇게 생각했었어요."

"다른 이상한 점은 또 없었나요?"

"예, 제가 아는 한 더 이상 없어요. 아 참, 그리고 병원에서 매일 틀어놓던 모차르트 CD도 미스 강이 새것으로 바꾼 적이 있었어요. CD가 낡아서 잡음이 많다며 어느 날 새것으로 바꿔 틀었지요."

"지난 번 제가 들었던 CD가 미스 강이 새로 바꾼 것이었단 말이지요?"

"예."

"지난 번 들었던 음악이 모차르트 교향곡인 것 같았는데 원장님은 모차르트 교향곡만 들으셨나요?"

"아뇨. 전에는 다른 작품들도 돌아가며 틀었었지만 미스 강이 온 다음부터는 유독 그 음악만 틀게 되었지요. 미스 강이 그 작품만을 고집했어요."

"미스 강이 모차르트를 대단히 좋아했던 모양이었군요."

"예, 별로 중요한 일도 아니었고 또 원장님께서도 아무 말씀을 안 하셔서 저도 뭐라고 하지 않았어요. 특히 가정적으로 많이 힘들어하는 미스 강이 음악을 통해서만이라도 위안을 받았으면 하는 마음에서 반대하지 않았지요."

정상진은 고개를 갸웃거렸다. 유고웅이 이명현의 우울증을 악화시키기 위해 미스 강을 보냈다면 그녀의 행동에 수상한 점들이 있어야만 했지만 그런 계획적인 음모라면 CD 몇 장만 가지고는 불가능했다. 특히 CD의 내용들이 평소 이명현이 즐겨하던 작품들이었다면 그 가능성은 더욱 떨어졌다.

"혹시 이 근처에 복사기가 있는 문구점이 있나요?"

"예. 나가셔서 왼쪽으로 조금만 가시면 있어요."

"그 곳 한군데뿐인가요?"

"예. 저희들도 그곳만 이용했었어요."

"박정석 씨의 차트를 잠깐만 빌려주세요. 확인할 것이 있어서 그래요."

범인은 박정석이란 환자가 이곳에서 치료받고 있다는 사실을 알고 있었다. 뿐만 아니라 괴편지의 내용으로 볼 때 이명현이 기록해놓은 박정석의 병력을 모두 알고 있었다.

직원이 건네주는 차트를 받아든 정상진이 병원문을 나섰다. 밖은 며칠간 따뜻했던 기온이 다시 내려가면서 매서운 눈보라까지 휘날리고 있었다. 정상진은 우리나라의 전형적인 삼한사온 겨울 날씨 덕택에 먹고 살 수 있다던 이비인후과 친구의 말을 생각하며 픽 웃었다. 날이 계속 추우면 사람들이 밖으로 나오질 않기 때문에 감기가 유행하지 않을 텐데 3일 춥고 4일이 따뜻하니 감기에 자주 걸린다는 논리였다.

서너 평밖에 되지 않는 작은 문구점은 병원에서 그리 멀지 않은 곳에 있었다. 문을 열고 들어서는 그를 60대 초로의 신사가 반겼다.

"이것 좀 봐주세요. 병원에서 사용하는 차트인데 혹시 이 차트를 복사한 적이 있으신가요?"

돋보기 너머로 정상진을 바라보던 반백의 남자가 이번에는 차트를 들여다보았다. 한참을 살펴보던 그가 입을 열었다.

"이거 내가 복사해준 바로 그 차트네."

"언제 해주셨나요?"

"글세, 아마 한 달 가까이는 된 것 같은데……."

한 달 가까이라면 이명현의 죽음보다 훨씬 전의 일이었다.

"누가 복사하러 왔었습니까?"

"병원 아가씨였었지. 그 정신과 병원 말이야."

끝까지 혀 짧은 소리를 하는 남자가 기분이 나빴지만 정상진은 개의치 않기로 했다.

"단발머리 아가씨였었지요? 얼굴이 하얗고 예쁘게 생긴."

"그래, 맞아. 바로 그 아가씨였어."

정상진은 자신의 예상이 맞았다고 생각했다. 유고웅의 사주를 받은 미스 강이 박정석의 차트를 복사해 그에게 건네주었던 것이다. 유고웅은 비교적 자세하게 기록되어 있는 박정석의 차트를 읽으며 그에 대한 모든 것들을 파악했고 환자의 편집증적인 심리를 교묘히 자극하는 편지를 보낸 것이다.

병원으로 돌아온 정상진은 깊은 슬픔 속에 잠겨있는 여직원을 위로한 후 자리에서 일어섰다. 유고웅이 어떤 방법으로 이명현을 괴롭혔는지 알기 위해선 죽기 직전 이명현의 정신세계를 알아보는 것만이 유일한 길이었다. 그가 겪었던 갈등이 무엇이었는지를 알 수만 있다면 비록 간접적이나마 유고웅의 접근 방법을 파악할 수 있었다.

3

한 손에 무전기를 든 경비원이 대치동 이명현의 아파트 입구에 들어서는 정상진의 차를 가로막았다.

"105동 204호를 방문하는 중입니다."

그가 내려진 운전석 유리창을 통해 말했다.

"그 사람들 이사 갔습니다."

"언제요?"

병원을 나서면서 이명현의 집에 전화를 걸었지만 받지 않았었다. 남편과 아버지의 죽음을 뒤로하고 곧바로 떠나버린 이명현의 유가족들을 생각하며 그는 씁쓸함에 혀를 내둘렀다. 그들은 이명현의 죽음에 조금의 아쉬움이나 미련도 없는 모양이었다. 이명현은 죽어서도 외로워하고 있을 것이다.

"어제 갔어요. 빨리 차를 빼주세요."

고급아파트라 그런지 경비원들 모두가 검은색 제복에 넥타이 차림이었다. 뒤쪽으로 차가 한 대 들어오자 경비원이 차를 빼주기를 원했다. 할 수 없이 차를 돌린 정상진은 아파트 가까운 큰길가에 차를 세운 후 경비실로 들어섰다. 정상진은 건장한 두 명의 경비원들에게 기자 신분증을 보인 후 말했다.

"지난번에도 들렀던 사람입니다. 돌아가신 이명현 원장님의 후배이기도 하구요."

"무슨 일로 그러시는데요?"

기자신분증을 보여줘서 그런지 경비원들은 덩치에 어울리지 않게 싹싹했다. 두 사람 중 더 젊고 덩치가 큰 사람이 물었다.

"유가족들이 어디로 이사를 가셨습니까?"

"글쎄요."

젊은 경비원이 의자에 앉아 있는 다른 경비원을 돌아보았다. 지긋한 나이의 경비원은 3열로 늘어선 수많은 모니터들을 주시하고 있었다.

"아마 미국으로 가신다고 했지요?"

의자에 앉아있던 경비원이 그를 올려다보며 말했다. 정상진은 아차 싶었다. 만일 이명현의 노트북을 가져갔다면 낭패였다.

"그 많은 살림을 다 가지고 가셨단 말입니까?"

"그것까지는 저희도 모르겠네요."

경비원이 앉아있던 의자를 정상진 쪽으로 돌렸다. 정상진이 어느 이삿짐센터에서 왔었는지를 묻자 그가 당직일지인 듯싶은 서류철을 뒤적였다.

"여기 있네요. 통일익스프레스에서 실어갔습니다."

당직일지에는 통일익스프레스의 전화번호까지 기록되어 있었다. 정상진은 꼼꼼한 그들의 일상을 보며 돈 많은 사람들이 왜 이곳을 선호하는지 이해할 수 있겠다는 생각이 들었다. 그들의 상냥함과 성실함이 자신의 기자라는 신분 때문만은 아닌 듯싶었다.

그가 이삿짐센터의 전화번호를 누르자 전화기 너머로 상냥한 젊은 여자의 목소리가 들렸다.

"어제 대치동에서 이사 간 짐 때문에 전화 드렸습니다. 어디로 이사를 갔습니까?"

무척 아름답고 나긋나긋한 목소리를 가진 여자라고 생각하며 정상진이 물었다.

"무슨 일로 그러시지요?"

"이사 가신 분을 급하게 만날 일이 있어서요."

"잠시만 기다려보세요."

서류를 찾기 위해서인지 한참이 지난 다음에야 여자의 목소리가 다시 들렸다.

"어젯밤 비행기로 미국에 들어가셨어요."

"짐들도 모두 가져가셨나요?"

"아뇨. 짐은 저희가 당분간 보관하기로 했어요."

그렇다면 천만다행이었지만 노트북컴퓨터만큼은 가져갔을 가능성도 있었다.

"아파트가 팔렸습니까?"

휴대폰을 접은 정상진이 경비원에게 물었다. 정상진은 유가족들이 이명현의 병원을 해결하지 않고 떠난 점을 이상하게 생각했다. 아파트 역시 해결되지 않은 상태일 수도 있었다. 짧은 시간 내에 이십억을 호가하는 아파트를 팔기란 결코 쉬운 일이 아니었다.

"글쎄요. 그것까지는 저희도 모르지요."

나이 먹은 경비원이 피식 웃었다. 하긴 그들이 생각하기에는 너무 어리석은 질문에 불과했다.

경비실을 나온 정상진은 이명현의 병원으로 전화를 걸었다. 유가족들이 모두 미국으로 떠난 상태라면 병원과 아파트를 처분하기 위해 대리인을 세웠을 것이다. 전화기 너머로 생머리 여직원의 우울한 목소리가 들렸다.

"혹시 사모님이 병원을 대신 처분할 분을 알려주셨나요?"

"네. 사모님 친척 되시는 분이라면서 병원을 계약하려는 사람이 나타나면 연락하라고 하셨어요."

예상대로 대리인이 있었다.

"그 사람의 연락처를 알려주시겠어요?"

정상진은 여직원이 불러주는 휴대폰 번호를 받아 적었다.

차 안으로 돌아온 그가 병원직원이 알려준 번호로 전화를 걸었다. 휴대폰의 쥐똥만한 스피커를 통해 중년남자의 걸걸한 목소리가 들려왔다. 자신을 죽은 이명현 원장의 후배라고 밝힌 후 정상진은 그의 유품 중에 있는 노트북컴퓨터의 내용을 보길 원한다고 말했다.

"무슨 이유로 컴퓨터 내용을 본단 말입니까?"

"이명현 원장님이 돌아가시기 전에 저와 함께 연구했던 프로젝트가 있었거든요. 원래 저에게 전해주시기로 했던 건데 갑자기 돌아가시는 바람에 제가 받질 못했습니다."

정상진은 급한 김에 생각나는 대로 둘러댔다.

"글쎄요."

전화기 너머의 상대가 허락하기를 주저했다.

"사실은 좀 급합니다. 빨리 봤으면 하거든요."

"아무래도 내가 결정할 일이 아닌 듯하군요. 미국에 있는 동생에게 연락을 해볼 테니 연락처를 알려주세요."

미망인의 오빠는 결국 청을 거절했다.

비망록

1

'하루아침에 직장을 잃은 사람들은 자신의 무능함과는 상관없이 주위사람들에 대한 강한 분노를 가진다. 만일 경제적인 어려움까지 겹친다면 그리고 그것을 오로지 자신의 책임으로만 느낀다면 그들의 분노는 폭발 일보 직전까지 상승한다. 분노가 타인에게 향하면 범죄가 되는 것이고 자신에게 향하면 우울증이 된다. 그런 의미에서 우울증 환자들은 타인에게 직접 분노를 표현할 수 없을 정도로 착한 사람들이다. 그러나 그들 역시 분노를 속으로만 누를 수 없기 때문에, 타인을 해치지 않으면서 자신의 분노를 표현하기 위해 결국 자살을 택하게 된다. 자살은 분노를 사회에 알릴 수 있는 소극적이지만 가장 극단적인 항의 방법이기도 하다. 그런 의미에서 사회는 그들의 자살을 방치 또는 유발시킨 원인이 되는 것이다. 그러므로 우리는 자살을 유발한 사회의 책임을 논하지 않을 수 없다.'

정상진은 들고 있던 볼펜을 책상 위로 집어던졌다. 특집기사의 마무리가 영 마음에 들지 않았다.

"어이, 정 기자! 아직 멀었어?"

멀리 떨어져 앉은 최동명이 잔뜩 화난 목소리로 성화를 부렸다. 하긴 어제 오후까지 완성해주기로 했던 약속을 어겼으니 그럴 만도 할 것이다.

"거의 다 돼갑니다."

정상진이 소리쳤다.

"그러기에 서두르랬잖아! 지금까지 뭐 한 거야?"

'제기랄!'

정상진이 다시 볼펜을 잡았지만 더 이상 쓸 말이 떠오르지 않았다. 그가 머리를 쥐어짜듯 양쪽 측두골을 감싸 잡았다.

'무의식적 의도, 무의식적 의도……. 그래, 바로 그거야! 무의식을 충동질하는 제3자의 의도! 그들을 자살로 몰아가버린 가족과 사회의 무언의 압박!'

갑자기 책상 위에 있던 휴대폰이 진동했다.

"예, 정상진입니다."

"아, 어제 이명현 씨 컴퓨터 때문에 통화했던 사람입니다."

기다리던 전화가 반가웠던 정상진이 큰 소리로 물었다.

"안녕하세요? 미국과의 통화는 어떻게 되었습니까?"

"동생이 반대를 하는군요. 중요한 일인 것 같은데 이거 미안하게 됐습니다."

"저에게 미국전화번호를 가르쳐주세요. 직접 통화를 해보겠습니다. 여보세요? 여보세요?"

상대의 전화기는 이미 꺼져있었다.

점퍼를 걸쳐 입은 정상진이 책상 위에 널브러져있는 서류들을 대충 챙긴 다음 자리에서 일어섰다. 그가 다가가자 데스크가 신경질적으로 올려보았다. 그의 양 눈이 날카롭게 찢어졌다.

"또 어딜 가려고 그래?"

"급하게 다녀올 데가 있습니다."

정상진이 들고 있던 서류를 데스크 책상 위에 올려놓았다.

"다 된 거야?"

"예. 대충 된 것 같습니다."

"대충이라니! 지금 그것도 말이라고 하는 거야?"

하지만 정상진은 이미 사무실 문을 열고 있었다.

"어이! 정 기자! 정 기자!"

정상진의 머리 위로 최동명의 목소리가 메아리쳤다.

통일익스프레스란 이삿짐 전문업체는 구리시의 한적한 외곽에 있었다. 작은 조립식 건물 앞 넓은 공터에는 창고로 보이는 몇 개의 컨테이너박스가 있었고 일을 나가지 않은 트럭도 두 대나 보였다.

건물 가까이에 차를 세운 정상진이 사무실로 들어서자 기름난로에 쓰이는 등유냄새가 코를 찔러왔다.

"어떻게 오셨습니까?"

난로가에 앉아있던 키가 크고 깡마른 30대 남자가 노크도 없이 들어서는 그를 향해 물었다.

"대치동 이삿짐 때문에 어제 전화통화 했던 사람입니다."

정상진이 명함 한 장을 꺼내 그에게 건넸다.

"우리 직원하고 통화하신 모양이군요."

남자가 컴퓨터 앞에 앉아있는 통통한 여직원을 가리키며 대답했다. 여자가 그를 돌아보며 웃었다. 목소리하고는 전혀 딴판인 모습이다.

"월간극동이면 대단히 유명한 회사인데 무슨 이유로 이렇게 누추한 곳까지 찾아오신 거지요?"

난로 곁에 자리를 내어주며 남자가 물었다.

"이삿짐 속에 있는 노트북컴퓨터에 중요한 서류가 들어있어서 찾으러 왔습니다."

"식구들이 모두 미국으로 떠난 것으로 아는데요?"

"예, 저는 식구는 아니지만 돌아가신 분과 잘 알고 있던 후배입니다. 함께 중요한 작업을 하고 있었는데 갑자기 돌아가시는 바람에 받질 못했습니다."

"하지만 주인의 허락 없이는 짐을 보여드릴 수 없습니다."

남자는 입장이 난처하다는 표정을 지었다.

"저도 잘 알고 있습니다만 워낙 중요한 것이고 또 급한 일입니다. 노트북도 가져가려는 게 아니라 필요한 서류를 잠시 다운받기만 하면 됩니다."

"그래도 허락을 받아야만 합니다. 우리에게 대리인 연락처가 있으니 지금 전화를 해보시지요."

"사실은 금방 대리인과 통화를 하고 오는 길입니다만 그가 반대를 하더군요."

정상진이 사실대로 말하자 남자 역시 그렇다면 자신도 불가능한 일이라고 정색했다.

"식구들이 반대하는 이유는 컴퓨터 속에 들어있을 가족들 간의 문제나 사생활이 밖으로 유출될까 걱정해서입니다. 하지만 전혀 그런 걱정을 안 하셔도 됩니다. 우리 월간극동의 명예를 걸고서라도 약속 드리지요."

"……."

사장인 듯싶은 남자는 난로를 향해 두 손바닥을 편 채 머리를 갸웃거렸다.

"여기 작은 성의를 준비해왔습니다."

정상진이 미리 준비해온 흰 봉투를 그에게 들이밀었다. 비수기로 인해 돈이 궁했던지 봉투를 바라보는 사장의 두 눈이 예사롭지 않게 번뜩였다.

공터에 있는 컨테이너박스 속에는 이명현이 사용했던 살림살이들이 크기에 따라 정돈되어 있었다. 장롱이나 책장처럼 큰 물건들은 맨 안쪽에 들어있었고 가전도구들이 그 다음에 그리고 책과 옷들이 들어있는 노란색 박스들은 뒤쪽에 쌓여 있었다. 몇 개의 박스들을 뜯어내던 이삿짐센터 사장이 드디어 작은 노트북컴퓨터를 꺼내들었다.

2

이삿짐센터 사무실로 돌아온 정상진이 노트북컴퓨터의 전원을 연결했다. 잠시 후 눈에 익은 바탕화면이 떠오르면서 '자아' 라는 이름의 단축아이콘이 보였다. 예사롭지 않은 아이콘이었다. 노트북컴퓨터에 USB를 연결한 그가 '자아'라는 아이콘 위에 더블클릭했다. 비밀번호를 입력하라는 눈에 익은 메시지가 떠올랐다. 비밀번호는 남에게 알리고 싶지 않는 비밀스러운 내용이 있다는 것을 의미한다. 정산진은 이 파일 안에 중요한 정보가 들어있음을 직감했다.

그는 잠시 호흡을 가다듬은 후 가능한 비밀번호를 추측해보았다. 이명현의 주민등록번호와 전화번호 그리고 주소 등 흔히 생각할 수 있는 숫자들을 여러 가지로 조합해보았다. 하지만 모두가 맞는 번호가 아니었다.

30분 가까운 노력에도 불구하고 파일이 열리지 않자 잔뜩 실망한 그가 허리를 곧추세웠다. 여기서 포기할 수는 없었다. 그래 이명현의 입장에서 생각해보자.

뚱뚱한 여직원이 난로 위 주전자의 물로 커피를 타왔다. 그는 고맙다고 인사한 후 커피를 받았다.

'자아'라는 글귀는 일반인들이 흔히 사용하는 단어가 아니었으므로 이명현이 정신과 의사가 된 이후에나 작성됐을 것이다. 정상진 자신도 정신과 공부를 하는 동안 자아실현의 중요성을 여러 번 고민했던 경험이 있었다. 정신과 의사로서 자아실현이란 무엇일까? 그가 항상 고민해오던 문제였다.

'그래 그것이다! 초중고 12년과 대학 6년 동안 수많은 시험을 치르고 숱한 경쟁을 해왔다. 심지어 군의관 훈련 중에도 시험을 보았다. 수련과정 5년 동안 밤잠도 제대로 못자고 정말 치열하게 일하고 또 공부했다. 바로 이것을 위해서였다. 30대 중반이 돼서야 겨우 실현되는 것, 바로 정신과 전문의였다!'

생각이 여기까지 미치자 정상진은 급하게 사무실로 전화를 걸었다. 다행히 최동명 부장이 아닌 홍수미 기자가 전화를 받았다.

"홍 기자님, 저 정상진인데요. 죄송하지만 한 가지 부탁 좀 드릴께요."

"어머, 지금 어디 계세요? 아까부터 부장님이 찾고 계시던데."

평소 그가 호감을 갖고 있는 문화부 홍수미 기자가 급할 것이 없다는 듯 나긋나긋한 목소리로 전화를 받았다.

"예, 일이 있어서 잠시 나왔어요. 제 맨 위쪽 책상서랍에 있는 정신과 회원명부에서 사람 좀 찾아주세요."

잠시 후 홍수미의 목소리가 다시 들렸다.

"어느 분을 찾아드릴까요?"

"이명현이란 사람 좀 찾아보세요. 가나다순으로 되어 있어 쉽게 찾을 겁니다."

"네, 여기 있군요. 이명현. 어라, 이 사람 얼마 전에 죽은 사람이잖아요?"

"맞아요. 사진 밑에 있는 전문의 번호가 몇 번이지요?"

"음……. 726번으로 되어 있어요."

"알겠습니다. 사무실에 돌아가서 뵙죠."

정상진은 고맙다는 인사도 잊은 채 휴대폰을 접었다.

'726번!'

이명현의 전문의 번호는 726번이었다. 정상진이 비밀번호 입력란에 726란 숫자를 두드리자 기다렸다는 듯 파일이 열렸다. 그가 양손바닥을 크게 마주쳤다.

3

사무실로 돌아온 정상진은 최동명 부장으로부터 호된 질책을 받았다. 원고 마감일을 넘긴 것보다도 상사의 부름을 무시한 것에 대한 감정적인 분풀이가 더 큰 이유였다. 상사로부터 꾸지람을 듣는다는 것은 아무리 무시하려해도 유쾌한 일은 아니다. 우울한 기분으로 자리로 돌아온 그가 USB에 담아온 이명현의 문서를 열었다.

"무슨 일인데 그렇게 매달리고 계세요?"

부장으로부터 혼나던 모습을 힐끗거리던 홍수미가 어느새 다가와 있었다. 버버리를 걸친 왼쪽 어깨에는 끈이 짧은 핸드백이 매달려있었다.

"아, 홍 기자님. 아까는 정말 고마웠습니다."

"참, 인사가 빠르시네요."

"미안합니다. 경황이 없어서."

정상진이 뒤통수를 긁적였다.

"매번 말로만 미안하다고 하지 말고 다음에 근사한 저녁이나 한번 쏘시죠."

그녀가 한쪽 눈을 찡그렸다.

"물론입니다. 언제든 말씀만 하십시오."

"좋아요. 기억해놓겠어요. 그런데 무슨 특종이라도 잡은 건가요?"

"특종은 아니고……, 혹시 서브리미널 효과란 말을 들어보셨나요?"

정상진이 홍수미를 향해 의자를 돌렸다.

"서브리미널 효과요? 처음 듣는데요?"

그를 바라보는 홍수미의 눈빛에 호기심이 가득했다.

"리멘은 의식과 무의식의 경계선을 의미합니다. 즉 식역(識)이라고 하지요. 여기에 서브가 붙으면."

"무의식을 얘기하는 거군요."

"맞습니다. 서브리미널 효과란 바로 무의식을 자극해 사람들로 하여금 행동에 변화를 갖게 하는 것을 말합니다."

"무척 재미있겠군요. 꼭 듣고 싶지만 오늘은 약속이 있어 먼저 퇴근해야 되니까 언제 저녁 먹으면서 얘기해주세요."

"좋습니다."

"자, 그럼 소인 이만 물러가겠습니다."

홍수미의 쾌활한 뒷모습을 바라보던 정상진이 모니터 화면을 향해 몸을 돌렸다.

백여 쪽에 달하는 '자아'란 문서는 날짜와 함께 일기형식으로 기록
되어있었다. 문서의 초반부에는 이명현이 자기분석을 하면서 과거를
자서전 형식으로 정리한 내용들이었다. 그는 자신의 과거에 대해 수
십 쪽에 걸쳐 자세히 써 놓고 있었다.

객관적 사실뿐 아니라 스스로의 마음을 비유와 은유를 통해 문학적
으로 표현한 내용도 있었다. 정상진은 강렬한 호기심을 느끼며 암호
를 풀듯 행간의 의미들을 하나하나 추측하며 읽어나갔다.

<2005년 7월 15일>

············ 아버지는 나에게 커다란 산이었고 나는 그 산 아래서 살아
왔다. 산은 언제나 깨끗한 물을 주었고 풍족한 육류와 과일 그리고 곡식
도 주었다. 비바람을 막아주며 언제나 나를 안전하게 지켜주었다. 그러
나 나는 항상 그 산을 정복하고 싶어했다. 그 산을 올라 정상에 서면 세
상을 다 가질 수 있는 것처럼 생각했다. 그러나 그 산은 너무 높았고 때
로는 아주 위험하기까지 했다. ············

이명현의 일기는 식구들이 미국으로 떠난 뒤인 3년 전 정도부터 시
작되고 있었다. 최신형 노트북컴퓨터로 바꾸면서 새롭게 쓰기 시작
한 일기인 모양이었다. 그는 어린 시절 자신의 모습을 왕자로 표현하
고 있었다. 아버지의 지원 아래 천안에서 왕자처럼 지낸 모습들을 여
러 가지 예를 들며 자세히 기록하고 있었다. 그는 그 시절을 그리워하
며 자랑스럽게 생각했지만 또 한편으로는 아버지에 대한 두려움을 나

타내고 있었다.

<2005년 7월 20일>

·········· 어머니는 산에서 내려오는 깨끗한 물이었다. 언제나 달고 시원했지만 나는 그 물이 어디서부터 나오는지 알지 못했다. 왜냐하면 나는 산을 오르지 못했기 때문이다. 그 물은 언제나 산의 영향을 받았다. 산이 노여워할 때는 물도 말라버렸고 산이 즐거울 때는 물 또한 넘쳐흘렀다. ··········

정상진은 이명현이 오이디푸스 콤플렉스에 대해 기술하고 있다고 생각했다. 아마도 이명현의 가정은 아버지 중심의 강력한 가부장적 구조를 가지고 있던 모양이었다. 그런 가정이라면 어머니는 아버지의 기분 상태에 따라 많은 영향을 받았을 것이다.

'그래, 이명현은 아버지를 극복하고 싶은 욕구를 느꼈을 것이다.'

그러나 아버지는 너무 강했기에 도전할 수 없었을 것이다. 대신 그는 아버지를 닮고 아버지와 가까워지려는 자세를 취했을 것이다.

<2006년 6월 10일>

·········· 중학생이 돼서야 나는 산에 대한 도전을 시도했다. 하지만 결과는 역시 참담한 패배였다. 원시림이 우거진 높은 산은 너무나 위험했다. 겉에서는 볼 수 없었던 수많은 함정들이 곳곳에 도사리고 있었다. 나는 그 산속에서 죽을 뻔했으며 설사 살아남는다 하더라도 영원히 길

을 잃을 뻔했다. ···········

이명현의 글 속에는 중학교 때 폭력학생이었음을 시사하는 내용들이 자주 나왔다. 뿐만 아니라 많은 곳에서 주위 사람들에 대한 배신감과 분노가 나타나고 있었다. 아마도 그는 사업에 실패한 아버지에게 등을 돌린 사회에 대한 적개심을 학교폭력의 형태로 드러냈던 모양이었다.

이명현은 이것을 아버지에 관한 도전이었다고 스스로를 묘사하고 있었다. 그가 좌절감을 경험할 때 회사를 부도낸 그의 아버지는 더욱 심한 고통을 겪고 있었을 것이다.

그런 상황에서 아들마저 학교에서 말썽을 부렸으니 아버지의 괴로움이 얼마나 컸을지 상상하고도 남았다. 이명현은 이 점을 인식하고 약해진 아버지에게 도전한 것이라고 스스로를 분석하고 있었다. 그리고 결국은 참담한 패배를 인정했다. 이것은 박성주의 자살사건과 그로 인해 자신에게 쏟아지는 세상의 엄청난 공격을 의미하고 있음이 틀림없었다.

그는 이것을 산을 도전하려 했던 것에 대한 벌이라고 분석했다. 그리고 그는 세상에서 버려짐을 극복하기 위해 새로운 방식의 싸움을 시작했다.

<2007년 1월 5일>
···········'나의 사전에 불가능이란 없다.'

고등학교에 입학하면서 나는 다시 우등생이 되기 위해 피나는 노력을 기울였다. 내 책상에는 말을 타고 험한 알프스 산을 넘는 나폴레옹의 그림이 항상 걸려 있었다. 나는 어려운 환경에서 보잘 것 없이 태어났지만 결국 세계를 재패했던 나폴레옹을 동경했다. 공부하는 것만이 산의 노여움을 타지 않고 산을 넘을 수 있는 유일한 방법이었다. ···········

이명현 스스로가 이 정도 분석을 하고 있다는 것은 그가 이미 오이디푸스 콤플렉스에서 상당 수준 자유로워지고 있었다는 것을 뜻했다. 이후에 나오는 이명현의 삶에서도 여전히 오이디푸스 콤플렉스가 감지되고 있었지만 그는 그때마다 자기분석을 시도하며 갈등을 건설적으로 승화시켜나가고 있었다.

  <2008년 9월 8일>
  ··········· 아내는 나에게 생수를 주는 영원한 샘물이었다. 그런데 지금 그 생수가 메말라가고 있다. 나는 이미 산 위에 올라섰고 정복자로서 샘물을 소유할 자격이 있다. 하지만 내가 찾던 샘물의 발원지는 여기가 아닌 듯싶다. 영원히 마르지 않는 샘물을 찾기 위해선 아마도 더 높이 올라가야 할 모양이다. 그래, 까짓 거 더 높이 올라가면 된다. 더 높이 올라가자. ···········

이명현은 많은 성공 끝에 어머니를 대신할 아내를 얻었지만 순탄치 못한 결혼생활이 그를 다시 깊은 좌절감 속으로 빠트리고 있었다. 하지만 언제나 그렇듯 그가 좌절할 때는 오히려 더욱 힘을 내고 있었다. 더 높은 곳을 향해 더욱 더 열심히 올라가는 모습을 보여주고 있었다. 이명현은 결코 좌절에 굴복하는 사람이 아니었다. 정상진은 이명현의 자살 이유가 더욱 궁금해졌다.

<2008년 12월 7일>
………… 서브리미널 프로젝트가 드디어 윤곽을 잡아가고 있다. 이일이 성공하면 나는 국내뿐 아니라 세계적으로도 유명인사가 될 것이다. 비록 정치적인 이유로 반대에 부딪치기는 했지만 틀림없이 성공할 것이다. …………

<2008년 12월 12일>
………… 박정석, 나는 개인정신치료로 편집증환자인 박정석을 치료할 것이고 서브리미널 프로젝트로 병든 사회를 치료할 것이다. 나는 개인에서 시작해서 사회에 이르기까지 모든 분야를 치료하는 완벽한 의사가 되는 것이다. 그곳이 바로 정신의학의 최고봉이 될 것이다. …………

<2008년 12월 15일>
………… 요즘 들어 꿈자리가 무척 사납다.
'악몽, 외팔이, 귀가 큰 괴물, 추락……'
나는 지금 안개 속에 갇혀있다. 한치 앞도 분간할 수 없는 짙은 운무 속이다. 무의식 속에서 귀와 외팔이가 나타내는 것은 무엇일까. 내가 두려워하는 대상은 과연 어떤 것일까? 아니다. 아니어야 한다. 귀는 내 귀일지도 모른다. 내 귀가 괴물인가? 그렇다. 요즘은 모차르트 음악을 들으면 마음이 어두워진다. 모차르트 음악은 우울증환자를 위한 음악치료에서 흔히 사용하는 곡이지만 나는 오히려 우울해진다. …………

정상진은 이명현의 꿈속에 나타났다는 귀가 큰 괴물이 어쩌면 자살한 박성주를 나타내는지 모른다고 생각했다.

태어날 때부터 귀가 어두웠던 박성주는 늘 커다란 농아용보청기를 달고 있었다고 했다. 박성주를 죽음으로 몰았던 죄의식이 그의 꿈속에서 귀를 강조한 괴물로 나타났을 것이다. 하지만 이명현 스스로는 이 점을 알면서도 부인하고 있었다. 오히려 자신의 귀를 괴물로 분석하며 우울해 했다.

<2008년 12월 18일>

………… '불안발작……'

나는 거의 공황상태에 들어갈 뻔했다. 숱한 환자들을 최면치료 해보았지만 난생 처음 겪어보는 일이다. 박정석의 불안이 나에게 전이되었단 말인가? 그럴 수는 없다. 난 내가 오이디푸스 콤플렉스에서 벗어나지 못하고 있다는 것을 인정할 수 없다. 그 갈등은 이미 수년 전에 모두 해결되었다. 돌이켜 생각해보면 나는 언제부터인가 예기불안을 느끼고 있었던 것 같다. 무엇에 대한 예기불안인지는 모르겠다. 어쩌면 요즘 보고 있던 '동물들의 영감'이란 CD가 나를 잠 못 들게 했기 때문인지도 모른다. 동물들……. 그러고 보면 나를 괴롭히는 괴물은 동물인가. 전번에 꾸었던 그 꿈이 나의 미래를 예고한 것인가? 자꾸만 우울해지려고 한다. 미국에 있는 아이들이 보고 싶다. 하지만 힘을 내자. 여기서 주저앉을 수는 없다! …………

<2008년 12월 27일>
…………'예지몽, 예지몽이었다!'
지난달에 꾼 꿈이 지금의 나를 보여주고 있다. 나폴레옹은 바로 나였다. 그런데 나폴레옹이 어떻게 되었던가? 황제가 되고자 했지만 결국 유배지에서 비참한 최후를 맞이하지 않았던가. 박정석, 서브리미널 프로젝트, 나는 비참해지고야 말았다. 세상은 나를 탐욕스러운 돼지라고 욕한다. 말도 안 된다. 나는 너무 억울하다. 하지만……. 나의 힘은 여기까지가 한계이다. 내 심장은 이미 멈추기 직전이다. 이미 오래 전부터 서서히 멈추어가고 있었던 것이다. 신은 박정석의 꿈을 통해 또 나의 꿈을 통해 내 운명을 보여주고 있다. 여기까지라고……. 오늘도 모차르트 음악이 날카롭게 내 심장을 찔러오고 있다. …………

정상진은 땀으로 뒤범벅이 된 양손바닥을 바지 위에 씻었다. 이명현은 좌절을 극복할 힘이 있었다. 그는 마지막 순간까지도 일어서려고 몸부림을 쳤었다. 하지만 그의 처절한 마지막 노력을 가로막는 것이 있었다.
'모차르트 음악!!'

이명현의 심장을 찌른 것은 바로 모차르트 음악이었다.
'음악, 내셔널지오그래픽 CD, 서브리미널 효과!!'
정상진의 머릿속에 번쩍이는 영감이 스쳐지나갔다.

증거

1

한 손에 서류가방을 든 정상진이 동대문 근처의 녹음실로 들어섰다. 국내 최고의 시설을 갖춘 곳이라며 홍수미가 소개해준 녹음실에는 오전에 전화를 해놓은 상태였다.

음악에 좀 취미는 있었지만 녹음실 방문은 이번이 처음이었다. 수많은 장비들을 갖춘 낯선 시설에 문을 열고 들어서는 정상진의 눈이 휘둥그레졌다.

"안녕하세요. 월간극동에서 왔습니다."

"어서 오십시오. 기다리고 있었습니다."

긴 생머리를 여자처럼 뒤로 묶은 얼굴이 큰 남자가 시원시원한 목소리로 그를 반겼다. 정상진은 이 사람이 기타를 전공한 사람일거라 생각했다. 이상하게도 대부분의 기타리스트들은 머리를 길러 뒤로 묶는 습관이 있었다. 두 사람이 악수를 한 후 녹음실 남자가 말을 꺼냈다.

"말씀하신 CD는 가져오셨습니까?"

"물론입니다."정상진이 들고 있던 서류가방에서 CD 몇 장을 꺼냈다.

"어디보자, 이건 모차르트 교향곡이고…… 이것들은 내셔널지오그래픽 것들이군. 보기에는 그냥 평범한 CD들이군요."

받아 든 CD들을 차례대로 훑어본 남자가 정상진을 쳐다보며 말했다. 정상진이 물었다.

"가능하겠습니까?"

"한번 해봐야지요. 요즘은 소프트웨어들이 워낙 발달해서 그리 어렵진 않을 겁니다."

의자에 앉은 남자가 앞에 놓인 컴퓨터에 CD 한 장을 삽입했다.

"여기에 디지털편집프로그램이 깔려 있습니다. 컴퓨터도 최고사양을 갖춘 펜티엄IV급이지요. 램이 1,000메가헤르츠를 육박하는 괴물 같은 놈입니다."

잠시 후 컴퓨터와 연결된 평면모니터에 몇몇 동물들의 모습들이 나타나기 시작했고 그들과 대화를 나누는 금발여자의 모습도 떠올랐다.

잠깐 지켜본 내용으로 볼 때 금발인 영매가 동물들과 의사소통을 나누면서 그들의 아픈 곳을 찾아내어 치료한다는 주장이었다. 여자는 텔레파시를 통해 동물들이 무엇을 요구하는지 또 어디가 아픈지를 알 수 있다고 주장하고 있었다.

"흠, 그럴듯한 주장이군. 자, CD를 천천히 돌려보겠습니다."

디지털편집프로그램을 통해 CD의 재생속도를 조절하던 남자는 아무런 반응도 나타나지 않자 속도를 더욱 떨어트렸다.

"아무 것도 안 보이는 데요."

그가 곁에 앉은 정상진을 돌아보며 말했다.

"조금 더 늦춰보시지요."

"이 정도면 대략 십 분의 일초는 되는 것 같은데…… 어라, 잠깐만요!"

갑자기 빨간색의 무엇이 화면을 빠르게 스치고 지나갔다.

"뭐가 있어요. 좀 더 느리게 재생시켜 봐요!"

정상진이 흥분한 목소리로 외쳤다. 남자가 재생속도를 최대한으로 늦추자 이번에는 두 사람의 눈에 선명한 붉은색 글씨가 들어왔다.

'자살! 악마! 살인자!'

일견 보기에도 섬뜩한 단어들이었지만 진홍색의 글자색깔이 그 느낌을 더욱 배가시키고 있었다. 잠시 후 똑같은 화면이 반복되어 나타났다. 그리고 다시 또…….

두 사람이 놀란 눈을 마주보았다. 녹음실 남자가 물었다.

"이게 무슨 뜻입니까? 도대체 누가 이런 짓을 저질렀습니까?"

"다른 것도 틀어봅시다."

대답 대신 정상진이 CD 한 장을 그에게 건넸다. CD를 받아 컴퓨터에 넣은 남자가 처음과 같은 방법으로 재생 속도를 충분히 낮췄다. 역시 같은 글자들이 숨어있었다. 더 이상 남아있는 것들을 확인할 필요가 없었다.

정상진이 이명현의 병원에서 가져온 모차르트 CD를 찾아들었다.

"이번에는 이것을 해봅시다."

CD를 넣자 모차르트의 40번 교향곡이 들리면서 모니터 화면에 소용돌이 같은 무늬가 만들어졌다. 수많은 원색의 소용돌이들이 화면의 중앙을 향해 끝없이 말려들어가고 있었다.

녹음실 남자가 재생속도를 느리게 하자 모차르트의 교향곡이 마치 짐승들의 울음소리와도 같은 흉측한 소리로 변조되기 시작했다.

"여기에는 아무 소리도 숨어있지 않네요."

기기를 조작하던 남자가 돌아보지도 않고 말했다. 정상진 역시 한참을 들어보았지만 비디오 CD에서 보았던 것과 비슷한 효과음은 들리지 않았다.

정상진은 유고웅이 분명 뭔가를 숨겨놓았을 것이라고 생각했다. 이명현뿐 아니라 자살한 미스 강도 병원에서 들었던 모차르트 CD에 의해 희생된 되었을 것이다. 알코올중독 아버지로 인한 기존의 우울증이 모차르트 CD에 의해 더욱 심해졌을 것이다.

"그럴 리가 없어요. 조금만 더 들어봅시다."

녹음실 남자가 담배를 꺼내 물었다.

"저도 하나만 주시지요."

정상진은 녹음실에서 담배를 태우는 것을 의아해하면서 그가 건네주는 담배를 입에 물었다. 녹음실 남자가 슬그머니 따분한 눈치를 보였다. 사실 이대로라면 더 이상 들을 필요는 없었다. 그가 담배 연기를 길게 내뿜었다.

"이 음악을 주파수 대역별로 구분해서 들을 수 있습니까?"

"음……. 가능합니다. 하지만 모든 피치를 들을 수는 없을 겁니다."

남자가 담배를 입에 문 채 대답했다.

"한번 해보시죠."

"대략 500헤르츠 간격으로 틀어보겠습니다."

재생속도를 원위치로 바꾼 남자가 다시 기기를 조작하자 갑자기 나타난 저음이 두 사람의 가슴을 울렸다. 정상진은 치아까지 흔들린다고 생각했다.

"이것이 500헤르츠 대역입니다. 자, 다음은 1,000헤르츠입니다."

남자가 주파수를 조절할 때마다 40번 교향곡은 조금씩 고음으로 변해갔다. 아니 해당 주파수를 제외한 다른 음들이 들리지 않았기 때문에 그것은 이미 모차르트의 음악이 아니었다. 단순한 소음에 불과했다.

"자, 이제 6,000헤르츠입니다."

점점 심해지는 날카로운 고음에 정상진의 손이 귀로 올라갔다. 남자가 얼른 오디오의 볼륨을 줄였다.

"자, 마지막 10,000헤르츠입니다."

들릴 듯 말 듯 한 고주파음을 듣기 위해 남자가 오디오볼륨을 높였지만 서브리미널 효과라고 생각될만한 소리는 들리질 않았다.

"사람이 들을 수 있는 가청영역이 20,000헤르츠까지라고 했는데……, 더 이상 주파수를 올리지는 못하나요?"

"불가능합니다."

남자가 포기한 듯 머리를 흔들었다. 그가 지루한 작업이라도 끝낸 사람처럼 크게 기지개를 켰다.

느닷없이 정상진의 머리를 스치는 생각이 있었다.

"잠깐만요. 10,000헤르츠에서 재생속도를 늦춰보시지요. 처음처럼 충분히!"

"아, 그렇군요. 그게 있었네요."

남자가 힘을 얻은 듯 모니터를 향해 상체를 숙였다. 그의 손이 금색의 작은 튜너를 돌리기 시작했다. 재생속도가 늦어지면서 고주파 음이 기분 나쁜 소리로 변조되기 시작했다. 재생속도를 충분히 낮추었다 싶을 때 갑자기 이상한 소리가 들렸다.

"있어요! 바로 이 소리야!"

스피커에 귀를 들이댄 채 정상진이 소리쳤다. 모기소리보다도 작고 높은 고음이었지만 발음상으로 볼 때 분명 사람의 목소리였다.

"속도를 좀 더 낮춰 봐요! 볼륨도 키우고요!"

남자가 재생속도를 최대한으로 낮추고 소리도 키웠다.

'자살! 악마! 살인자!'

생생한 목소리가 고성능 스피커를 통해 흘러나왔다. 고음의 날카로운 외침이 단어들이 품고 있던 원래의 잔인함을 더욱 증폭시켰다.

"으, 으……."

갑자기 엄습해오는 전율에 두 사람 모두 치를 떨었다.

'숨어있었다! 모차르트의 음악 속에도 서브리미널 효과가 숨어있었다!'

정상진이 속으로 크게 소리쳤다.

"도대체 누가 이런 몹쓸 짓을 했습니까?"

떨리는 손으로 CD를 꺼내든 녹음실 남자가 물었다. 그의 성대 또한 심하게 떨리고 있었다.

"아직 정확히는 모릅니다. 의심이 가는 사람이 있긴 하지만."

정상진은 자신의 목젖도 떨리고 있다고 생각했다.

"나쁜 놈의 자식! 무슨 이유로 이런 것들을 더빙했단 말입니까?"

녹음실 남자가 제법 의협심이 강한 사람처럼 소리쳤다.

"그동안 여러 가지 더빙을 해보았지만 이처럼 지독한 것은 생전 처음입니다."

정상진이 물었다.

"기존 상품화된 CD에 다른 화면이나 소리를 더빙하는 일이 어려운 작업입니까?"

"전혀요. 요즘은 디지털편집프로그램이 발달돼서 약간의 편집 기술만으로도 쉽게 할 수 있는 일이지요."

"장비도 많이 필요합니까?"

"필요한 장비라고 해야 컴퓨터 한 대와 CD 플레이어 정도지요."

"그럼 믹서기도 필요 없다는 말입니까?"

정상진이 좌측 벽에 붙어있는 커다란 콘솔을 가리키며 물었다. 콘솔

위의 작은 유리창을 통해 녹음실 마이크가 보였다.

"모든 작업을 컴퓨터 내에서 할 수 있기 때문에 믹서기는 필요 없어요.

"그렇군요."

유고웅정신과의원의 음악치료실은 필요 이상의 시설을 갖추고 있었다. 자세히 살피진 못했지만 아마도 더빙을 할 수 있는 편집프로그램도 가지고 있을 것이다. 얼핏 보았던 녹음용 콘솔이 그것에 대한 증거였다. 단순한 CD의 재생이라면 녹음을 위한 믹서기는 필요 없었다.

정상진은 남자에게 진정으로 고마움을 표시한 후 녹음실을 나섰다.

2

상습 체증 구역인 한남대교 위에는 주차장을 방불케 할 정도로 차들이 밀리고 있었다. 죄 없는 많은 생명들을 앗아갔던 성수대교 붕괴사건을 떠올리면서 정상진은 지금 이 다리도 엄청난 하중을 견디고 있다는 생각에 모골이 송연해졌다.

그가 휴대폰을 들었다.

"선배님, 저 정상진입니다."

"어이, 정상진! 요즘 얼굴보기 어려워."

차분하면서도 반가운 목소리가 전화를 받았다.

"잘 지내셨지요? 바빠서 주일도 못 지키고, 정말 죄송합니다."

"유명회사 기자가 되시더니 주일 지킬 시간도 없나보네?"

대학시절부터 알고 지내던 교회 선배는 서초동 법원 근처에서 규모가 큰 변호사사무실을 운영하고 있었다.

"예, 어찌어찌 하다 보니 자꾸 빠지게 되는군요."

"적응을 못하는 게 아니고?"

정상진이 다니는 교회에는 30대 부부들만 따로 모이는 청장년부란 부서가 있었다. 작년 말에 회장으로 선출된 변호사 선배는 아직도 미혼인 그가 청장년부에 적응하지 못하는 것으로 생각하고 있었다.

"그런 건 아닙니다."

대답은 그렇게 했지만 실상 그의 말은 사실이었다. 청장년부 식구들 대부분이 대학 때부터 알고 지낸 사람들이긴 하지만 부부끼리 모이는 자리에 싱글로 참석하기란 쉬운 일이 아니었다.

"그래, 무슨 일로 전화했어?"

선배의 목소리는 여전히 부드럽고 차분했다.

"혹시 서브리미널 효과에 대해 알고 계십니까?"

"서브리미널 효과? 그게 뭐지?"

"음악이나 영화 속에 사람들의 눈이나 귀로 느낄 수 없을 정도의 빠른 속도로 글씨나 소리를 넣게 되면 비록 보거나 듣지 못하더라도 사람들의 무의식을 자극한단 의미입니다. 옛날에 미국 극장에서 팝콘과 콜라라는 단어를 화면 속에 넣었더니 판매량이 급증했었다는 보고가 있었잖습니까?"

"그런 일이 있었나? 하긴 들어보긴 한 것 같네."

"그런데 말입니다. 선물로 받은 CD에 자살이나 살인자와 같은 글이 들어있었고 그것을 오랫동안 즐겼던 누군가가 서브리미널 효과에 자극을 받아 자살을 했다면 그것이 살인죄에 해당되는 것입니까?"

"글쎄……."

언제나 신중한 사람답게 선배는 성급한 결론을 내리지 않았다.

"자살을 유도하려는 고의성이 있잖습니까?"

"결국 인과관계가 문제인데……."

"그게 무슨 뜻입니까?"

"예를 들어 말이지. 사극 속에 나오는 장희빈이 상대를 저주하기 위해 짚으로 만든 인형을 바늘로 마구 찔렀다고 해서 그게 죄가 되느냐이 말이야. 그런 경우라면 죄가 되지 않는단 말이지."

"직접적인 인과관계가 없단 뜻이군요."

"그렇지. 과학적 이유뿐만이 아니라 상식적으로도 납득이 안 되는 일이지."

"하지만 이런 경우라면 과학적으로 설명이 가능한 이유잖습니까?"

"글쎄……. 직접적인 살인 의도는 없었잖아? 그리고 그런 서브리미널 효과가 들어있는 CD를 듣거나 보았다고 해서 모두가 자살하지는 않을 거 아냐. 만일 자살을 했다면 기존에 그 사람이 가지고 있던 정신적인 문제가 주원인이라고 봐야 하겠지."

"그렇다면 아무런 죄도 성립되지 않는단 말씀인가요?"

"좀 더 검토를 해봐야 할 것 같은데."

"선배님, 중요한 사건 때문에 그러는데 죄송하지만 검토 좀 해주시면 안 되겠습니까?"

유명한 로폼을 운영하는 선배는 항상 바쁜 것으로 정평이 나 있었다. 정상진이 조심스럽게 부탁했다.

"그래, 한번 검토해 보자구. 대신 결과는 주일날 교회에서 알려줄 테니 그리 알아."

선배는 핑계 김에 그를 교회로 불러내고 있었다.

"알겠습니다. 그럼 주일날 뵙겠습니다."

3

두 번째 방문한 정상진을 접수대에 앉아있던 직원이 알아보고 일어섰다.

"원장님 지금 환자보고 계세요."

"얼마나 걸릴 것 같은가요?"

정상진이 제법 나이가 들어 보이는 여직원에게 물었다.

"환자가 조금 전에 들어갔으니까 많이 기다리셔야 할 텐데요."

정신과의 면담 시간은 대중없이 길었다. 그가 대기실 의자에 엉덩이를 걸쳤다.

"음악치료실을 이용하는 환자들이 많은가요?"

정상진이 턱으로 음악치료실을 가리키며 물었다.

"네. 거의 모든 환자들이 들렀다 가지요."

"어떤 음악을 주로 틀어주세요?"

"원장님께서 직접 골라주시기 때문에 환자에 따라 종류가 다 달라요."

간호사가 웃으며 대답했다.

"원장님이 직접 CD를 굽는가요?"

"그러신 거 같아요. 시간만 나시면 음악치료실에서 작업을 하시거든요."

유고웅은 정신과 환자의 치료에도 서브리미널 효과를 이용하고 있는 모양이었다. 만일 서브리미널 효과가 환자의 무의식에 영향을 줄수만 있다면 대단히 획기적인 치료법이었다.

정신질환의 근본 병리는 영유아기 때의 상처까지도 거슬러 올라가기 때문에 환자의 무의식 속에서도 가장 깊은 곳에 자리 잡는다. 그것을 자극하고 끄집어내는 일, 그리고 치료하는 일들이 바로 정신과 의사가 해야 될 일이었다.

하지만 그것은 긍정적인 서브리미널 효과를 이용했을 때의 경우였다. 만일 이명현에게 사용했던 것과 같은 네거티브 효과를 환자들에게 사용한다면…….

"원장님이 개업하신 지가 얼마나 되었지요?"

"이곳에 개업한 지가 벌써 7년째지요."

"환자들은 많은 편인가요?"

직원이 앉아있는 접수대 뒤로 빈곳이 많은 차트장이 보였다. 차트에 기록을 남겨야하는 정신과 의사들은 다른 과 의사들처럼 컴퓨터 차트를 사용할 수가 없었다.

"아뇨. 하지만 이제 조금씩 늘고 있어요."

"혹시 여기 근무하다가 이명현정신과로 옮긴 미스 강을 기억하시나
요?"

정상진이 자세를 바꿔 앉으며 물었다.

"네."

"미스 강이 죽었는데 알고 계셨나요?"

"네? 미스 강이 죽었어요?"

30대 후반의 여직원이 놀란 토끼눈을 하고 되물었다.

"아직 모르고 계시는군요. 며칠 전에 아파트 옥상에서 떨어져 죽었
어요."

"세상에, 미스 강이……."

충격이 컸던지 직원이 말을 잇질 못했다. 잠시 후 그녀가 다시 물었
다.

"미스 강이 왜 죽었어요?"

"그건 모르겠습니다만 자살을 한 것 같더군요."

"세상에, 어떻게 그 아이가……"

여직원은 코를 훌쩍였다.

"미스 강이 왜 그쪽으로 직장을 옮긴 거지요?"

"잘 모르겠어요. 어느 날 갑자기 그만둔다고 하고는 출근하지 않았
어요. 그리고 얼마 후 이명현 원장님께로 갔다는 전화연락이 왔었지
요."

죽은 미스 강과 유고웅 원장, 단 둘만의 비밀이라면 다른 직원이 모르고 있는 것이 당연했다. 하긴 미스 강 역시 자신이 저지른 일이 얼마나 무서운 일이었는지 모르고 있었을 것이다. 그러기에 자신이 틀어 놓은 모차르트 음악에 스스로 당한 것이다.

자리에서 일어선 정상진이 음악치료실 쪽으로 걸어갔다. 접수대에 앉아있는 직원은 흐르는 눈물을 주체하지 못하고 계속 휴지를 뽑아가며 눈물을 훔치고 있었다.

그가 육중한 음악치료실 문을 열었다. 방음시설 때문인지 보기와는 다르게 무게가 있었다. 안으로 들어선 그가 조용히 문을 닫은 후 불이 켜져 있는 치료실 내부를 둘러보았다.

우측으로 수많은 CD들이 꽂혀있는 진열장이 보였고 그 옆에는 작은 컴포넌트시스템과 연결된 컴퓨터가 한 대가 놓여있었다.

컴퓨터로 다가간 그가 메인스위치를 누르자 잠시 후 바탕화면에 낯익은 단축아이콘 하나가 나타났다. 바로 동대문 녹음실에서 보았던 것과 똑같은 디지털편집프로그램이었다.

"역시 유고웅의 짓이었어!"

갑자기 음악치료실 문이 덜커덕 열렸다. 깜짝 놀란 정상진이 뒤를 돌아보자 유고웅이 굳은 석고상의 표정으로 서 있었다.

"당신 지금 뭐하는 거야!"

유고웅이 소리쳤다.

"구경 좀 하고 있었습니다. 음악치료실을 잘 꾸며 놓으셨군요."

정상진이 태연한 척 대답했다. 유고웅의 각진 얼굴에 경련이 일더니 귀밑 근육들이 심하게 꿈틀거렸다.

"빨리 나오시오!"

그가 다시 소리쳤다. 문을 빠져나오는 정상진의 옆모습을 노려보던 유고웅이 음악치료실 문을 거칠게 닫았다.

대기실로 나온 정상진이 다시 의자에 앉았다. 역시 예상대로였다. 유고웅은 디지털편집프로그램을 이용해 서브리미널 효과가 들어간 CD를 만들었고 그것을 자살유도라는 나쁜 목적으로 이용하였다.

정상진은 유고웅의 집요한 성격에 머리를 흔들었다. 벌써 30년 가까이나 지난 일에 대해 그토록 강한 집착을 보인다는 것이 이해하기 힘들었다. 오랜 세월동안 겹겹이 덧씌워지는 기억들은 가장 힘들었던 사건조차도 무의식의 심연 깊숙이 가라앉히고 만다. 그래서 괴로웠던 기억일수록 의식 수준으로 올라오기가 더욱 힘들어지는 법이다. 하지만 유고웅의 복수심은 영원히 섞이지 않는 물과 기름처럼 무의식의 표층에서만 부유하고 있었던 모양이었다.

유고웅은 대기실에 앉아있는 정상진을 돌아보지도 않고 원장실로 들어갔다. 자리에서 일어선 정상진이 원장실 문을 노크했다.

"일없으니 돌아가쇼!"

유고웅의 거친 목소리가 닫쳐진 문안에서 들려왔다.

"잠깐이면 됩니다. 중요한 얘기를 하려고 왔습니다."

정상진이 타이르는 어조로 말했다. 접수대에 앉아있던 간호사가 불거진 눈으로 그를 바라보았다.

"만날 일이 없다고 했잖소?"

"좋습니다. 그럼 내가 생각하고 있는 대로 기사화해도 되겠습니까?"

기자들이 흔히 사용하는 협박성 문구를 쓰고 있음에 정상진은 속으로 쓴 웃음을 지었다.

드디어 원장실 문이 열렸다.

"들어오쇼!"

문을 열어준 유고웅이 등을 보인 채 의자로 돌아가 앉았다.

"왜 저를 피하려고 하십니까?"

진료용 책상을 사이에 두고 유고웅과 마주앉은 정상진이 그를 정면으로 응시했다. 유고웅은 의자를 잔뜩 뒤로 재낀 채 거만한 자세로 앉았다.

"이봐요. 내가 당신을 피할 이유가 어디 있소?"

"그런데 왜 마음대로 기사를 쓰겠다고 하니까 문을 열어준 겁니까?"

팔짱을 낀 유고웅을 향해 그가 한 번 더 물었다. 유고웅이 팔짱을 풀었다. 그의 목소리가 한결 부드러워졌다.

"이봐요, 기자 양반. 도대체 무슨 기사를 쓰겠다는 거요? 내가 연관된 사건이라도 있단 말이오?"

"미스 강이 죽은 사실을 알고 계시지요?"

"미스 강이 어떤 여자요?"

유고웅이 시치미를 잡아떼고 말했다.

"미스 강이 누군지 모른단 말입니까?"

정상진이 유고웅의 변하는 얼굴빛을 노려보았다.

"내가 데리고 있던 미스 강을 말하는 것이오?"

"그렇습니다. 그 미스 강이 자신의 아파트에서 투신자살을 했습니다."

"그런 일이 있었군. 그런데 그 아이의 죽음과 내가 어떤 관계가 있다는 것이오?"

유고웅은 이미 미스 강의 죽음을 알고 있었다는 듯 놀라지 않았다. 정상진은 끝까지 오리발을 내미는 그에 대해 괘씸한 생각이 들었다.

"왜 죽었는지 원장님이 잘 알고 계실 텐데요?"

"그건 또 무슨 소리요? 내가 어떻게 미스 강의 죽음에 대해 알고 있단 말이오?"

유고웅은 어이없다는 표정으로 다시 팔짱을 꼈다.

유고웅은 내심 당황하고 있었다.

'며칠 째 전화를 받지 않아 걱정을 했더니 그 바보 같은 것이 증거를 치우지도 못한 채 자살한 모양이었다. 그리고 이 기자 녀석이 냄새를 맡은 모양이었다. 만일 이놈이 모차르트 CD를 가지고 있다면……'

노크 소리와 함께 직원이 오렌지주스 두 잔을 들고 들어왔다. 두 사람 사이의 팽팽한 긴장을 느낀 그녀가 잔을 내려놓은 후 얼른 자리를 피했다.

"진정 서브리미널 효과를 모른단 말씀입니까?"

"서브리미널 효과?"

정상진이 시선을 거두지 않은 채 고개를 끄덕였다. 유고웅이 주스를 한 모금 들이켰다.

"서브리미널 효과라면 이미 세상이 다 사용하는 방법이 아니요?"

"이명현 원장과 미스 강이 원장님이 만든 서브리미널 효과 때문에 자살한 사실을 정말 모른단 말입니까?"

유고웅의 눈동자가 약하게 흔들렸다.

"지금 무슨 얼토당토않은 얘기요? 누가 누구를 죽였단 말이오?"

"정말 너무하시는군요."

정상진이 혀를 끌끌거렸다. 갑자기 목마름을 느낀 그가 앞에 놓인 주스를 쭉 들이켰다. 유리잔을 내려놓은 그가 옆에 놓인 가방에서 CD 한 장을 꺼냈다.

"여기 증거가 있습니다. 이래도 오리발을 내밀겠습니까?"

그가 유고웅의 눈앞에서 CD를 흔들었다.

유고웅의 왼쪽 가슴이 덜컹 내려앉았다. 놈이 벌써 증거를 확보하고 있었다. 하지만 인정하는 순간 자신은 살인자가 되고 말 것이다. 그는 끝까지 범행을 부정해야만 된다고 생각했다.

"그게 무슨 CD요?"

"이 모차르트 CD는 원장님이 직접 구운 거잖습니까?"

"허 참, 내가 구웠다는 증거라도 있소?"

유고웅이 짐짓 헛웃음을 지었다.

"금방 음악치료실에서 확인했습니다. 원장님은 더빙을 할 수 있는 디지털편집프로그램을 가지고 계시더군요."

"그것은 우리환자들을 치료하기 위해 있는 것이오."

"이미 전문가와 함께 CD에 더빙된 서브리미널 효과를 확인하고 오는 길입니다. 원장님은 10,000헤르츠 대역에서 아주 악의적인 단어들을 녹음하셨더군요. 자살과 악마 그리고 살인자라는 단어를⋯⋯."

갑자기 현기증을 느낀 정상진이 오른손으로 앞머리를 집었다.

"중학교 때 이명현 원장에게 당한 폭력과 친한 친구였던 박성주의 죽음을 복수하기 위해 원장님이 저지른 일이 아닙니까⋯⋯."

정상진은 혀의 움직임에 현저한 장애가 생기는 것을 이상하게 생각하며 끝말을 얼버무렸다. 무거워진 눈꺼풀이 자꾸만 내려왔고 유고웅의 모습이 두 겹으로 보이면서 주위가 점점 새까맣게 변했다. 정상진은 혼미해지는 의식을 다잡기 위해 두 눈을 부릅떴지만 결국 의식을 잃은 그의 몸이 옆으로 스르르 무너져 내렸다.

"꽈당!"

정상진의 왼쪽 머리가 진료실 바닥에 강하게 부딪쳤다.

"여보!"

자리를 박차고 일어선 유고웅이 밖을 향해 소리치자 나이 많은 간호사가 급하게 들어왔다.

"어떻게 된 거야?"

그가 자신의 아내인 간호사를 향해 물었다.

"수면제를 먹였어요."

여자가 두 팔을 벌린 채 널브러져 있는 정상진을 내려다보았다. 유고웅은 어이없는 시선으로 살기 가득한 아내의 얼굴을 쳐다보았다.

기자가 마신 주스에 주사용수면제를 섞은 모양이었다.

"몇 개나 탔는데?"

"세 개요."

"뭐? 세 개 씩이나?"

주사용 앰플 하나면 건장한 남자를 잠재우기에도 충분한 양이었다. 그런데 세 개 씩이나 섞다니.

"덩치가 너무 크잖아요?"

여자가 당연한 듯이 대꾸했다.

"그래도 그렇지, 세 개 씩이나 먹이다니……."

유고웅이 아연실색한 얼굴로 아내를 노려보았다. 으……, 독한 여자! 두 명이나 죽인 것도 모자라 또 사람을 죽이려고 작정을 했군.

"이거 큰일 났군. 도대체 어쩌자고 시키지도 않은 일을 저지른 거야?"

"밖에서 다 들었어요. 이 작자가 증거물을 가지고 있다면 다른 방법이 없잖아요?"

"빨리 문이나 걸고 와!"

그가 아내를 향해 냅다 소리쳤다. 진료시간이 끝나가고 있었기 때문에 더 이상 찾아오는 환자들이 없는 게 천만다행이었다. 여자가 병원 문을 닫기 위해 황급히 밖으로 나갔다.

자리로 돌아와 앉은 유고웅은 남아있던 주스를 신경질적으로 들이켰다. 벌떡거리는 왼쪽가슴을 진정시키기 위해 머리를 기대고 두 눈을 감았다. 심호흡을 크게 한 번 했다. 이미 엎질러진 물이었기에 도로 주워 담을 수 없었다. 이럴수록 침착해져야만 했다. 하지만 한 번 시동을 걸어버린 아드레날린의 분비가 그의 심장을 계속해서 줄달음질치게 만들고 있었다.

"이런, 씨부랄!"

유고웅은 비어있는 유리잔을 맞은편 벽을 향해 거칠게 집어던졌다. 큰소리와 함께 산산 조각난 유리파편들이 의식을 잃고 쓰러진 정상진의 주위로 쏟아져 내렸다.

자리에서 일어선 유고웅이 코까지 골며 잠들어 있는 정상진을 내려다보았다. 수면제의 투여량이 너무 많았기 때문에 호흡중추가 마비되어 버릴 수 있었다. 만일 이대로 놈이 죽어버린다면……, 명백한 살인죄 하나를 더 얻게 되는 것이다. 그렇다고 놈이 깨어날 때까지 이곳에 둘 수도 없었다. 틀림없이 자신을 잠재우려한 이유를 캐려들 것이다.

'안 돼, 그럴 수는 없어.'

유고웅은 턱관절이 아플 정도로 어금니를 깨물었다.

"어쩐지 전화를 안 받는다 했더니 그 미친년이 자살한 모양이에요."

진료실로 돌아온 그의 아내가 짜증이 가득 섞인 목소리로 말했다.

"우울증이 있는 년이기 때문에 이명현보다 먼저 자살할지 모른다고 내가 그랬잖아요."

"시끄러워! 그래, 이제 어떻게 할 셈이야?"

"이대로 여기에 둘 순 없어요. 죽을지도 모르잖아요?"

"그럼 눈 쌓인 밖에라도 버리잔 말이야?"

"그렇게라도 해야지요."

"뭐라고? 그럼 틀림없이 얼어 죽게 된다고!"

경구로 투여한 약은 서서히 흡수되기 때문에 주사보다도 지속 시간이 길다. 엄동설한에 놈을 밖에 버린다면 깨어나기도 전에 얼어 죽을 것이다. 유고웅은 한심하다는 듯 아내를 노려보았다.

"어차피 한 명 더 죽이는 것뿐이에요. 그렇다고 이명현을 죽인 걸 후회하지는 않잖아요?"

"이런, 제기랄!"

유고웅은 자신의 아내이자 죽은 박성주의 하나뿐인 여동생을 원망의 눈초리로 노려보았다.

여자의 저주와 복수심! 그것이 세상의 기운을 움직일 정도로 표독스런 것이라면 심약한 남편을 사주하는 것쯤은 누워서 식은 죽 먹기보다 쉬운 일이었다.

오빠의 복수는 물론이고 아내가 이명현을 미워할만한 이유는 또 있었다.

남편이 유명세에 뒤져 환자를 빼앗기는 일, 몇 해 전 남편의 박사학위논문이 퇴짜를 맞은 것이 이명현 때문이었다는 사실 그리고 남편이 연구하고 학계에 발표하려 했던 서브리미널 음악치료를 놈이 마치 자신의 업적인양 먼저 발표해버린 일 등이 여성 특유의 복수심과 질투심을 폭발시킨 것이다.

유고웅은 바닥에 떨어져 있던 모차르트 CD를 주워들었다. 틀림없이 자신이 미스 강을 통해 보낸 것이었다. 그가 어깨끈이 달린 정상진의 가죽가방을 뒤지기 시작했다.

내셔널지오그래픽 CD도 가지고 있는지 확인할 필요가 있었다. 거기에도 물론 서브리미널 효과가 숨어있었다. 하지만 정상진의 가방에선 더 이상의 CD가 나오지 않았다.

'놈이 어떻게 알았을까.'

베테랑수사관이라 할지라도 쉽게 생각해낼 만한 단서가 아니었다. 유고웅은 기자 놈이 어떻게 CD 안에 숨겨놓은 서브리미널 효과를 찾아냈는지 궁금했다.

"CD까지 여기 있으니 이놈만 입을 다문다면 이명현과 미스 강이 우리 때문에 죽었다는 사실을 아무도 모를 거예요."

유고웅의 아내가 그의 오른쪽 어깨에 손을 얹으며 말했다.

"그렇지만 이건 자살과는 달라. 명백한 살인이라고!"

그가 괴로운 듯 양손으로 머리를 감쌌다.

"어쩔 수 없잖아요? 만일 이 기자 놈을 살려 둔다면 당신에게 남는 건 영원한 패망뿐이라고요. 죽은 이명현에게 또 당하는 거라구요!"

여자가 이명현에 대한 경쟁심을 다시 자극했다.

"이명현에게 보낸 비디오 CD도 있잖아. 놈이 그것도 가지고 있었을지 몰라."

"가방에 없었잖아요? 그리고 이명현의 유족들이 살림살이를 모두 처분하고 미국으로 떠났다고 들었어요. 너무 걱정하지 마세요."

하긴 이명현과 개인적인 친분이 없는 놈이라면 그의 집에 있었을 비디오 CD까지는 확보하지 못했을 것이다. 죽은 미스 강에 따르면 이명현은 그것을 집으로 가져갔다고 했었다.

"제기랄, 그러길 바래야지."

4

차갑고 무거운 어둠이 짙은 팔당댐 위로 검은색 지프 한 대가 천천히 한강을 넘고 있었다. 초저녁에 잠깐 흩날리던 눈은 더 이상 내리지 않고 있었지만 영하 10도를 밑도는 강추위가 대부분의 노면을 빙판으로 만들었다.

새벽 2시. 한강을 건넌 차가 양수리 삼거리에서 가평 쪽으로 좌회전을 했다.

조수석에 앉아있던 유고웅이 뒷좌석에 죽은 듯 누워있는 정상진을 돌아보았다. 가슴이 움직이는 걸로 봐서는 아직 호흡중추가 마비되지 않은 모양이었다.

"꼭 이렇게까지 해야 되겠어?"

유고웅이 운전 중인 아내를 돌아보며 물었다.

"그럼 이제 와서 어떻게 하란 말이에요?"

결단력이 없는 남편을 향해 그녀가 버럭 짜증을 냈다.

"아직 살아있어. 최소한 얼어 죽게 하진 말자고."

급커브길이 나타나자 여자가 얼른 엔진브레이크를 넣었다. 변속기어가 바뀌는 느낌이 온몸으로 전해졌다.

"운전 좀 하게 이제 제발 그만해요. 기자 놈이 살아나면 모든 것이 끝장이라니까요!"

"모차르트 CD만 없애버리면 되지 않을까."

"카피를 해놨을지도 모르잖아요? 참, 이제 그만해요!"

더 이상 할 말을 찾지 못한 유고웅은 입을 닫아버렸다.

"마음을 강하게 먹어요. 이 길밖에 우리가 살아날 방법이 없어요."

미끄러운 노면 탓에 차는 시속 10킬로를 넘어서지 못하고 있었다. 게다가 양수리에서 가평으로 가는 동쪽 강변로는 굴곡진 곳들이 너무 많았다.

한참을 운전하던 유고웅의 아내가 우측으로 통하는 샛길을 발견하고 방향을 틀었다. 큰길가는 지나다니는 사람들에게 발견될 확률이 많았다.

깊고 후미진 곳에 버려야만 했다. 야산을 끼고 돌아가는 샛길은 차 한 대가 간신히 지나갈 정도로 좁았다. 큰길을 벗어나고도 한참을 달린 후에야 여자가 차를 멈추었다.

"됐어요. 여기다 버립시다."

유고웅이 조수석문을 열고 밖으로 나왔다. 사방이 너무 어두웠다.

"빨리 길가에 버리고 눈으로 덮어버려요!"

여자가 그를 다그쳤다. 뒷좌석 문을 연 유고웅이 정상진의 다리를 끌어당겼지만 축 쳐진 거구의 몸이 움직이려하질 않았다. 반대쪽 문을 연 여자가 정상진의 어깨를 밀자 그제야 기자의 몸이 조금씩 움직이기 시작했다.

두 사람이 눈 쌓인 땅바닥에 정상진을 내려놓았을 때 멀리서 자동차의 불빛이 보였다. 유고웅이 허리를 펴고 불빛이 오는 방향을 살폈다. 깊은 산중에서 나오고 있었지만 틀림없는 자동차 헤드라이트였다.

"젠장, 이 시간에 웬 놈의 차야."

"빨리 서둘러요. 빨리 도랑으로 끌어내려욧!"

간신히 길가 도랑으로 끌어내린 정상진을 눈으로 덮을 생각도 하지 못한 채 두 사람은 허겁지겁 차에 올랐다. 다른 사람에게 범행 현장을 들키는 날엔 사단이 날 것이다. 하다못해 자동차 번호판이라도 목격되는 날엔 모든 것이 수포로 돌아가 버린다.

다가오던 자동차 불빛이 산에 가렸는지 보이질 않았다. 여자는 조심스럽게 차를 후진시킨 후 공터에서 차를 돌렸고 4륜 기어를 넣은 후 가속페달을 힘껏 밟았다.

눈 쌓인 공터는 도로에 비해 한참 낮았지만 자동차는 거뜬히 도로를 올라탔다. 사라졌던 자동차의 헤드라이트가 다시 나타났다. 이제 얼마 되지 않는 거리였다.

"제기랄, 빨리 밟아!"

유고웅이 소리쳤다.

차가 강변도로로 접어든 후 여자가 소리쳤다.

"빨리 소지품들을 버려요."

유고웅은 몸을 뒤로 틀어 뒷좌석 바닥에 놓여있던 정상진의 가방을 집어 들었다. 경황이 너무 없어 정상진의 소지품을 버릴 생각을 잊고 있었다.

"전부 따로따로 버려요."

자동차에서 목장갑을 꺼낸 유고웅은 혹시라도 묻어있을 부부의 지문을 지우기 위해 정상진의 휴대폰과 지갑 그리고 가죽가방을 깨끗이 씻기 시작했다. 씻기를 모두 마친 그가 주위를 둘러보았다. 멀리 강 건너 경춘가도를 달리고 있는 차들의 불빛만 드문드문 보일뿐 강 이쪽으론 칠흑 같은 어둠만 깔려있었다.

조수석 창문을 연 유고웅이 정상진의 가방을 어둠 속으로 힘껏 집어던졌다. 한참을 달린 후 이번에는 지갑을 창밖으로 내던졌다. 그리고 멀리 양수리 읍내의 불빛들이 보일 무렵 정상진의 휴대폰을 강을 향해 던졌다. 놈이 영원히 강물 속에 잠들길 바라며.

단절

1

정상진의 실종사건이 벌써 일주일째로 접어들었지만 종로서에서 나온 형사의 말에 따르면 그의 위치는 여전히 오리무중이었다. 그의 행방에 관련된 조그만 단서조차도 발견할 수 없다고 말했다. GPS시스템을 갖춘 정상진의 휴대폰 역시 배터리가 수명을 다 한 건지 위치 추적이 불가능하다고 말했다.

"최악의 경우도 생각해야 할 겁니다."

잠시 사람들을 둘러본 검은색 가죽점퍼차림의 형사가 말을 이었다.

"어른의 실종사건은 아이들과는 다릅니다. 잘못되더라도 보통은 신분증을 가지고 있기 때문에 연락이 오는 법이지만 만일 계획적인 범행이라면 연락이 없는 법이지요."

심각한 표정이 최동명의 얼굴을 더욱 차갑게 만들었다. 그가 말했다.

"타살의 가능성을 염두에 두란 말이군요."

"그렇습니다. 저희가 정상진 기자의 최근 행적을 좇고 있으니까 조만간 뭔가 잡히는 것이 있을 겁니다. 자 그럼."

형사가 돌아간 후 홍수미는 정상진의 책상 위에 있는 노트북컴퓨터를 열었다. 그가 실종되기 전까지 매달려 있었던 것이 무엇인지 진작부터 확인해보고 싶었다. 그의 실종과 관련이 있을 수도 있었다.

컴퓨터를 켜자 바탕화면에 떠있는 수많은 단축아이콘들 사이로 '자아'란 문서가 보였다. 가장 뒤쪽에 있는 걸로 봐서 최근에 새로 저장해놓은 것이 틀림없었다.

그녀가 자아란 아이콘을 열었다. 일기장인 듯싶은 글은 100여 쪽에 달했고 날짜로 볼 때 대략 3년 전부터 기록되고 있었다. 글은 아주 어린 시절을 회상하는 내용들로 시작되고 있었다.

홍수미는 평소 접하기 힘든 정신과 의사의 글에 점점 매료되기 시작했다. 비록 미사여구는 아니었지만 보통의 글들에서 좀처럼 보기 힘든 표현들이 전혀 색다른 맛을 자아내고 있었다. 국문과 출신인 자신도 처음 보는 문구들이 많았다.

'누구의 일기장이지?'

글의 내용으로 볼 때 정신과 의사가 쓴 글이었지만 서울이 고향인 정상진은 아니었다.

일기는 중반부로 넘어가면서 개업해있는 정신과 의사가 주인공이라는 것을 나타내고 있었다. 아내와 아이들 모두를 미국으로 떠나보낸 외로운 기러기아빠.

'서브리미널 프로젝트!'

갑자기 홍수미의 눈이 번쩍였다. 실종되기 직전, 정상진은 바로 이 서브리미널 효과에 대해 말했었다. 그녀가 잔뜩 조여드는 가슴으로 다음 글을 읽어나갔다. 주인공의 심한 정신적 갈등상황을 읽으면서 그녀의 심장이 발딱거리기 시작했다. 글쓴이의 불안한 심리상태가 고스란히 전해지는 느낌이었다.

'그래, 맞아. 이명현 원장!'

글의 주인공은 얼마 전 반포대교에서 투신자살한 이명현 원장이었다.

'이명현 원장이 자살한 사건은 세상이 다 아는 일이다. 그의 자살이 정상진의 실종과 무슨 관계가 있단 말이지?'

갑자기 울리는 전화벨이 깊은 생각속의 홍수미를 깨웠다. 그녀가 정상진의 책상 위에서 신경질적으로 울려대는 수화기를 집어 들었다.

"네, 월간극동의 홍수밉니다."

"저, 정상진입니다."

틀림없이 죽은 줄로만 알고 있던 사람의 목소리가 전화기 너머로 들렸다. 그녀는 너무 반가운 나머지 큰 소리로 외쳤다.

"아니, 지금 어디 계세요? 왜 연락이 없었어요?"

"지금 구리에 있는 병원입니다."

"병원이라구요? 왜 병원에 계시는 거지요?"

홍수미가 시선이 집중된 직원들에게 손을 흔들었다. 수화기를 잠시 손으로 가린 그녀가 동료들을 향해 외쳤다.

"정상진 가자가 살아있어요! 지금 병원에 있대요!"

사무실에 있던 모두가 환호성을 올렸다. 쌀쌀맞은 데스크의 얼굴에도 안도의 표정이 그려졌다.

"금방 뭐라고 하셨어요?"

홍수미가 전화기에 대고 다시 물었다.

"글쎄, 왜 이곳까지 오게 된 건지 저도 잘 모르겠습니다."

"그건 또 무슨 말이세요? 본인이 아니면 누가 알아요?"

"글쎄 말입니다."

"어쨌든 너무 잘 됐어요. 우리는 정 기자님이 큰 변을 당하신줄 알고 있었어요. 살아계시니 정말 다행이에요. 저희가 지금 그곳으로 가겠어요."

2

일행이 병실로 들어서자 환자복을 입은 정상진이 침상에서 일어났다.

"어떻게 된 거야?"

최동명 부장이 짐짓 냉정한 목소리로 물었다.

"저도 잘 모르겠습니다."

그가 똑같은 대답을 하며 뒤통수를 긁적였다.

"도통 뭐가 뭔지 기억할 수가 없어요. 정신이 몽롱한 게 꼭 심한 열병을 앓고 깨어난 듯합니다."

"벌써 일주일이나 지났는데 전혀 기억나는 게 없단 말이에요?"

곁에 있던 홍수미가 물었다.

"그러게 말입니다. 저도 오늘에서야 일주일이나 누워있었다는 걸 병원 직원으로부터 들었습니다."

"어디 다친 데는 없고?"

최동명 부장이 다시 물었다.

"처음 병원에 실려 왔을 때 이쪽 머리 부분이 심하게 부었다고 의사가 그러더군요."

정상진이 좌측 옆머리를 만지며 대답했다.

"특별히 많이 다친 데가 없어 다행이군."

최동명이 자리에 앉으며 혼잣말처럼 말했다.

"그런데 더 큰 문제가 생겼습니다."

"무슨 문제?"

"오늘이 벌써 1월 중순이잖습니까? 그런데 올 겨울을 어떻게 보냈는지 전혀 기억나질 않습니다. 사무실 앞 은행잎들이 노랗게 바뀌던 것을 본 것이 마지막인 기억인 것 같습니다."

"뭐? 정말이야?"

최동명이 놀란 눈으로 물었다.

"그럼 이번 호 특집을 준비하던 일도 기억나지 않나?"

"특집요? 무슨 특집이었죠?"

정상진이 멍청한 표정이 되어 되물었다.

"허허, 이것 참 큰일 났군."

"정말 기억나지 않아요?"

최동명의 끌끌거리는 헛소리를 들으며 홍수미가 안타까운 표정으로 물었다.

"전혀."

병실 문이 열리면서 흰 가운을 걸친 의사가 들어왔다. 그가 반가운 표정으로 일행을 향해 말했다.

"드디어 보호자분들이 오셨군요."

"저희도 오늘에서야 연락을 받았습니다. 어떻게 된 겁니까?"

최동명이 일행을 대표해서 물었다.

"우선 자리에 앉으시지요."

의사가 침상에 걸터앉으며 일행에게 편히 앉을 것을 권했다. 뭔가 얘기가 길어질 모양이었다.

"처음 환자분을 병원으로 데려온 사람들에 의하면 정상진 씨는 의식을 잃은 채 눈 위에 쓰러져 있었다고 했습니다. 그것도 인적이 드문 깊은 산속에요. 정확히 말하면 길 옆 도랑이라고 하더군요."

얼굴이 여자처럼 하얀 중년 의사가 입을 열기 시작했다.

"그런데 그 사람들에 의하면 누군가가 고의로 정상진 씨를 그곳에 버렸을 거라고 했습니다. 정상진 씨가 버려진 곳에서 급하게 되돌아가는 자동차 불빛을 보았다고 말했거든요."

인적이 드문 산속에 그것도 길 옆 도랑에 누워있었다면 누군가가 기절한 정상진을 그곳까지 옮긴 것이 틀림없었다. 최동명이 물었다.

"그 사람들이 누굽니까?"

"정상진 씨가 버려진 산속 길은 마침 서울에 있는 큰 교회의 기도원으로 가는 길이었습니다. 새벽에 기도를 마친 사람들이 내려오는 도중에 정상진 씨를 발견하게 된 겁니다. 급하게 돌아가는 차를 수상하게 여긴 그들이 주위를 유심히 살핀 덕분이었지요."

'만일 그들에게 발견되지 않았다면…….'

홍수미는 눈 속에 파묻힌 채 얼어 죽고 말았을 정상진을 생각하며 치를 떨었다. 틀림없이 하늘이 도운 것이다.

"처음 응급실로 실려 왔을 때 정상진 씨는 의식을 완전히 잃은 상태였습니다. 좌측 머리 위쪽에 둔기로 얻어맞은 상처가 있었구요. 누군가 둔기로 머리를 때려 기절시킨 후 그곳에 버렸던 것이지요."

모두의 시선이 정상진에게로 쏠리자 그가 양팔을 벌린 채 어깨를 으쓱 올렸다. 그의 얼굴에 어린아이와도 같은 천진한 미소가 그려졌다.

"우리는 곧바로 정상진 씨를 중환자실로 옮겼고 어제서야 비로소 의식이 회복되어 병실로 올라오게 된 겁니다."

5일 씩이나 의식이 회복되지 않았다면 대단한 충격을 받은 모양이었다. 최동명이 다시 물었다.

"저희가 보기에는 환자가 기억을 잃어버린 것 같은데 머리의 충격 때문입니까?"

"아마도 그럴 겁니다. 강한 충격은 일시적인 기억상실을 초래하니까요."

"그럼 돌아올 수 있다는 말씀입니까?"

"만일 뇌 속에 피가 터졌다든가 해서 기질적인 병변이 생겼다면 돌아오지 않을 수도 있습니다만 환자처럼 단순한 충격에 의한 경우는 대부분 며칠 내로 돌아오게 되어 있습니다. 하지만……."

의사가 말끝을 흐렸다.

"무슨 문제가 있습니까?"

"처음 응급실을 통해 입원했을 때부터 여러 가지 정밀검사를 시행했습니다만 검사결과에 맞지 않게 환자분의 의식이 너무 늦게까지 안 돌아오고 있습니다. 병명은 단순한 두부타박상이었거든요."

머리를 갸웃거리던 의사가 다시 말했다.

"보통 그 정도의 충격이면 길어도 하루나 이틀 내에 돌아와야 하거든요."

"그런 경우도 종종 발생합니까?"

최동명은 걱정스런 눈빛으로 다시 물었다.

"사실은 매우 보기 드문 경우지요."

"혹시 술을 너무 많이 먹고 퍽치기를 당한 거 아냐? 알코올이 들어가면 충격이 더 커지잖아?"

정상진과 동년배의 사회부기자가 농담이 반쯤 섞인 어투로 말했다.

"글쎄, 도대체 기억이 나야지."

정상진이 또 성격 좋은 웃었다. 홍수미는 항상 가볍고 건방진 태도를 보이는 사회부기자가 마음에 안 들었다. 그는 언제나 안하무인격으로 상대를 대했고 그런 점에서 본다면 정상진은 아직도 세상의 때가 묻지 않은 신사였다.

"하지만 퍽치기들은 쓰러진 희생자들을 다른 곳으로 옮기지 않잖아요?"

홍수미가 말을 받았다.

"그런가? 그럼 건달들과 시비가 붙었던 모양이지. 술 먹다가 건달들과 시비가 붙자 놈들이 둔기로 머리를 내리쳤다. 그런데 정 기자가 기절을 하자 겁이 난 놈들이 정 기자를 그곳에 갖다 버렸다. 뭐 그런 거 아니겠습니까?"

하관이 빠른 사회부기자가 좌중을 돌아보며 동의를 구했다. 아무리 그렇다 하더라도 미끄러운 새벽 빙판길을 감안한다면 가평은 서울에서 너무 먼 거리였다. 게다가 죽지도 않고 단지 기절했을 뿐인 정상진을 그 먼 곳에 버렸다는 것은 이해하기 힘들었다.

홍수미는 사건의 배후에 분명 뭔가가 있다고 생각했다. 이유는 모르겠지만 범인들은 기절한 정상진을 얼어 죽게 하려했던 것이 분명했다. 그리고 신분을 쉽게 파악하지 못하도록 그가 가지고 있던 소지품들을 말끔히 치웠을 것이다.

범인들을 찾기 위해선 정상진이 기억을 되찾는 것만이 유일한 길이었다. 홍수미가 걱정스런 목소리로 의사에게 물었다.

"그러면 잃어버린 기억이 영원히 안돌아올 수도 있단 얘긴가요?"

"지금으로선 무어라 말씀드리기가 힘듭니다. 주위 분들이 환자분의 기억을 되돌리기 위해 노력해야 할 겁니다."

"어떤 노력이 필요한 거지요?"

"잃어버린 기억들과 관련된 부분들을 반복적으로 제시를 해주어야

할 겁니다. 그 동안 발생했던 중요한 사건 같은 것들 말이지요. 그러면
돌아올 가능성이 좀 더 높아지겠지요."

3

"자, 이걸 보라구! 이것이 정 기자가 지난번에 만들었던 특집이란 말
이야!"

최동명이 급한 성격을 참다 못해 버럭 소리를 질렀다. 그의 날카로
운 목소리가 사무실의 공기 속으로 건조한 메아리를 남겼다.

정상진은 그가 건네준 월간극동 1월호를 받아들었다. 반쯤 펼쳐진 1
월호에는 '4, 50대 가장들의 자살현상을 해부한다'란 예하의 글이 실려
있었지만 정상진은 분명 처음 보는 글이었다. 자신의 작품이라고 하
기엔 너무 낯설었다.

"아직도 모르겠어?"

"예."

"참, 나. 기가 막혀서."

퇴원한 지 벌써 열흘이나 지났지만 정상진의 기억은 돌아올 줄 몰랐
다. 글을 살피는 정상진의 정수리에 박혀 있던 최동명의 시선이 담배
를 찾았다.

그는 신경질적으로 불을 붙인 후 들이마신 담배연기를 세차게 내뿜
었다. 아무리 의대를 나온 수재라 하더라도 기억상실증환자를 계속

근무시킬 수 없었다.

"약은 계속 먹고 있나?"

"예."

정상진이 힘없이 대답했다. 공연히 죄인이 된 기분에 그는 자신의 행색이 너무 초라하다고 생각했다.

"알았어. 그만 가봐!"

창가 자리로 돌아온 정상진은 1월호 특집기사를 다시 훑어보았다. 내용상 분명 정신과 의사가 쓴 글이었고 월간극동에 근무하는 정신과 의사는 자신 한 명뿐이었다. 자신밖에 이 글을 쓸 사람이 없었지만 도저히 글을 쓴 기억이 떠오르질 않았다. 그가 공허한 시선을 창밖으로 던졌다.

'도대체 어떤 충격을 받았기에 기억들이 돌아오지 않는 것일까. 대뇌피질의 데이터베이스 속에는 아직도 잃어버린 기억의 단편들이 들어있었다. 단지 그것들을 의식세계로 끌어올리는 신경회로가 손상을 입은 것이다. 그렇다면 단절된 회로를 수리할 방법이 전혀 없단 말인가?'

전문의 시험을 갓 치른 사람들은 가장 많은 신지식들을 갖고 있는 법이다. 그 역시 작년에 전문의 시험에 합격했지만 뇌라는 거대한 존재 앞에서는 그저 답답함을 느낄 수밖에 없었다. 아직도 뇌의 수많은 부분들이 베일에 가려져 있었다.

전문의 과정을 공부하면서도 뇌에 대한 것이라곤 해부생리학적 지식 외에 배운 것이 없었는데 문제는 대부분의 선배 정신의학자들이 너무 형이상학적인 관점으로 뇌를 보았다는 데에 있었다. 뇌의 신경회로 역시 물리학법칙이 지배하는 곳일 뿐이다. 팔과 다리의 운동과 똑같은 여섯 가지 보존법칙이 그것을 조절하고 있는 것이다.

'뇌 그리고 정신세계……'

"제기랄!"

정신세계를 생각하자 물리학의 한계가 또 다시 그를 혼돈 속에 빠트렸다. 과연 인간의 정신도 물리학의 보존법칙이 작용하고 있는 것인가. 아니면 정신세계를 지배하는 또 다른 제3의 법칙이 있단 말인가. 정상진이 쓴 웃음을 지었다. 항상 그랬듯 고민 끝에 다시 또 원점으로 돌아온 것이다.

"무슨 생각을 그렇게 골똘히 하고 계세요?"

어느 새 다가온 홍수미가 그를 바라보며 생긋 웃고 있었다.

"고장 난 신경회로를 고칠 수 있는 방법이 없을까 생각하고 있었습니다."

그가 왼쪽 검지로 자신의 머리를 콕콕 찔렀다.

"눈에 보이는 곳이라면 다 뜯어놓고 수리할 텐데요."

"그러게 말입니다."

재치 있는 홍수미의 농담에 그가 허탈하게 웃었다.

"다른 장기들은 내시경을 통해 잘도 고치면서 왜 뇌는 그렇게 못하는 거지요?"

"아직 구조나 기능조차 제대로 모르는데 그런 수술 방법이 가능하겠습니까?"

"하지만 너무 걱정하지 마세요. 틀림없이 방법이 있을 거예요."

그녀는 용기를 심어주고 있었지만 기실 정상진에게는 큰 위로가 되지 못했다.

"자, 우리 점심 먹으러 나가요. 제가 맛있는 곳을 예약해 두었어요."

홍수미는 회사 근처의 일식집으로 정상진을 이끌었다. 작은 방에는 이미 두 명의 자리가 만들어져있었다.

"이 집은 기억을 하시지요?"

"물론입니다."

직장에 취직하고부터 동료들과 자주 들렀던 식당이었기에 정상진은 단골 일식집을 기억했다. 물론 최근에 왔던 기억은 없었다.

"자, 이제부터 제가 고장 난 정 기자님의 신경회로를 수리해 드리겠습니다. 물론 수리비는 별도로 청구할 생각이구요."

정상진과 마주앉은 홍수미가 사뭇 진지한 표정으로 말했다.

"고장 난 곳이 깨끗이 수리되어야만 돈을 지불하는 거 아닌가요?"

"물론이지요."

그녀가 애교스런 눈웃음을 지었다.

"수리비는 완치된 후에 받을 생각이에요. 대신 저에게도 충분한 시간을 줘야만 할거구요. 시간에 쫓기면 아무래도 부실 수리를 하게 되거든요."

"음……, 좋습니다. 오늘부터 홍 기자님께 고장 난 곳을 맡기지요."

그가 웃으며 대답했다.

직원이 음식을 내려놓고 나간 후 홍수미가 다시 말을 꺼냈다.

"좋아요. 그럼 처음부터 시작을 해볼게요. 우선 정 기자님의 기억이 정확히 언제부터 상실됐는지를 파악해보겠어요."

홍수미가 핸드백을 열어 작은 수첩을 꺼냈다. 그녀가 질문할 것들을 기록해온 수첩을 들여다보며 물었다.

"회사의 가을야유회를 기억하시나요?"

"물론입니다. 10월 둘째 주 토요일에 북한산에 갔었지요."

정상진은 그간의 중요한 사건들을 날자 별로 기록해온 그녀에게 큰 고마움을 느꼈다. 자신과 연관된 사건들을 찾기 위해선 아마도 지난 밤을 꼬박 새웠을 것이다.

"좋아요. 그럼 그 이후의 일만 물어보면 되겠군요. 음……, 한국과 브라질의 A매치 축구경기를 기억하시나요?"

"그것도 기억합니다. 그게 아마 야유회 다음 주 수요일이었지요? 우리가 브라질을 2:1로 이겼잖습니까?"

"네, 좋아요. 그렇다면 한미FTA협상에 관한 대통령의 특별담화문 발표는요?"

"음, 그게 축구가 있던 주 금요일로 기억하는 데요?"

"네, 좋습니다. 그럼 그 다음 주로 넘어갑니다. 대학병원 전공의들의 파업과 개업 의사들의 휴진농성을 기억하시나요?"

"……."

"잘 생각해보세요. 기억나지 않아요?"

"예, 기억이 안 나는군요."

"그럼 저와 함께 압구정동 재즈 바에 갔었던 기억은요?"

"재즈 바요?"

"네, 이브닝드레스 차림의 여가수에게 홀딱 반했다고 제가 말했었 잖아요. 재즈가 이렇게 아름다운 음악인줄 몰랐다구요."

압구정동의 재즈바라면 '문 리버'를 말하는 모양이었지만 정상진은 도무지 그녀와 같이 갔던 기억이 없었다. 그가 머리를 가로로 흔들었 다.

"우선 식사를 하세요. 먹으면서 차분히 되짚어보도록 해요."

일식집 직원이 다시 음식을 가져오자 그녀가 질문을 멈추었다.

"10월 셋째 주 정도부터 기억을 잃은 것으로 보면 되겠어요."

홍수미가 입 안 가득 음식을 머금은 채 말했다.

'3개월 동안 어떤 일이 발생했기에 범인들이 나를 죽이려 했을까.'

정상진은 어쩌면 사회부기자의 말처럼 단순히 우발적인 사건이었 는지도 모른다고 생각했다. 오피스텔로 들어가는 어두운 뒷길에서 퍽 치기를 당했는지도 모르는 일이었다. 하지만 평소 술을 취할 정도로 마시지 않는 자신이 퍽치기를 당했을 가능성은 적었다. 시비 끝에 건 달들에게 당했을 가능성도 떨어졌다. 만일 그들과 시비가 붙었다면 평소 혼자서 술을 즐기지 않는 점으로 볼 때 가까운 사람들 중 목격자 가 있어야만 했다.

'제기랄, 차라리 우발적인 사건이었으면……'

정상진은 어쩌면 거대한 음모 속에 자신이 노출되어 있는지도 모른 다는 생각에 더럭 겁이 났다. 범죄조직에게 노출된 것이라면 또 놈들 의 표적이 될 수도 있었다.

"서브리미널 효과를 기억하세요?"

갑작스런 홍수미의 질문이 정상진의 생각을 단절시켰다.

"서브리미널 효과라면?"

정상진은 자신의 노트북컴퓨터에 들어있는 '자아'란 문서에서 그것을 보았지만 전문의 공부할 때 보고 오랜만에 다시 보는 단어였다.

"정 기자님이 저에게 설명해주시기로 약속한 건데."

그를 바라보는 홍수미의 눈빛 속에서 안타까움이 배어나왔다.

"허허, 제가 그랬었던가요?"

"물론이죠. 그리고 제 생각에는 정 기자님의 실종사건과 관련이 있을 것 같아요."

"서브리미널 효과가요?"

"예, 정 기자님은 실종되기 직전까지 그 단어에만 매달려 계셨거든요. 아마도 4, 50대 가장들의 자살에 관한 취재를 하던 도중에 그 단어를 접하게 된 것 같아요."

그러나 실종되기 직전까지 매달려 있었다는 4, 50대 가장들의 자살과 상품의 판매고나 늘리려 개발된 서브리미널 효과는 연관성이 없어 보였다.

"이명현 원장을 알고 계시지요?"

"예, 알고 있습니다."

"그럼 그 사람이 반포대교에서 떨어져 죽은 것도 알고 계시겠네요?"

"직접 들었던 기억은 없습니다. 단지 노트북에 그 사람의 죽음까지 취재한 것으로 기록되어 있더군요."

"노트북에 들어있는 '자아'란 문서를 읽어보셨어요?"

홍수미가 후식으로 나온 사과 조각을 입으로 가져가며 물었다.

"읽어 봤어요."

그가 작은 노란색 포크로 사과 조각을 푹 찍었다. 그동안 수도 없이 노트북컴퓨터를 훑어보았지만 특집기사에 관련된 자료들 모두가 생 소하기만 했고 자신의 실종과 연관시킬만한 어떠한 단서도 발견할 수 가 없었다. 만일 단서가 있다면 가방과 함께 잃어버린 노트에 기록되 어 있을 것이다.

"그 문서가 정 기자님이 실종되기 바로 전날까지 매달렸던 것이에 요. 그 문서가 누가 쓴 것인지는 알고 계시나요?"

"이명현 원장이 쓴 일기더군요."

"그래요. 그럼 어떻게 해서 그 문서를 입수하게 된 것인지 생각해보 세요. 제 생각에는 거기에 문제해결의 열쇠가 있어요. 입수하게 된 과 정을 역 추적해 들어가면 틀림없이 무슨 단서가 나올 거예요."

아무리 애를 써보아도 텅 비어버린 머릿속에서 단서가 될 만한 생각 은 떠오르질 않았다. 이따금씩 떠오르는 조각난 생각들은 사건과 전 혀 연관이 없는 것들뿐이었고 그것들이 일으키는 쓸데없는 충돌이 어 지러운 머릿속을 더욱 혼잡스럽게 만들었다.

"도무지 생각을 정리할 수가 없군요."

어쩌면 의사의 말대로 정상진의 기억 일부가 영원히 지워져버렸는 지도 몰랐다. 홍수미는 답답한 심정으로 그를 바라보았다. 그깟 3개월치 기억을 깡그리 잊어버려도 긴 인생을 살아가는 데는 아무런 상관이 없었다. 하지만 그를 죽이려 했던 사람이 누구였는지는 밝혀내야만 했다. 범인을 잡는 것만큼 그의 안전을 보호하는 것 또한 중요하기 때문이었다.

그녀는 지금 자신이 너무 서두르고 있다고 생각했다. 너무 조급하게 서두르다가는 오히려 역효과가 날지도 몰랐다. 정상진의 불안감을 가중시키는 것은 기억을 되찾기 위한 노력에 도움이 안 될 것이다.

'그래, 일이 안 풀릴 때는 정반대의 방법으로 해보라고 했어.'

그녀는 좀 더 오래된 기억부터 다시 찾도록 노력해야 되겠다고 생각했다. 지금까지는 실종직전 그러니까 가장 최근의 일들만을 꺼내보았지만 그는 전혀 기억하지 못하고 있었다.

애처로운 눈빛의 홍수미가 손목시계를 들여다보았다.

"이제 일어날 시간이에요. 오늘 저녁은 제가 바빠서 안 되고 내일 저녁에 다시 만나요. 가볼 데가 있어요."

재생

1

　두 사람은 시끄러운 음악소리가 흘러나오는 재즈 바 '문 리버'로 들어섰다. 나비넥타이를 맨 정수리가 반들거리는 매니저가 홍수미를 뒤따라 들어서는 정상진을 알아보고 급하게 달려왔다.

　"아이구, 어서 오십시오. 오랜만에 오셨습니다, 그려."

　무대 근처로 자리를 안내한 그가 코트를 벗는 홍수미의 늘씬한 몸매를 힐끗거리며 쳐다보았다. 무대 위에서는 4인조 밴드가 빠른 리듬의 비밥 재즈를 연주하고 있었고 몇 안 되는 젊은 사람들만이 무대 근처의 테이블을 차지하고 있었다. 지하 1층 재즈 바 '문 리버'는 무척 낡고 허름한 시설이었지만 홍수미는 낯선 음악과는 너무 잘 어울리는 곳이라고 생각했다.

　"오늘은 함께 오셨군요. 지난번에도 느낀 것이지만 두 분 정말 잘 어울리십니다. 허허."

나이를 제법 먹은 매니저가 쓸데없이 긴 너스레로 아부를 떨었다. 맥주와 과일안주를 시킨 홍수미가 정상진 곁에 있는 의자로 자리를 바꿔 앉았다.

"여기 앉아야 무대가 잘 보여요."

곁에 앉기가 쑥스러웠던지 그녀가 한마디 내뱉었다.

"그런데 오늘 음악은 먼저 번 것과 너무 다르네요."

색소폰 연주자가 현란한 리듬을 연주하자 그녀가 정상진의 귀에 대고 소리쳤다.

"비밥 재즈라고 하는데 정통재즈에 가까운 연주법이지요."

그 역시 시끄러운 소리를 감안해 그녀의 귀에 입을 가까이 대고 말했다.

잠시 동안 두 사람은 젊은 재즈 뮤지션들의 혼신을 다하는 연주에 귀를 기울였다. 매니저가 들고 온 맥주를 직접 빈 컵에 따라주자 두 사람이 건배를 했다. 홍수미가 잔을 내려놓으며 큰소리로 말했다.

"여기 함께 오신 기억이 나지 않아요?"

"예, 아직요."

"좋아요. 그런데 보컬리스트는 언제 나오는 거죠?"

그녀가 다시 큰소리로 외쳤다. 정상진이 매니저를 향해 손짓을 했고 두 남자가 서로 귀에 입을 번갈아 대며 무슨 말을 나누었다.

"30분 정도 기다리면 나온답니다."

워낙 시끄러운 생음악을 무대 가까이서 듣고 있었기에 더 이상의 대화가 불가능했다. 두 사람은 한동안 번갈아가며 맥주잔을 비웠다. 정상진은 눈을 감은 채 현란한 색소폰의 리듬에 귀를 기울였다. 다이내믹한 음률을 듣고 있으면 마치 연주자의 손가락 움직임까지 보이는 듯했다.

"저 음악을 이해할 수 있으세요?"

뮤지션들이 무대를 내려간 후 홍수미가 물었다. 갑자기 조용해진 실내 분위기가 오히려 두 사람 사이를 어색하게 만들었다.

"사실 저도 잘 이해를 못합니다."

"그런데 왜 이곳을 그렇게 좋아하세요?"

"뭐라고 할까……, 살아있는 음악을 느낄 수 있다고나 할까요?"

"무슨 뜻이지요?"

홍수미가 방울토마토를 입안에 넣으며 물었다.

"재즈는 원래 음표가 없고 코드 진행만 있는 음악이지요. 뮤지션들이 코드를 보면서 즉흥 음악을 연주하는 겁니다. 음표를 순간적으로 만들어내는 것이지요."

"오호, 그렇군요."

홍수미가 신기한 듯 입을 벌렸다.

"재즈는 판에 박힌 음악이 아닙니다. 한 뮤지션이 똑같은 곡을 연주하더라도 연주할 때마다 멜로디가 새로워져요. 그게 바로 재즈의 매력입니다."

홍수미가 신기한 눈빛으로 그를 바라보았다.

"왜 그렇게 쳐다보세요?"

정상진이 쑥스러운 듯 물었다.

"지난번에 왔을 때도 똑같은 설명을 하셨는데 기억 안 나세요?"

"그랬던가요?"

물론 정상진은 기억이 나질 않았다. 가끔 혼자 들러 음악을 즐겼던 이곳에 여자와 함께 왔던 기억조차 없었다.

잠시 후 어깨와 가슴을 시원하게 노출시킨 검은색 이브닝드레스차림의 보컬리스트가 무대 위로 올라갔다. 양쪽 어깨너머로 생머리를 가지런히 흘러내린 보컬리스트가 마이크 높이를 조절하는 모습을 보며 홍수미가 말했다.

"맞아요. 지난번에 왔을 때 보았던 가수가 바로 저 여자였어요.

"그랬군요."

정상진이 고개를 끄덕였다. 여가수가 달콤한 목소리로 가게의 이름과 같은 '문 리버'를 부르기 시작했다.

"참 묘한 감정이에요. 뭐라 할까, 칙칙하고 끈적거리는 듯도 하고 또 정열적인 것 같기도 하고."

"저도 보컬리스트의 연주를 들을 때마다 항상 같은 느낌을 받지요."

"우리 노래 한곡만 신청해요."

홍수미가 그를 돌아보며 말했다.

"무슨 곡을 듣고 싶으세요?"

"저는 잘 모르고 정 기자님이 알고 있는 노래를 신청해요. 그 있잖아요, 정 기자님이 평소 즐겨듣는다던 노래."

"무슨 노래를 말씀하시는 거지요?"

"음. 샌프란시스코가 들어가는 노래였는데."

"아, '샌프란시스코에 두고 온 마음'요."

홍수미가 양 손바닥을 크게 쳤다.

"맞아요. 바로 그 노래였어요. 지난번에도 그 노래를 신청하셨잖아요?"

정상진은 눈을 감은 채 노랫소리에 귀를 기울였다. 오늘따라 젊은 여가수는 '샌프란시스코에 두고 온 마음'을 무척 우울하게 노래하고 있었다. 홍수미는 기억을 되살리게 해주기 위해 자신을 이곳으로 데리고 왔고 전번과 똑같은 가수와 노래로 자신의 고장 난 신경회로를 자극하고 있다. 젠장, 하지만 도무지 기억할 수가 없다. 하다못해 '데자뷰'조차도 느껴지지 않는다.

2

굳이 집까지 바래다주겠다고 홍수미가 우기는 바람에 정상진은 그녀의 차를 얻어 타고 서초동 자신의 오피스텔로 향했다. 경찰로부터 연락이 없는 것으로 볼 때 도난 신고한 자신의 차량은 아직도 발견되지 않는 모양이었다. 조수석에 앉은 채 아무 말도 없는 정상진에게 홍수미가 물었다.

"어떠세요? 언젠가 한번쯤 있었던 일 같다는 생각이 안 드세요?"

그녀는 지금 데자뷰를 묻고 있었다.

"미안합니다. 홍 기자님의 성의에도 불구하고 기억이 도통 돌아오질 않습니다.”

"미안해 하지 마세요. 전에 말씀드렸듯이 너무 빨리 수리하면 부실한 결과를 낳고 말아요. 조급하게 생각지마시고 여유를 가지세요. 그러다보면 어느 순간 기억이 돌아올 거예요.”

갑자기 휴대폰이 울렸다. 변호사로 개업해 있는 교회선배였다.

"어이, 싱거운 후배. 그동안 잘 있었나?”

"안녕하셨습니까? 선배님. 잘 지내셨지요?”

"그래, 그런데 그동안 어디 갔었어? 왜 그렇게 연락이 안 돼?”

"죄송합니다. 일이 좀 있었습니다.”

정상진은 주일날을 지키지 않는 자신을 불러내기 위해 선배가 전화했을 거라 생각했다. 그는 30대 부부들이 모이는 청장년부 회장이었다.

"무슨 일인데? 그 사이 장가라도 간 거야?”

선배가 친근감이 넘치는 목소리로 물었다.

"아뇨. 얘기가 길어서 전화로는 그렇고 다음에 교회에 가서 말씀드리겠습니다.”

"그러지. 그런데 지난번에 알아봐달라고 부탁했던 그 서브리미널 효과 말이야.”

"예? 제가 부탁을 했었나요?”

깜짝 놀란 정상진이 반문했다.

"이 친구 이거 왜 이래. 부탁해놓고 벌써 잊어버렸어?”

전화기 너머로 어이없어하는 선배의 목소리가 역력했다.

"아, 아닙니다. 제가 워낙 다른 일로 정신이 없어서 잠시 깜빡했습니다."

"아무리 그래도 그렇지. 바쁜 사람 일 시켜놓고……. 이거 서운하구만."

어지간해선 화낼 줄 모르는 선배가 서운하다고 할 정도면 정말 서운한 것이다. 정상진이 애교를 섞어가며 얼른 사과했다.

"너무 죄송합니다, 선배님. 한번만 봐주세요."

"좋아. 봐주는 대신 이번 주일에는 꼭 교회에 나오는 거야. 알았지?"

"옛, 알겠습니다!"

선배는 신실한 사람답게 모든 일을 교회와 결부시키고 있었다. 정상진은 마치 갓 입대한 신병처럼 큰 소리로 대답했다.

"서브리미널 효과로 자살을 유도한다고 했는데 지금까지의 자료를 검토해보았지만 그와 비슷한 판례조차도 없었어."

'서브리미널 효과로 자살을!'

선배의 말에 정상진이 화들짝 놀랐다.

"하지만 말이야. 서브리미널 효과가 정말로 자살을 유도할 정도로 효과가 있다면 그리고 의학적으로 그것을 입증할 수만 있다면 범인에게 얼마든지 콩밥을 먹일 수 있을 거라고 생각해."

"예……."

"같이 있는 동료들과 토의를 해보았는데 대다수가 그런 의견들을 내어놓았어. 물론 승소하기 위해서는 대단한 노력과 시간이 필요하겠지만 말이야. 법학과 의학의 시각차가 매우 크거든."

"바쁘신데 정말 감사합니다."

"바쁘긴 뭐. 그런데 정말 서브리미널 효과로 자살한 사람이 있었나?"

"아뇨. 그런 게 아니라⋯⋯."

"그래, 알았어. 어쨌든 답이 됐는지 모르겠네."

"큰 도움을 받았습니다. 정말로 감사합니다."

"그렇다면 다행이고. 다음 주일날은 꼭 얼굴을 보여주는 거야? 잘못하면 귀한 얼굴 잊어버리겠어."

"예, 알겠습니다."

선배는 정상진의 다짐을 다시 받고 전화를 끊었다.

노트북컴퓨터에 들어있는 '자아'란 문서는 분명 이명현의 일기였고 그 일기 속에는 서브리미널이란 단어가 숫하게 들어 있었다. 게다가 모차르트의 음악이 심장을 찌르고 있다고 기록하고 있었다.

'그렇다면 누군가가 서브리미널 효과를 넣은 모차르트 음악으로 이명현의 자살을 유도했단 말인가.'

자신은 그것이 범죄행위에 해당되는지 알아봐달라고 선배에게 부탁했던 것이다.

"무슨 통화예요?"

홍수미가 매우 궁금한 표정으로 물었다.

"변호사 선배인데 제가 서브리미널 효과로 자살을 유도한 경우 그것이 범죄에 해당되는지 물어봤던 모양입니다."

"그래요?"

"누군가가 서브리미널 효과를 이용해 이명현 원장이 자살하도록 자극했던 모양입니다."

잠시 생각에 잠겨있던 홍수미가 입을 열었다.

"맞아요. 정 기자님이 실종되시기 전에 저에게 유명한 녹음실 한곳을 소개해달라고 부탁했었어요."

"녹음실을요?"

"그래요. 서브리미널 효과와 연관이 있지 않을까요?"

"그럴 수 있겠군요. 서브리미널 효과를 분석하기 위해선 특수한 프로그램을 사용해야 하거든요."

"지금도 그 CD를 가지고 계시나요?"

"아뇨."

그가 머리를 가로저었다. 실종되기 전 서브리미널 효과가 들어있는 CD를 입수했던 모양이었지만 지금 가지고 있기는커녕 그것이 어떤 종류의 CD였는지조차 기억나질 않았다. 단지 '자아'란 문서의 내용상 모차르트 음악이 들어있는 CD였을 가능성이 많았다.

"그래도 방법은 있어요. 녹음실에 전화를 걸어보면 정 기자님이 가지고 가셨던 것이 어떤 CD였는지 알 수 있을 거예요. 그리고 어떤 종류의 서브리미널 효과를 사용했는지도요."

홍수미는 휴대폰을 열고 교환이 알려주는 녹음실 번호를 눌렀다. 하지만 밤이 깊은 시간에 전화를 받을 리가 없었다.

"내일 아침 일찍 녹음실에 들러봐요. 그곳에는 단서가 될 만한 것이 틀림없이 있을 거예요."

3

억지로 잠자리에 든 정상진은 잠을 이루질 못하고 뒤척였다. 퇴원한 후부터는 밤새 뒤척이다 새벽녘이 되어서야 겨우 눈을 붙이는 것이 습관처럼 되어버렸다.

그는 자신을 바라보던 홍수미의 애처로운 눈빛을 떠올렸다. 평소 당당하고 저돌적인 그녀는 남자들 못지않은 능력을 가지고 있었고 그런 모습들은 정상진으로 하여금 쉽게 범접할 수 없는 여자로 느끼게 만들었다. 하지만 어느 순간 멀게만 느껴졌던 그녀가 자신 곁에 가까이 다가와 있었다.

지적이고 세련된 여성으로부터 관심의 대상이 된다는 것은 생각만 해도 가슴 설레는 일이었다. 정상진 또한 적극적으로 접근해오는 홍수미가 싫을 까닭이 없었지만 안타깝게도 그녀의 노력은 아직도 헛수고가 되고 있었다.

사건의 단서는 서브리미널 효과에 의한 이명현의 죽음이었다. 누군가가 서브리미널 효과로 이명현의 우울증을 자극했던 모양이었다.

'그리고 나는 서브리미널 효과가 들어있던 CD를 입수했다.'

그렇다면 자신은 생각했던 것보다도 훨씬 가까이 범인에게 접근했었을 수도 있었다. 이미 단서를 잡고 증거를 들이미는 자신을 놈들이 죽이려 했던 것이다.

갑자기 솟아오른 불안감이 그의 앞가슴을 심하게 조여 왔다. 아직도 위험한 상황에 놓여있다는 생각에 왼쪽가슴이 빠르게 뛰기 시작했다. 그는 숨을 죽인 채 주위의 소리에 귀를 기울였다. 강한 바람에 문틀이 흔들리는 소리를 들으며 문단속을 철저히 했음을 스스로에게 상기시켰다. 그가 한숨을 길게 몰아쉬었다.

'그렇다면 범인은 누구란 말인가.'

그는 스스로의 판단력과 인지능력에 아무런 문제가 없는데도 불구하고 3개월씩이나 되는 기억이 송두리 째 사라졌다는 것을 인정하기 힘들었다. 정신과 전문의로서 도저히 납득할 수 없는 일이었다. 기억상실증, 그건 분명 남의 일이었다.

'무슨 이유일까.'

최근 일을 기억하지 못하는 경우는 흔히 두 가지 이유 때문에 올 수 있었다. 하나는 뇌의 손상으로 인한 기억상실이고 다른 하나는 정신적 이유로 오는 기억상실이다. 그는 자신의 기억상실은 아무래도 뇌가 받은 강한 충격 때문일 가능성이 높다고 생각했다. 스스로 생각해 볼 때 어지간히 큰 사건이 아니고서는 자신이 정신적 충격을 받았을 리가 없었다. 그만큼 그는 자신의 정신적 건강을 확신하고 있었다. 또한 정신적 충격이 있었다면 기억하기 싫은 부분만 선택적으로 잊어버려야 했지만 자신은 최근 3개월간의 기억이 통째로 없어져 버린 상태였다. 심지어 홍수미라는 매력적인 여성과의 데이트까지 잊어버린 상태였다.

그가 다시 몸을 뒤척였다. 좌측 측두엽은 특별히 기억과 관련이 깊은 곳이었고 자신은 구리병원의 신경과의사 말대로 좌측머리에 심한 충격을 받았다. 그 심한 충격이 3개월 치의 기억을 깡그리 잊어버리게 만들었던 것이다.

그러나 미심쩍은 부분은 여전히 남아 있었다. 누군가 자신을 죽이려 한 것 치고는 현재 자신의 상태가 너무 건강했다. 병원에서 실시했던 여러 가지 검사결과들도 자신에게 심각한 외상이 없음을 말해주고 있었다.

신경과의사의 말대로 기억이 쉽게 돌아오지 않는 점도 수상했다. 그는 단순한 타박상의 경우라면 길어야 이삼일 정도면 돌아온다고 말했었지만 벌써 20일이 지나도록 회복되지 않고 있었다.

'역시 정신적 문제인가?'

숫하게 고민해오던 것이었지만 그는 정말로 정신적 충격을 받았을지도 모른다는 생각이 들었다. 어쩌면 너무 두려운 나머지 자신 스스로가 그 기억을 억누르고 있는 것인지도 몰랐다. 하긴 드물긴 해도 정신적인 충격이 모든 기억을 잃어버리게 만드는 경우도 있었다.

전공의 시절, '둔주상태'에 빠져 자신의 자아를 모두 잃어버리고 전혀 다른 곳에서 엉뚱한 사람과 결혼까지 한 여자를 진료한 적이 있었다. 그 여자는 정신적 충격으로 자신의 모든 것을 잃어버렸고 전혀 새로운 사람이 되어있었다.

하지만 정상진은 기자로서 그리고 정신과 의사로서 자신의 모든 자아를 완벽하게 보존하고 있다고 확신했다. 다만 시간적으로 가장 최근의 기억만 없어진 것뿐이다.

'그래, 잃어버린 기억을 다시 찾으려 한다는 것 자체가 정신적 원인은 아니란 뜻이겠지.'

틀림없이 평범치 않은 사건은 있었고 그 와중에 뇌에 강한 충격을 받았다. 그리고 그 뇌손상이 단기기억들이 장기기억으로 저장되는 것을 방해했다. 그래서 3개월간의 단기기억들만 송두리째 사라진 것이다.

'단기기억이 장기기억으로 저장되는 것을 막았다…….'

그가 침대에서 상체를 벌떡 일으켰다.

'벤조디아제핀! 기억상실을 유발하는 강력한 벤조디아제핀 계열의 약물들!!'

그는 크지 않은 외상으로 이정도의 기억상실이 생겼다면 자신의 의지와는 상관없이 약을 먹었는지도 모른다고 생각했다. 최근에는 기억상실을 유발하는 강력한 수면제들이 많이 나와 있었고 그 중 대표적인 것들이 바로 벤조디아제핀 계열의 약들이었다.

'왜 진작 그 생각을 하지 못했을까.'

누군가가 자신의 기억을 지우기 위해 일부러 약을 먹이고 좌측 측두엽을 타격했을 가능성이 있었다.

'그렇다면 나는 이미 범인을 알고 있었단 얘기다.'

정상진은 자신은 분명 범인을 알고 있다고 생각했다. 좌측 측두엽의 저장탱크 속에 들어있을 그것이 다만 생각나지 않을 뿐이었다.

침대에서 일어선 그가 책상 앞에 앉았다. 창밖으로 보이는 새벽녘 겨울하늘이 그의 기억처럼 캄캄하기만 했다. 그가 책상 위에 있던 담배를 꺼내 물었다. 길게 들이마신 담배연기가 잔뜩 건조해진 후두점막을 자극하자 심한 기침이 나오기 시작했다. 한동안 지속되던 마른

기침은 고장 난 가습기를 다시 꺼내게 만들고 나서도 한참 후에야 진정되었다.

정상진은 다시 침대로 돌아갔지만 잠을 이루지 못하고 계속 뒤척였다. 홍수미는 내일 동대문 녹음실에 함께 가자고 했지만 신중한 자신의 성격상 녹음실 사람들에게 용의자의 신원을 밝히지는 않았을 것이다. 그렇다면 그곳에서 확인할 수 있는 것은 CD 속에 녹음되었을 서브리미널 효과뿐이었다. 정상진은 그곳 역시 결과는 회의적일 거라고 생각했다. 그곳에 범인에 대한 결정적인 단서가 있을지 의문이었다.

'이명현 원장이 쓴 자아라는 문서, 서브리미널 효과와 그것이 들어 있을 CD, 자살유도……. 그리고 나의 기억상실.'

신경회로 선상에서 잦은 충돌을 일으키던 혼잡스런 생각들이 시각적 이미지로 바뀌는 모양이었다.

감은 눈 속으로 작은 불빛들이 숱하게 점멸을 반복했다.

기나긴 겨울밤이 끝나고 동이 틀 무렵 정상진은 깜박 잠이 들었다. 그리고 잠깐 사이에 그는 꿈을 꾸었다. 아니 그것이 꿈이었는지 아니면 골똘히 생각하던 고뇌의 연장이었는지 구분할 수도 없었다.

너무 깊은 생각을 하다 보니 어쩌면 최면 상태에 들어갔는지도 몰랐다.

창밖은 새벽안개가 짙푸른 연기가 되어 세상을 감싸고 있었다.

멀리서 기분 나쁜 소리가 들렸다. 모기소리처럼 작고 높은 고음이었다. 너무 작아서 알아들을 수가 없다. 정상진은 귀를 기울였다. 분명 어디선가 들었던 소리다. 정상진이 청각을 집중시키자 소리가 점점 멀어지더니 어느 순간 들리질 않았다. 그는 다시 잠에 빠져 들기 시작했다.

창밖에 해가 뜨고 있은 지 창문 가득 붉은 빛이 감돌았다. 머릿속까지 태양빛이 들어오는 것처럼 앞이마가 기분 좋게 따뜻해졌다. 창문에 무엇인가 순간적으로 나타났다가 사라졌다. 멀리서 해괴한 그 소리가 다시 들리기 시작했다. 그리고 창문에 붉은 글씨가 보이기 시작했다.

'자살!, 악마!, 살인자!'

짐승의 울부짖음 같은 괴괴한 그 소리에 정상진은 소스라치듯 놀라 눈을 떴다. 짙은 안개가 걷히듯 머릿속이 순식간에 맑아지기 시작했다.
'그래, 맞아. 바로 저 소리……. 저 악마의 소리!'
3개월분의 긴 영화 테이프가 단 몇 초 만에 상영이 끝나 버렸다.
'유고웅의 음모였다. 나는 그를 만나기 위해 진료실을 찾아갔었다!'
영화는 거기서 끝나 있었다. 그 다음 장면이 떠오르질 않았다. 유고웅의 진료실에서 있었던 일들이 도무지 되돌아오질 않았다.
'거기서 있었던 일들은 단기기억으로도 저장되지 못하고 지워졌다. 유고웅 그 작자가 나의 뇌 회로 속에 들어있던 기억정보를 삭제시킨 것이 틀림없다.'

추적 8

1

"해가 중천인데 아직도 안 일어나셨어요?"

홍수미가 아침 일찍부터 전화를 했다.

"아뇨, 일어났습니다."

"좋아요. 저는 이미 집을 출발했으니까 빨리 준비하고 오피스텔 앞으로 나오세요. 오늘 동대문 녹음실에 들러야 하잖아요?"

"녹음실보다 먼저 들러야 할 곳이 있습니다. 기억이 돌아왔어요!"

"정말이세요?"

전화기 속의 홍수미가 잔뜩 흥분된 목소리로 외쳤다.

"예, 돌아왔어요!"

"브라보! 아주 잘 됐어요. 10분 있으면 도착하니까 빨리 준비하고 나오세요. 직접 만나서 듣고 싶어요."

"신경회로의 완벽한 복구를 축하해요!"

오피스텔 앞 길가에 차를 주차시킨 홍수미가 조수석으로 들어서는 정상진을 향해 소리쳤다.

"감사합니다. 이게 다 홍 기자님 덕분입니다."

그가 웃으며 대답했다.

"제가 해드린 게 뭐 있나요?"

"왜 없습니까? 고장 난 신경회로를 수리하셨잖습니까?"

"호호, 그렇게 생각해주시면 고맙구요. 그런데 도대체 어떻게 된 거예요?"

홍수미는 다시 찾은 기억 부분을 묻고 있었다.

"녹음실에서 서브리미널 효과를 확인한 후 유고웅에게 찾아갔던 기억이 납니다."

"유고웅이 누군데요?"

"이명현정신과 근처에 개업해 있는 정신과 의사인데 그가 서브리미널 효과로 이명현 원장의 조울증을 자극했던 겁니다. 이명현 원장이 자살하도록 말이지요."

"유고웅이란 사람이 이명현 원장에게 원한이 있었던 모양이네요."

"맞아요. 이명현 원장은 중학교 때 유명한 폭력학생이었고 같은 반이었던 유고웅은 그에게 수많은 괴롭힘을 당했습니다."

"중학교 때 당한 폭력 때문에 사람을 죽였단 말이에요?"

홍수미가 이해하기 힘들다는 투로 물었다.

"예, 대단한 집착입니다. 그 당시 유고웅과 친했던 박성주란 학생이 이명현의 폭력을 견디다 못해 학교 옥상에서 투신자살을 했던 모양입니다. 그것에 대한 복수도 함께 한 것이겠지요.”

“그런 일이 있었군요. 하지만 벌써 20년도 훨씬 더 넘어버린 과거잖아요?”

“우리가 모르는 살인동기가 또 있었을지도 모릅니다. 의식적 그리고 무의식적 동기 말이지요.”

“특집에 쓰셨던 바로 그 무의식적 동기 말씀이군요.”

홍수미가 자신이 쓴 1월호 특집기사를 읽은 모양이었다.

“CD 속에 숨겨놓은 서브리미널 효과도 기억나셨나요?”

“물론입니다. 유고웅은 이명현 원장이 평소 즐기던 모차르트 CD와 내셔널지오그래픽 CD 속에 아주 악질적인 서브리미널 효과를 감춰놓았었습니다.”

“얼마나 악질적인 것들이었는데요?”

궁금한 홍수미가 대답하기를 다그쳤다.

“자살, 악마, 살인자.”

“세상에!”

큰 충격을 받은 듯 홍수미가 한동안 입을 다물지 못했다. 잠시 호흡을 가다듬던 그녀가 다시 물었다.

“그런데 이명현 원장은 어떻게 해서 그것들을 듣게 된 거지요? 유고웅 입장에선 결코 쉽지 않았을 텐데요?”

중학교 때 자신에게 피해를 당했던 사람이 같은 정신과 의사가 되어 있었다면 평소 경계심을 갖는 게 당연했다. 특히 지근거리에 함께 개업해 있는 그의 눈빛에서 복수심을 느낄 수 있었다면 경계심은 더욱 심했을 것이다.

"유고웅이 데리고 있던 미스 강이란 직원을 이명현 원장 병원에 취직시킨 겁니다. 그리고 미스 강은 서브리미널 효과가 들어있던 모차르트 CD를 병원에서 하루 종일 틀어놓았던 거지요."

"소위 위장취업을 시킨 거군요. 물론 충분한 금전적인 보상도 해줬을 거구요."

"아마 그럴 겁니다. 그런데 이명현 원장이 죽고 며칠 후 미스 강도 자신의 아파트에서 투신자살을 했습니다."

"네?"

홍수미의 눈이 다시 커졌다.

"평소 가정문제로 우울증을 앓고 있던 미스 강 역시 자신이 틀어놓았던 모차르트 CD에 스스로 당한 겁니다. 물론 죽기 전까지도 그 이유를 몰랐겠지만."

"그럼 유고웅의 서브리미널 효과에 당한 사람이 두 명이나 된단 말씀이세요?"

"그런 셈이지요."

홍수미는 자살을 결심할 정도로 사람의 마음을 움직일 수 있는 서브리미널 효과에 몸서리를 쳤다. 그녀가 다시 말했다.

"정 기자님을 가평 산골짜기 속에 버린 사람도 유고웅이었단 말이군요."

"거기까지는 생각이 안 납니다."

정상진은 천천히 머리를 흔들었다.

"그럼 유고웅에게 들린 후 다른 곳에 갔었던 기억은요?"

"없어요. 제 기억은 유고웅의 진료실에서 끝나버렸습니다."

"그렇다면 정 기자님은 그곳에서 당한 것이 틀림없어요. 유고웅이란 자가 정 기자님의 머리를 둔기로 내려쳐 기절시킨 후 차에 실어 옮겼을 거예요."

가장 가능성이 큰 추측이었지만 아무리 생각해보아도 자신이 그렇게 쉽게 당했다는 것이 이해하기 힘들었다. 그가 다시 머리를 가로저었다.

"공범이 있었던 모양이지요. 정 기자님이 유고웅과 대화하는 사이 몰래 다가온 공범이 둔기로 정 기자님의 머리를 내려친 것이겠지요."

정면을 응시한 채 홍수미가 공범의 가능성을 말했다.

"그럴 수도 있었겠지요. 하지만 저는 다른 가능성도 있다고 생각합니다."

"어떤 가능성을 말씀하시는 거예요?"

"유고웅이 저에게 수면제를 먹였을 가능성입니다. 기억상실을 초래하는 강력한 수면제를 말이지요."

"오호, 그런 다음 다른 사건으로 위장하기 위해 잠이 든 정 기자님의 머리를 둔기로 때렸다 이 말씀이시지요?"

"그것도 기억과 가장 관련이 깊은 좌측 측두엽을 말이지요."

"그럼 유고웅은 정 기자님의 기억상실을 미리 알고 있었단 말인가요?"

홍수미가 돌아보며 물었다.

"아마 확신하지는 못했을 겁니다. 그러니까 저를 얼려 죽이려 했겠지요."

"기절한 정 기자님을 그 먼 곳까지 옮겼다면 틀림없이 공범이 있다고 봐야 하겠네요. 덩치가 남보다 크고 잠까지 들은 정 기자님을 혼자서 옮기기는 불가능했을 테니까요."

"아무래도 그럴 가능성이 높아요."

"좋아요. 그럼 유고웅에게 가겠어요. 마음의 준비가 되어 있겠지요?"

"물론입니다. 놈에게 두 번 다시 당하진 않을 겁니다."

2

퇴근시간이 한참 지났는데도 영동시장사거리의 교통은 매우 혼잡했다. 큰 길을 빠져나온 차가 골목길로 들어서자 정상진은 이곳 어디쯤인가에 차를 세워뒀던 일을 기억했다.

유고웅정신과가 세 들어 있는 건물 바로 뒤로 주차하기 적당한 자리가 보였지만 정상진이 말했다.

"조금만 더 들어가 보세요. 저쪽 노란색 건물 우측으로요."

홍수미가 20여 미터 앞의 노란색 건물을 끼고 우회전을 했다. 골목길은 빈자리가 없을 정도로 차들이 들어차 있었다.

"조금만 더 가요. 이번엔 저 앞에서 좌회전을 하세요."

홍수미는 지금 정상진이 잃어버린 차를 찾고 있다고 생각했다. 그녀가 커다란 한식당을 끼고 좌회전을 하자 길가에 주차된 차들 사이로 먼지가 뽀얗게 앉은 검은색 중형차가 보였다.

"찾았어요! 저기 있어요!"

차를 먼저 발견한 홍수미가 소리쳤다. 주머니를 뒤적거리던 정상진이 자동차열쇠를 꺼내들었다.

"키를 가지고 오셨군요."

"경찰에서 연락이 오면 필요할 것 같아 스페어 키를 가지고 있었어요."

간신히 빈 곳을 찾아 주차시킨 두 사람이 정상진의 차로 다가갔다. 차는 내부가 안보일 정도로 온통 먼지를 뒤집어쓰고 있었지만 다행히 도난당한 흔적은 없었다.

운전석 문을 연 정상진이 조수석 자리에 놓여있던 CD 몇 장을 꺼냈다.

"예상했던 대로 CD들이 여기 있군요."

"내셔널지오그래픽 것들이네요."

CD를 건네받은 홍수미가 말했다.

"맞아요. 유고웅이 시각적인 서브리미널 효과를 넣은 것들이지요."

"하지만 모차르트 CD는 보이질 않네요?"

홍수미가 모차르트 CD가 없는 것을 확인하고 물었다.

"모차르트 CD는 제가 유고웅에게 가져갔었을 겁니다. 물론 놈이 없애버렸겠지만."

"모두 빼앗기질 않고 차에 남겨놓으셨군요."

"혹시나 싶어 한 장만 들고 갔었는데 역시 그러길 잘했다는 생각이 듭니다."

역시 생긴 것만큼이나 믿음이 가는 행동이었다. 홍수미는 그의 이런 듬직한 행동들이 너무 마음에 들었다. CD를 모두 가져갔었더라면 더 이상의 증거물은 없었을 것이다.

정상진이 자동차의 시동을 걸었지만 추운 겨울날 20일이 넘도록 방치돼버린 배터리가 제 기능을 할 리가 없었다. 몇 번의 시도 끝에 결국 포기하고 돌아선 두 사람이 유고웅의 사무실을 향해 걸어갔다.

3

병원문을 열고 들어서던 두 사람이 허름한 대기실을 가득 메운 이상한 냄새에 이맛살을 찌푸렸다.

"어휴, 이게 무슨 냄새죠? 꼭 절간에 온 것 같아요."

홍수미가 손가락으로 코를 막았다.

"유고웅이 아로마테라피를 시작한 모양입니다."

낯선 허브향에 코를 킁킁거리던 정상진이 대답했다. 지난번 방문했을 때 느끼지 못한 것으로 보아서는 최근에 아로마테라피를 시작한 모양이었다. 아로마치료법도 요즘 들어 각광받고 있는 대체요법 중의

하나였다.

쇼팽의 피아노곡이 흐르는 대기실은 텅 비어 있었다. 긴장한 홍수미가 정상진 곁으로 바짝 다가섰다.

"계십니까?"

정상진이 진료실을 향해 소리치자 진료실 문이 열리면서 낯익은 간호사가 얼굴을 내밀었다.

"어서 오세요, 어?"

정상진을 발견한 간호사의 얼굴에 놀라는 기색이 확연했다.

"잠시만 기다리세요."

짤막한 대답과 함께 그녀가 다시 문 안으로 사라져 버렸다.

"놀라는 것을 보니 분명 무슨 일이 있었어요."

긴장한 홍수미가 정상진에게 속삭였다.

"기자 놈이 살아있어요!"

유고웅의 아내가 커피를 들이키는 그에게 빠르게 말했다.

"뭐? 기자 놈이?"

놀란 유고웅이 상체를 일으키는 바람에 잔에 들어있던 커피가 진남색 재킷 위로 쏟아져 내렸다.

"정말이야?"

그가 옷에 묻은 커피를 손으로 거칠게 털면서 물었다.

"정말이라니까요! 지금 대기실에 와 있어요!"

"이런, 제길!"

자리에서 일어선 유고웅이 안절부절 못하고 진료실을 서성였다.

"이것 참 큰일이군. 그 놈이 살아있다니……."

"너무 흥분하지 마세요. 당신 말대로 놈이 이곳에서 있었던 일들을 기억하지 못할 수도 있잖아요?"

책상머리에 서있던 아내가 그를 진정시켰다.

"경찰도 같이 왔던가?"

만일 경찰이 함께 왔다면 놈은 이미 모든 사실을 알고 있는 것이다. 유고웅이 걱정스런 눈빛으로 물었다.

"아니에요. 여자 한 명만 함께 왔어요."

'하긴 벤조디아제핀 중에서도 미다졸람은 과거에 있었던 일보다는 약을 먹고 난 이후의 기억을 더욱 방해한다. 게다가 놈은 공교롭게도 넘어지면서 좌측 측두엽 부분에 심한 타박상을 입었었다.'

유고웅은 찰거머리 같은 기자 놈이 이곳에서 발생했던 일과 가평 근처 산속에 버려졌던 일을 기억하지 못할 수도 있다고 생각했다. 그렇다면 시치미를 뚝 잡아떼고 놈의 동태를 파악해볼 필요가 있었다.

"일단 들어오라고 하지. 그리고 조금이라도 이상한 내색을 하지마!"

간호사가 진료실에서 나왔지만 조금 전과는 다르게 생글생글 웃는 얼굴을 하고 있었다.

"오랜 만에 오셨군요. 들어가시지요."

"제 얼굴을 기억하시나요?"

그때까지 대기실에 서있던 정상진이 물었다.

"그럼요. 벌써 세 번째신데요. 월간극동의 정상진 기자님이시잖아요?"

세 번째라면 지난번에 방문했던 사실을 인정하는 셈이었다.

두 사람이 열려진 문을 통해 진료실로 들어섰다.

"어서 오십시오."

자리에서 일어선 유고웅이 태연하면서도 반가운 표정으로 두 사람을 반겼다.

"같이 근무하는 홍 기잡니다."

수인사를 마친 정상진이 홍수미를 소개했다. 홍수미는 고개를 끄덕여 인사했다. 사각턱의 유고웅은 대단히 음험한 눈빛을 가진 사람이었다. 살인자의 눈빛, 갑자기 온몸에 소름이 돋아 올랐다.

"대단한 미인과 함께 근무하시는군요. 우선 자리에 앉으시지요."

홍수미를 잠시 훑어보던 유고웅이 두 사람을 보호자용 안락의자로 안내했다. 방금 전까지 커피를 즐겼는지 의자 앞 작은 테이블에는 마시다만 커피 잔이 남아있었다.

"그래, 오늘은 어떤 취재 때문에 오셨습니까?"

맞은편에 자리한 유고웅이 짐짓 여유로운 표정으로 물었다. 등허리를 의자에 묻은 그가 다리를 꼬았다.

"원장님이 데리고 계시던 미스 강이 죽은 것을 알고 계시지요?"

"물론이지요. 지난번에도 그 아이의 죽음에 관해서 얘기를 나눴잖소?"

"아, 그랬지요. 제가 깜박했습니다."

정상진이 자신의 반복된 질문에 머리를 긁적였다. 그는 지난번 방문했을 때 유고웅과의 대화가 어디까지 진행되었었는지 몰라 내심 당황하고 있었다.

"그럼 미스 강이 서브리미널 효과 때문에 자살한 것도 잘 알고 계시겠네요?"

유고웅은 정상진의 기억이 아직 정상으로 돌아오지 않았음을 직감했다. 그가 어이없어하는 표정으로 말했다.

"그것도 지난번에 말했잖소? 나와는 상관없는 일이라고."

"물론 그렇게 말씀을 하셨지요. 하지만 원장님이 서브리미널 효과가 들어간 CD를 직접 구우셨잖습니까?"

"허허, 참. 내가 구웠다는 증거가 어디 있소?"

이미 자신이 소각시켜버린 모차르트 CD는 세상에 없었다. 유고웅이 자신 있는 말투로 되물었다.

"죽은 미스 강을 CD와 함께 이명현정신과로 보낸 것은 바로 원장님입니다."

"이봐요. 직원들이 단돈 몇 푼 때문에 수시로 옮겨 다니는 것은 다 알고 있는 사실이오. 그 아이가 여기를 그만두고 그곳으로 갔다고 해서 무슨 증거라도 된단 말이오?"

유고웅의 언성이 조금씩 높아갔다. 기자 놈이 자신을 죽이려했던 것을 모르고 있다면 더 이상 겁먹을 필요는 없었다.

"그렇다고 미스 강이 서브리미널 효과를 직접 만들었을 리는 없잖습니까? 그쪽 직원의 말에 의하면 미스 강은 죽는 날까지도 모차르트 음악만 고집했다고 하더군요. 자신이 죽을 줄도 모르면서. 모두 다 원장님이 시킨 일이 아닙니까?"

"나는 상관없는 일이오."

유고웅이 머리를 강하게 돌렸다.

"그럼 박정석이란 환자에게 편지를 보낸 것도 부정하시겠습니까?"

"전에도 그러더니 내가 무슨 편지를 보냈다고 또 그러는 거요?"

"편집증환자인 박정석에게 이명현 원장의 우울증을 자극하도록 부추겼잖습니까?"

"나는 모르는 일이라고 했잖소? 더 이상 생사람을 잡지 마시오."

"이미 필적감정을 끝냈습니다. 편지에 써있는 글씨는 틀림없는 원장님의 글이었습니다."

정상진이 넘겨 짚자 유고웅의 눈알이 좌우로 약간 흔들렸다.

마침 간호사가 포도주스가 들어있는 유리병을 들고 들어왔다. 그녀는 친절하게도 병뚜껑을 직접 연 음료수병을 세 사람 앞에 내려놓았다.

"참 예쁘게 생기셨어요."

빈 쟁반을 가슴에 안은 간호사가 홍수미를 향해 부러운 듯 미소를 보냈다.

"예? 감사합니다."

홍수미는 얼떨떨한 미소로 예상 밖의 칭찬에 감사했다. 간호사가 나간 후 유고웅이 이슬이 송글송글 맺힌 음료수병을 기울였다. 금방 냉장고에서 꺼낸 모양이었다. 순간 정상진의 뇌리에는 지난번 방문했을 때도 무엇인가 마셨던 기억이 빠르게 스쳐지나갔다.

'벤조디아제핀!'

정상진의 손이 음료수병을 잡으려하는 홍수미의 팔목을 잡았다. 그가 의미 있는 시선을 보냈다.

"그리고 여기 결정적인 증거물들이 또 있습니다."

정상진이 잠바주머니에서 몇 장의 CD를 꺼내들었다.

"이것이 무엇인지 잘 알고 계시겠지요?"

"……."

"이것은 원장님이 악마, 자살 그리고 살인자라는 서브리미널 효과를 넣은 내셔널지오그래픽사의 CD들입니다. 물론 원장님이 죽은 미스 강을 통해 이명현 원장에게 전해준 것들이지요."

순간 유고웅은 눈을 가늘게 떴다. 중고 음반 가게에나 돌아다닐 줄 알았던 그것들이 지금 정상진의 손에 들려있는 것이다.

"나는 모르는 일이오."

그는 끝까지 부정해야 한다고 생각했다.

정상진이 자리에서 일어섰다.

"좋습니다. 끝까지 오리발을 내민다면 저에게도 다른 생각이 있습니다. 그리고 변호사에게 알아본 바로는 서브리미널 효과만으로도 살인죄가 충분히 성립된다고 했습니다."

자리에 앉은 채 두 사람을 올려다보는 유고웅의 눈에 당황해하는 빛이 역력했다. 정상진이 병뚜껑이 없는 음료수병을 집어 들었다.

"참, 이것은 마시라고 주신 것이니 가져가겠습니다. 그럼 다음에 다시 찾아오지요."

두 사람이 병원을 나가자마자 유고웅이 급하게 아내를 불렀다.

"또 수면제를 탄 거야?"

그녀가 잔뜩 겁먹은 얼굴로 고개를 끄덕였다.

"이런 제기랄! 왜 또 그 짓을 한 거야?"

유고웅이 금방이라도 주먹을 날릴 듯 눈알을 굴렸다. 음료수병을 들고 나가는 정상진을 지켜본 여자의 눈에 공포가 그득했다.

"놈이 우리가 수면제를 먹인 후 얼려 죽이려했다는 것을 알고 있어! 그러니까 안 마시고 들고 나간 거라고!"

"죄송해요. 기억을 못하는 줄 알고……."

"이젠 끝났어! 모든 게 끝이란 말이야!"

응보

1

"이거 아무래도 사람을 죽이려고 작정한 놈이야. 음료수 200CC에 미다졸람이 45밀리그램이나 들어 있었다구!"

전화기 너머의 대학 동기는 불과 3시간여 만에 분석 결과를 전해주고 있었다. 유고웅이 도주할 우려가 있다고 판단한 정상진은 그의 병원을 나오자마자 국과수에 들렀고 그곳에 근무하는 친구에게 음료수의 분석을 응급으로 부탁한 상태였다.

"미다졸람이 45밀리그램씩이나?"

정상진이 놀라 반문했다. 미다졸람은 수면내시경에 흔히 사용하는 수면제였다.

"그렇다니까. 15밀리그램 주사용 앰플을 세 개씩이나 섞었단 말이야!"

주사용 앰플 하나면 일반 성인의 진정수면작용에 충분한 양이었다. 만일 앰플 세 개를 한꺼번에 투여한다면 호흡중추의 마비로 사망할 가능성이 높았다.

"사람이 죽을 수도 있는 양이야. 어떤 놈이 이런 어마무시한 일을 저지른 거야?"

국과수의 친구가 다시 언성을 높였다.

"일이 아주 급하게 됐어. 다음에 알려줄게."

정상진이 인사도 하지 않고 휴대폰을 접자 곁에 있던 홍수미가 한마디 했다.

"또 고맙다는 인사를 까먹으셨군요."

"아차, 또 잊었습니다."

어쩔 수 없는 급한 성격에 머리를 긁적이던 그가 의자에 걸어두었던 점퍼를 걸쳤다.

"까짓 꺼 다음에 대포 한잔 쏘지요, 뭐. 그보다도 더 급한 게 있어요. 유고웅이 도주하기 전에 빨리 놈을 체포해야 해요. 검사를 의뢰한 음료수 속에 다량의 수면제가 들어 있었다구요."

"곁에서 들어서 대충 감은 잡았어요. 수면제 45밀리그램이면 사람이 죽을 수도 있는 양인가 보지요?"

사무실을 빠져나오는 정상진을 뒤따르며 홍수미가 물었다.

"물론입니다. 미다졸람 45밀리면 호흡중추가 마비될 수 있어요."

"정 기자님이 아니었으면……. 어휴, 생각만 해도 끔찍해요."

여자의 칭찬에 당황한 나머지 생각도 없이 음료수를 마시려했던 일을 기억하며 홍수미는 몸을 오소소 떨었다.

엘리베이터를 빠져나와 지하주차장으로 나오자마자 정상진은 휴대폰을 열었다. 예전부터 안면을 터놓고 지내던 강남서의 김상학 반장이 반가운 목소리로 전화를 받았다.

"어이, 정 기자! 그간 잘 있었나?"

"예, 반장님. 잘 지내셨지요?"

"그래, 언제 만나서 소주라도 한잔 해야지?"

두 사람은 사건 때문에 알게 된 사이였지만 김상학 반장은 보통의 기자들과는 다르게 아직도 순진한 구석이 남아있는 정상진을 좋아했다. 정상진 또한 털털하고 담백한 김상학이 싫지 않았지만 특히 그가 재즈음악을 대단히 좋아한 것이 두 사람 사이가 가까워지게 된 결정적인 동기였다. 취미로 시작한 김상학의 재즈 색소폰 실력은 거의 프로 수준에 달하고 있었다.

"반장님, 실은 급한 사건 때문에 전화 드렸습니다."

"그래? 무슨 사건인데?"

"살인사건입니다. 그런데 범인이 도주할 우려가 있어요. 빨리 범인을 체포해야만 합니다."

"물론 우리 관할구역이겠지?"

"물론입니다."

"오케이! 자세한 내용은 만나서 듣기로 하고 우선 영장을 내야 하니까 범인의 인적사항을 불러줘!"

요즘은 민생치안에 대한 수사권이 경찰에게 있었다. 다른 일로도 바뻘 그였건만 결정을 내리기까지는 조금도 시간을 끌지 않았다. 그만큼 정상진을 전폭적으로 신뢰하고 있단 의미였다.

2

유고옹정신과 건물 앞에 먼저 도착해있던 김상학이 종종걸음으로 다가오는 정상진과 홍수미를 발견하고 손을 흔들었다. 그의 곁에는 동행한 형사인 듯싶은 스포츠머리의 사내가 함께 서 있었다. 추운 날씨 탓에 껴입은 오리털 점퍼가 두 사람의 덩치를 더욱 크게 만들었다.

"야, 두 사람이 너무 잘 어울리는데?"

홍수미 역시 김상학과 안면이 있던 터였다. 마치 연인처럼 다정하게 걸어오는 두 사람을 향해 김상학이 농을 걸었다.

"안녕하셨어요? 반장님."

"여전히 아름다우십니다."

홍수미와 인사를 나눈 김상학이 정상진을 향해 물었다.

"어떻게 된 사건이야?"

"전화한 그대로입니다. 놈은 이미 사람을 두 명이나 죽였고 그것이 탄로나려하자 이번에는 저에게 다량의 수면제를 먹인 다음 인적이 드문 산속에 버렸었습니다."

"정말이야?"

눈을 동그랗게 뜬 김상학이 물었다.

"예, 다행히 지나가던 사람들이 쓰러져 있던 저를 발견하고 구조를 해준 겁니다."

"음, 큰일 날 뻔 했었군."

검은색 가죽장갑을 벗은 김상학이 담배를 꺼내 물었다.

"그런데 간신히 기억을 회복한 제가 홍 기자님과 함께 다시 찾아가자 이번에도 똑같은 방법으로 우리를 잠재우려했던 겁니다."

"물론 또 당하진 않았을 테고?"

김상학이 내뿜는 담배연기가 찬 겨울바람에 흩날렸다. 그의 코끝이 빨갛게 변해 있었다.

"놈이 준 음료수를 마시지 않고 들고 나왔습니다. 국과수에 근무하는 친구에게 음료수 성분분석을 의뢰했었는데 지금 막 검사결과를 듣고 오는 길입니다. 음료수 속에 다량의 미다졸람이 들어있었습니다."

"미다졸람? 그 약이 그렇게 강한 약인가?"

"기억상실을 초래하는 것으로 잘 알려진 수면제입니다. 아마 제게 먹였던 약도 그것이 아닌가 생각합니다."

"음……. 똑같은 방법을 사용하다니 대단히 어리석은 놈이군."

김상학이 담배꽁초를 발로 비비며 중얼거렸다.

일행이 유고응정신과로 들어섰을 때는 오후 3시가 조금 넘은 시간이었다. 정상진이 병원 문을 열고 들어서자 쪼그려 앉은 채 손가방을 챙기던 간호사가 화들짝 놀라 일어섰다. 도주할 준비를 하고 있었는지 병원 로비에는 이미 포장이 완료된 여행용 가방이 두 개나 놓여있었다.

"저 여자 역시 공범입니다. 여자가 가져온 음료수 속에 수면제가 들어 있었어요."

정상진이 손가락으로 여자를 가리키며 말했다.

"체포해!"

김상학의 명령에 동행한 형사가 여자에게로 다가갔다. 황망히 뒷걸음질을 치던 여자가 여행용가방에 다리가 걸리면서 뒤로 넘어졌다. 형사가 그녀의 손목에 철커덕 소리가 나도록 수갑을 채웠다.

정상진이 진료실 문을 열었지만 유고웅의 모습이 보이질 않았다. 진료실을 나온 그가 음악치료실 문을 열어보았지만 그곳에도 유고웅은 없었다.

"유고웅 원장은 어디에 있습니까?"

병원 구석구석을 이 잡듯 뒤져보아도 유고웅의 모습은 보이지 않았다. 수갑에 채워진 채 울고 있는 여자에게 정상진이 물었다.

"유고웅이 어디에 있냐고 묻잖아!"

여자가 대답이 없자 김상학이 다시 다그쳤다.

"조금 전에 나갔어요. 흑흑."

간신히 머리를 쳐든 여자가 기어들어가는 목소리로 대답했다.

"어디 갔습니까?"

"지하 주차장에 갔어요. 흑흑."

유고웅이 짐을 실기 위해 자동차에 간 모양이었지만 만일 그가 병원에 들어오는 일행을 보았다면 이미 도주했을 수도 있었다. 정상진과 김상학의 눈이 마주치는 순간 김상학이 소리쳤다.

"조 형사, 빨리 따라와!"

정상진도 급하게 두 형사의 뒤를 따라 나섰다. 형사들이 유고웅의 얼굴을 알고 있을 리 없었다.

남자들이 나간 후 홍수미는 오그라든 어깨를 들썩이며 울고 있는 여자의 곁으로 다가갔다. 그녀가 곁에 앉으며 물었다.

"두 사람이 어떤 관계입니까?"

"애기 아빠예요. 홀쩍."

간호사의 나이가 많다고 생각했었는데 역시 두 사람은 부부사이인 모양이었다.

"어쩌다가 이런 무시무시한 일을 저질렀습니까?"

"흑흑……."

여자는 대답을 못한 채 펑펑 눈물만 쏟았다. 홍수미가 건네준 손수건으로 눈물을 훔치던 그녀가 잠시 후 입을 열었다.

"모두가 제 잘못이에요. 남편을 말렸어야 할 제가 오히려 남편을 부추겼어요. 남편은 아무런 죄도 없어요. 흑흑."

홍수미가 말없이 고개를 끄덕였다. 짧은 생머리의 여자는 살인과 전혀 어울리지 않는 평범한 얼굴을 하고 있었다. 체포된 순간까지도 남편을 걱정하는 지극히 여성스러운 여자일 뿐이었다. 아니 어쩌면 여자가 흘리는 눈물 때문에 더욱 그렇게 보이는지도 몰랐.

밖에 나갔던 남자들이 빈손으로 돌아왔다. 스포츠머리 형사가 유고웅이 타고 갔을 자동차번호를 여자에게 물었고 여자는 모든 것을 체념한 듯 순순히 대답했다. 차량번호를 받아 적은 형사가 어디론가 급하게 전화를 걸었다. 긴급수배령을 내리는 모양이었다.

"혼자서 도망간 모양이군요."

홍수미가 정상진을 바라보며 말했다.

"우리가 들어오는 것을 본 모양입니다."

"치사한 자식! 그렇다고 혼자만 도망쳐?"

김상학이 울고 있는 여자를 내려다보며 투덜거렸다.

"두 사람 사이가 어떤 관계요?"

그가 여자를 향해 질문을 던졌다.

"남편이라고 했어요."

홍수미가 여자를 대신해 대답했다.

"그렇다면 부부가 함께 살인을 공모했단 말이야? 허, 정말 대단한
부부군."

김상학이 의자에 앉으며 담배를 꺼내 물었다.

"그런데 아까부터 이게 무슨 냄새야?"

그가 코를 벌렁거리며 주위를 돌아보았다.

"허브향일 겁니다. 불안한 마음을 가라앉혀주는 아로마치료법이지
요."

정상진이 대답했다.

"그래? 하지만 썩 좋은 냄새는 아니군."

담배연기를 길게 내뿜은 김상학이 곁에 앉은 정상진을 돌아보며 물
었다.

"그런데 정 기자, 이 정신과 의사 부부가 저지른 살인사건에 대해

설명 안 해줄 거야? 사람을 두 명이나 죽였다며?"

"아참, 그렇지요."

정상진이 까먹었다는 듯 손바닥으로 앞이마를 두드렸다.

"반장님, 혹시 서브리미널 효과라고 들어보셨습니까?"

"서브리미널 효과? 그게 뭐야?"

김상학이 의아한 표정으로 되물었다.

"사람의 무의식을 자극하여 의식수준에 변화를 일으킨다는 개념입니다……."

정상진의 자세한 설명이 시작되자 두 형사가 신기한 듯 귀를 기울였다.

그의 설명이 대충 끝난 후 김상학이 물었다.

"그렇다고 듣는 사람들 모두가 자살하는 것은 아니잖은가?"

"물론 그렇습니다만 특별히 상대를 자극할 만한 문구가 들어있었다면 얘기가 달라지겠지요. 예를 들어 과거에 있었던 어떤 일로 죄의식을 가지고 있던 사람이 그 사건과 연관된 문구를 반복해서 들었을 때는 엄청난 효과를 발휘할 수도 있단 얘기지요. 관련이 없는 제3자에게는 별로 효과가 없겠지만."

"이명현은 그렇다 쳐도 미스 강이란 직원은 제3자가 아니었던가? 그런데도 그 여자가 자살했잖은가?"

"제 생각으로는 죽은 미스 강 역시 아버지를 미워한 것에 대한 심한 죄책감을 가지고 있었던 것 같습니다. 알코올중독인 그녀의 아버지가 대단히 폭력적이었다고 동료 직원이 말하더군요. 그런 이유로 미스 강 또한 평소 우울증을 앓고 있었던 겁니다. 자신이 틀어놓았던 음악 속의 서브리미널 문구들이 우울증의 특징인 자살충동을 부채질했던 거지요."

"머리로는 이해가 되는 것 같은데 마음으로 이해를 못하겠구만. 결국 서브리미널 효과가 무의식 깊은 곳에 숨어있던 죄의식을 끌어올렸다는 얘긴가?"

"맞습니다."

정상진이 김상학을 바라보며 웃었다.

"그 죄의식 때문에 자살을 한 거고?"

"그렇게 보아야 하겠지요. 하지만 자살을 결단하게 된 데에는 또 다른 무의식적 동기들도 있었을 겁니다. 예를 들면 상실감이나 좌절감 또는 타인에 대한 분노 같은 것들 말이지요."

"생전 처음 보는 신종 범죄로구만."

순간 정상진은 김상학의 중얼거림이 멀리에서 들리듯 아득하게 느껴졌다. 뇌 속의 모든 신경전달물질들이 전광석화와도 같은 속도로 좌측 대뇌반구의 한 곳을 향해 몰려들었다. 깊숙한 그곳에서 찰나의 불꽃이 일었다.

'분노, 좌절 그리고 무의식적 동기!'

그가 자리에서 벌떡 일어섰다.

"반장님, 지금 바로 가볼 곳이 있습니다."

"어디를?"

어리둥절한 김상학이 물었다.

"유고웅이 있을 곳입니다. 아무래도 유고웅은 그곳에 있을 듯합니다."

자동차로 이동한다면 반포대교는 영동시장사거리에서 불과 5분도 안 되는 거리에 있었다. 만일 병원을 떠난 유고웅이 직접 반포대교로 향했다면 이미 늦었는지도 몰랐다. 정상진은 조급한 심정으로 홍수미의 차를 몰았다.

다행히 거리에는 차들이 많지 않았다. 금방 반포대교 사거리에 도착한 정상진과 일행은 정지신호에 걸린 채 다리 위의 교통 상황을 주시했다. 생각과는 다르게 차들이 밀리지 않고 있었다. 그렇다면 다리 위에 정지된 차가 없단 얘긴가. 정상진은 어쩌면 자신의 예상이 빗나간 것인지도 모른다고 생각했다.

정지되었던 차들이 다시 움직이기 시작했다. 홍수미의 차가 다리 위로 올라서자 그들은 멀리보이는 앞쪽 난간을 재빠르게 살폈다. 다리 중앙쯤에 서 있는 사람의 모습이 보였다. 바바리코트 주머니에 손을 깊숙이 쑤셔 넣은 중키의 남자가 고개를 숙인 채 얼어붙은 한강을 내려다보고 있었다. 그의 코트자락이 강바람에 사정없이 나부끼고 있었다.

"저기 있어요! 틀림없는 유고웅이에요!"

조수석에 앉아있던 홍수미가 빠르게 소리쳤다.

'안 돼, 유고웅! 조금만 참아! 조금만 기다려!'

500여 미터 앞에 서있는 유고웅을 향해 정상진이 마음속으로 소리쳤다.

주머니에서 나온 유고웅의 두 손이 난간을 움켜쥐었다. 그의 한쪽 다리가 난간을 넘어섰다.

"제기랄! 빨리 밟아!"

뒷좌석에 앉아있던 김상학이 소리쳤지만 앞에는 차들이 너무 많았다.

강한 브레이크 마찰음과 함께 앞에 달리던 몇 대의 차들이 차례로 멈추어 섰다. 차에서 튀어나온 몇몇 운전자들이 유고웅을 향해 달려갔다. 정상진 일행도 차에서 튀어 내렸다. 하지만 어느 새 유고웅의 몸이 난간을 넘어서고 있었다. 정상진이 힘껏 소리쳤다.

"안 돼! 붙잡아!"

일행보다 먼저 달려간 사람들이 유고웅을 붙잡기 위해 몸을 날렸지만 그들의 손은 결국 빈 허공만을 움켜쥐었다. 이미 둔탁한 물체가 되어버린 유고웅의 몸이 공중을 수직으로 가르고 있었다.

에필로그

무대 위에서는 단발머리의 젊은 여가수가 부드럽고 감미로운 멜로디를 연주하고 있었다. 속살이 훤히 들여다보이는 아슬아슬한 흰색 반투명드레스가 그녀의 노래를 더욱 신비스럽게 만들었다.

"너무 고혹적인 분위기에요. 다른 음악에서 볼 수 없는 매력이 느껴져요."

무대와 좀 떨어진 곳에 자리한 홍수미가 정상진과 김상학을 번갈아 돌아보며 말했다. 정상진이 부드러운 미소로 동의를 나타냈다. 그의 곁에 있던 김상학이 말했다.

"세상에서 가장 아름다운 악기가 바로 사람의 성대지요."

"그런 것 같아요. 그런데 저게 무슨 노래예요?"

"A girl from Ipanema란 노랩니다. 유명한 보사노바재즈이지요."

"너무 멋져요. 이제부터 저도 재즈마니아가 될 것 같아요."

"좋습니다. 자, 그런 의미에서 우리 건배 한번 합시다."

김상학이 맥주잔을 들자 두 사람 모두 앞에 놓인 잔을 높이 들었다.

"세상에서 가장 아름다운 미녀와 가장 아름다운 음악을 위하여!"

세 개의 유리컵들이 부딪히며 맑고 경쾌한 진동음을 퍼트렸다.

"대단한 아이러닙니다."

잔을 내려놓은 정상진이 뜬금없이 말했다.

"뭐가?"

"뭐가요?"

김상학과 홍수미가 동시에 물었다.

"이명현 원장 말입니다. 서브리미널 효과에 가장 전문가였던 그가 바로 그 서브리미널 효과에 의해 희생되었잖습니까?"

"그렇네요."

냅킨으로 입가를 훔치던 홍수미가 그의 말에 동조했다.

"전문가조차도 모르는 사이에 당할 정도라면 서브리미널 효과란 것이 대단히 무서운 놈인 게 틀림없군."

빈 잔에 맥주를 따르던 김상학이 혼잣말처럼 중얼거렸다.

"대단히 과학적인 저주 방법이지요."

정상진이 다시 입을 열었다.

"사극을 보면 상대를 저주하기 위해 송곳으로 인형을 마구 찔러대는 모습이 나오잖아요? 물론 다분히 미신적인 저주 방법이기 때문에 효과는 없었겠지만요. 하지만 서브리미널 효과는 이미 과학적으로 입증된 방법입니다."

"현대판 장희빈이네요."

홍수미가 맞장구를 쳤다.

"문제는 앞으로도 비슷한 방법의 범행들이 계속될 수도 있단 거야. 아니 어쩌면 이미 시작됐는지도 모르지."

김상학이 담배를 입에 물었다.

"신고를 하지 않아 범인을 잡지 못하는 것도 문제가 될 것이고. 가족이 자살했다고 해서 경찰에 신고하지는 않잖아?"

그가 천장을 향해 길게 담배연기를 내뿜었다.

보컬리스트가 찰리파커의 브루스 곡을 '스캣'으로 연주하고 있었다. '스캣'이란 가사 대신 여러 가지 발음으로 연주하는 기법을 말한다.

"그나저나 언제 국수 먹여 줄 거야?"

김상학이 들고 있던 빈 맥주잔을 내려놓으며 두 사람을 향해 물었다.

"예?"

당황한 정상진이 무슨 의미인지 모르겠다는 듯 되물었다.

"언제 결혼식 올릴 꺼냐구!"

"아이, 반장님……."

홍수미가 얼굴이 뜨거워지는 것을 느끼며 정상진을 바라보았다. 순진한 정상진이 어린아이 같은 미소를 짓고 있었다.

"아직 손도 못 잡아보았는데 결혼이라니요."

홍수미 정도라면 모든 것을 걸고라도 결혼하고 싶은 여자였다. 정상진이 쑥스러운 듯 뒤통수를 긁적였다.

"아직도? 그렇다면 내가 너무 성급한 판단을 내렸군 그래. 하하하."

호쾌한 웃음을 터트리는 김상학을 지켜보며 젊은 연인의 얼굴 가득 행복한 미소가 피어올랐다.

보컬리스트가 팔을 펴 피아노를 가리키는 순간 피아노반주를 하던 젊은 여성재즈뮤지션의 손가락들이 일제히 춤을 추기 시작했다.

88개의 건반 위에서 끝없이 너울거리는 손가락들이 현란한 애드리브를 만들었다. 얼굴만큼이나 하얗고 가녀린 손가락들과 전혀 어울리지 않는 힘 있고 당찬 선율이었다.

"건반이 97개나 되는 피아노가 있다는 사실을 알고 계십니까?"

정상진이 홍수미를 돌아보며 물었다.

"97개나요?"

건반이 몇 개나 되는지 모르고 있던 홍수미가 되물었다.

"그래요. 1944년에 헨리 퍼브란 사람이 개발한 '콘서트그랜드290'이란 놈인데 보통 피아노보다 저음현이 아홉 개나 더 많은 놈이지요."

"무슨 차이가 있는데요?"

"저음현은 건반을 두드려도 윙윙 소리밖에 들리지 않습니다. 하지만 그것들이 있음으로 해서 다른 현들의 진동음을 풍부하게 느낄 수가 있지요."

"피아노 속에 숨어있는 서브리미널 효과로군요."

- END -